古典詩歌研究彙刊

第八輯

龔鵬程 主編

第 **18** 冊

晚明女詞人研究（上）

蘇 菁 媛 著

國家圖書館出版品預行編目資料

晚明女詞人研究（上）／蘇菁媛 著 — 初版 — 台北縣永和市：

花木蘭文化出版社，2010〔民 99〕

序 2+ 目 8+196 面；17×24 公分

（古典詩歌研究彙刊 第八輯：第 18 冊）

ISBN 978-986-254-325-2（精裝）

1. 明代詞 2. 詞論

820.9306   99016403

ISBN - 978-986-2543-25-2

9 789862 543252

古典詩歌研究彙刊

第八輯　第十八冊　　　　　　ISBN：978-986-254-325-2

晚明女詞人研究（上）

作　　者　蘇菁媛

主　　編　龔鵬程

總 編 輯　杜潔祥

出　　版　花木蘭文化出版社

發 行 所　花木蘭文化出版社

發 行 人　高小娟

聯絡地址　台北縣永和市中正路五九五號七樓之三

　　　　　電話：02-2923-1455／傳眞：02-2923-1452

網　　址　http://www.huamulan.tw 信箱 sut81518@ms59.hinet.net

印　　刷　普羅文化出版廣告事業

初　　版　2010 年 9 月

定　　價　第八輯 20 冊（精裝）新台幣 28,000 元

晚明女詞人研究（上）

蘇菁媛 著

作者簡介

蘇菁媛，臺灣省臺中縣人，國立彰化師範大學國文研究所碩士、博士。現任亞洲大學通識教育中心兼任助理教授，講授「文學賞析與習作」課程。長期追隨國內古典詩詞巨擘——黃文吉教授，從事學術研究，尤其是對明代詞學發展的關注，近年來的研究則多聚焦在對晚明詞壇的探討。碩士論文為《陳子龍詞學理論及其詞研究》，博士論文則為《晚明女詞人研究》。已發表十餘篇晚明詞壇相關的學術論文，目前仍持續創作中，期能為長期受到忽略的明詞發微闡幽，並填補曾經被遺忘的詞史環節。

提　　要

　　本文以「晚明女詞人」為題，試圖為在詞史上長期受到忽略的晚明女詞人進行客觀的定位。研究內容包括探討晚明女詞人成群湧現的時代環境背景因素、個別析論代表性詞家的作品內容、形式技巧與風格，再總結出晚明女詞人的作品特色，從而歸納出晚明女詞人在詞史上的意義與價值。

　　晚明女詞人的蓬勃發展在詞史上是一個相當特出的現象，此時期的女詞人創作無論質與量，在整體上均較前代出色，恰與明詞總體不振的情況形成鮮明的對比。此與當時發揚人性自主的精神、女子教育的普及與重視、名伎與名士的密切往來等開放的啟蒙思潮與社會風尚有相當密切的關聯。而出版事業的興盛發達、詞韻與詞譜的逐步創設和主情理論的引入，也為詞壇的發展創建了有利的環境。淵源家學的傳承、閨閣生活的充實與活動場域的擴大，讓女性空間與識見有了擴展與提昇。而晚明的社會也表現了對女子文才的肯定，包括文人社群的支持、世家大族的提倡與女性作品的編輯出版。另外女性本身也有對才子佳人的浪漫憧憬、心靈寄託的尋覓與以文名傳世的追求等自我期許。在這些時代環境等因素交織影響下，終於成就了晚明女詞人成群湧現的瑰麗景況。

　　晚明女詞人主要可分為閨秀與名伎兩大創作群體，其中閨秀又以吳江午夢堂詞人為翹楚。而在明清新舊交替與王朝易幟的時代背景下，亦產生了現代職業婦女的先驅——即閨塾師與致力於反清復明的女俠，她們的詞作不論在內涵意義與風格樣貌上均有值得提出之處，故本論文將其特別標出。在眾多晚明女詞人中，本論文共拈出其中的佼佼者 19 家，分為吳江午夢堂詞人、一般閨秀與閨塾師詞人、青樓寵妾與女俠詞人三大章，分別就其生平背景、詞作內容、形式技巧與風格加以論述，並客觀剖析指陳其作品之得失與特色。

　　整體而言，晚明女詞人以最適合抒發心中幽微情思的詞體，深刻反映晚明知識婦女的精神風貌，包含一般女性作品中常見的對兩性之愛的期盼與怨尤，和寄寓節令景物的清賞與沉吟。而在時代氛圍與自身經歷等各種因素交織影響下，女

詞人亦藉詞作以尋覓心靈的寄託，並以之肯定自我存在的意義與價值。另外在經歷人世滄桑與國破家亡的背景下，女詞人自敘身世家國之痛的作品往往帶有相當程度的情感張力，讀來令人為之動容。

　　身處在晚明如此一個無論在政治、社會與文化均有著重大變遷的時代裏，女詞人的作品亦鑴刻有時代色彩的鮮明印記，包含對深閨制度的順從與逃離，與隨著社會風氣的開放，女詞人們亦突破了「女子無才便是德」的封建禁錮，開始有了文士化的生活趨向。而原本不相往來的閨秀與名伎兩大才女陣營，在開放的時代思潮與社會風氣下，亦開始逐漸融合。除了新的女德已被重新定義與實踐外，新的婦女文化亦已展開。在經歷天崩地坼的國難之後，部分女詞人的作品亦呈現亂世離鴻的哀鳴與悲歌，這既是前代女性詞少見的時代色彩，亦在不自覺的真誠敘述中擴大了女性詞的容量。

　　基本上，晚明女詞人的作品不論閨秀詞或青樓詞，在內容題材與表述方式上雖然有些許差異，但在整體上仍延續傳統女性詞細緻纖婉的主體風格。在經歷人世滄桑與時代苦難的女詞人部分作品中，可以發現她們藉風物之悲以寄寓身世飄零或國破家亡之慨，故展現出有別於閨閣香奩細緻纖婉的厚重情致，從而有深沉開闊的別樣風貌呈現。也由於這分深沉與開闊，強化了晚明女詞人在詞史上的意義與價值。

　　細究晚明女性詞在詞史上的意義與價值，會發現她們接續了金元兩朝與明代前中期曾經中斷的女性詞創作傳統，且在各種因素相互激蕩下，她們也突破了以往女性詞偏好以情愛相思為主的寫作傳統，從而擴大女性詞的容量。

　　晚明女詞人既以受過良好養成教育的大家閨秀為主，她們以豐厚的學養，熟練地掌握詞體的語言規範，精練優美。不但創造出與詞體美感特質相符合的自我抒情語境，亦以明媚含蓄的美感傾向，表現出大家閨秀特具的審美情調。至於青樓寵妾、閨塾師與女俠詞人，亦以真誠的詞筆細細道出自我感受，使其作品表現豐富深刻的意蘊內涵。無論從題材內容的深廣度或寫作技巧的純熟度而言，晚明女詞人均為女性詞在清代的高度立下良好的基礎。所以站在詞史的高度上檢視，晚明女詞人確實有其不容忽視的意義與價值存在。

目

次

自 序
上 冊
第一章 緒 論 ………………………………………………… 1
　第一節　研究動機與目的 ………………………………… 1
　　一、研究動機 …………………………………………… 1
　　二、研究目的 …………………………………………… 6
　第二節　研究範圍與研究方法 …………………………… 7
　　一、研究範圍 …………………………………………… 7
　　　（一）晚明女詞人的定義 ……………………………… 7
　　　（二）晚明女詞人類述 ………………………………… 8
　　二、研究現況的回顧與前瞻 ………………………… 15
　　三、晚明女詞人省籍分布表 ………………………… 22
　　四、研究方法與步驟 ………………………………… 24
第二章　晚明女詞人的時代環境背景 ………………… 27
　第一節　開放的啓蒙思潮與社會風尚 ………………… 28
　　一、發揚人性自主的精神 …………………………… 28
　　二、女子教育的普及與重視 ………………………… 32
　　三、名伎與名士的密切往來 ………………………… 34

第二節　詞壇發展的有利環境 …………………… 38
　一、出版事業的興盛發達 …………………… 38
　二、詞譜與詞韻的逐步創設 …………………… 40
　三、主情理論的引入 …………………… 43
第三節　女性空間與識見的擴展提昇 …………… 46
　一、淵源家學的傳承 …………………… 46
　二、閨閣生活的充實 …………………… 48
　三、活動場域的擴大 …………………… 51
第四節　對女子文才的肯定 …………………… 54
　一、文人社群的支持 …………………… 54
　二、世家大族的提倡 …………………… 58
　三、女性作品的編輯與出版 …………………… 60
第五節　女性自我的追尋 …………………… 63
　一、才子佳人的浪漫憧憬 …………………… 64
　二、心靈寄託的尋覓 …………………… 66
　三、以文名傳世的追求 …………………… 70
第三章　吳江午夢堂詞人 …………………… 73
第一節　沈宜修 …………………… 75
　一、沈宜修的生平與詞集 …………………… 75
　二、《鸝吹》詞的內容 …………………… 78
　　（一）風物節令的感觸 …………………… 78
　　（二）知性哲理的體悟 …………………… 81
　　（三）夫婦離別的不捨 …………………… 84
　　（四）喪女失親的悲痛 …………………… 87
　三、《鸝吹》詞的形式技巧 …………………… 89
　　（一）大量使用熟悉的詞調 …………………… 90
　　（二）善用修辭的寫作技巧 …………………… 93
　　（三）擅長融合書卷經驗 …………………… 96
　　（四）超卓不凡的抒情技巧 …………………… 100
　四、《鸝吹》詞的風格：典雅流麗 …………………… 102
第二節　葉紈紈 …………………… 106
　一、葉紈紈的生平與詞集 …………………… 106
　二、《愁言》詞的內容 …………………… 108

（一）沉重淒切的嗟嘆⋯⋯⋯⋯⋯ 109
（二）節令景物的描繪⋯⋯⋯⋯⋯ 111
（三）母女姐妹間的唱和⋯⋯⋯⋯ 114
（四）向佛望仙的企盼⋯⋯⋯⋯⋯ 117
三、《愁言》詞的形式技巧⋯⋯⋯⋯⋯ 119
（一）小令長調皆善⋯⋯⋯⋯⋯⋯ 119
（二）情景交融的詞筆⋯⋯⋯⋯⋯ 122
（三）典雅高華的寫作技巧⋯⋯⋯ 124
四、《愁言》詞的風格：幽怨俳惻⋯⋯ 126
第三節　葉小紈⋯⋯⋯⋯⋯⋯⋯⋯⋯ 128
一、葉小紈的生平與詞作⋯⋯⋯⋯⋯ 128
二、葉小紈詞的內容⋯⋯⋯⋯⋯⋯⋯ 131
（一）文藝之家的寄贈唱和⋯⋯⋯ 131
（二）滄桑人世的追悼⋯⋯⋯⋯⋯ 134
三、葉小紈詞的形式技巧：情景相稱，長於
　　修辭⋯⋯⋯⋯⋯⋯⋯⋯⋯⋯⋯ 136
四、葉小紈詞作的風格：細膩幽婉⋯ 140
第四節　葉小鸞⋯⋯⋯⋯⋯⋯⋯⋯⋯ 145
一、葉小鸞的生平與詞集⋯⋯⋯⋯⋯ 145
二、《返生香》詞的內容⋯⋯⋯⋯⋯ 148
（一）閨怨情愁的敘寫⋯⋯⋯⋯⋯ 148
（二）節令風物的歌詠⋯⋯⋯⋯⋯ 151
（三）遁世仙境的追尋⋯⋯⋯⋯⋯ 155
（四）香消玉殞的奇讖⋯⋯⋯⋯⋯ 158
三、《返生香》詞的形式技巧⋯⋯⋯ 162
（一）喜以同調詠同類題材⋯⋯⋯ 162
（二）纖美精緻的語言⋯⋯⋯⋯⋯ 165
（三）哀豔相濟的詞筆⋯⋯⋯⋯⋯ 168
（四）善用修辭技巧⋯⋯⋯⋯⋯⋯ 171
四、《返生香》詞的風格：幽雋婉麗⋯ 175
第五節　張倩倩與其他家族女詞人⋯ 178
一、張倩倩詞作量少質精⋯⋯⋯⋯⋯ 178
二、李玉照詞作表現傳統閨怨情懷⋯ 182

三、沈憲英詞多寄人事滄桑之慨⋯⋯⋯⋯184
四、沈樹榮詞清麗中見悲涼⋯⋯⋯⋯⋯190

下　冊
第四章　一般閨秀與閨塾師詞人⋯⋯⋯⋯197
　第一節　商景蘭⋯⋯⋯⋯⋯⋯⋯⋯⋯197
　　一、商景蘭的生平與詞集⋯⋯⋯⋯⋯197
　　二、《錦囊》詞的內容以傳統閨怨題材為主⋯200
　　　（一）閨閣生活的敘寫⋯⋯⋯⋯⋯200
　　　（二）紅顏薄命的感傷⋯⋯⋯⋯⋯202
　　三、《錦囊》詞是商景蘭活絡群己關係的反映
　　　⋯⋯⋯⋯⋯⋯⋯⋯⋯⋯⋯⋯⋯204
　　　（一）多代人與寄贈之作⋯⋯⋯⋯205
　　　（二）遊賞私人林園及與方外之士的交
　　　　　往⋯⋯⋯⋯⋯⋯⋯⋯⋯⋯⋯207
　　四、《錦囊》詞的身世之感⋯⋯⋯⋯⋯210
　　　（一）孤鸞獨舞的悲泣⋯⋯⋯⋯⋯210
　　　（二）故國亡子的思念⋯⋯⋯⋯⋯213
　　五、《錦囊》詞的形式技巧：多用小令與常用
　　　調形式技巧：多用小令與常用調⋯⋯215
　　六、《錦囊》詞的風格：含蓄蘊藉⋯⋯⋯218
　第二節　吳綃⋯⋯⋯⋯⋯⋯⋯⋯⋯221
　　一、吳綃的生平與詞集⋯⋯⋯⋯⋯⋯221
　　二、《嘯雪庵》詞的內容⋯⋯⋯⋯⋯224
　　　（一）季節風光的歌詠⋯⋯⋯⋯⋯224
　　　（二）寂寥閨閣的低吟⋯⋯⋯⋯⋯226
　　　（三）離塵出世的嚮慕⋯⋯⋯⋯⋯229
　　　（四）慧心別具的觀物⋯⋯⋯⋯⋯231
　　　（五）與曹爾堪的酬唱⋯⋯⋯⋯⋯233
　　三、《嘯雪庵》詞的形式技巧⋯⋯⋯⋯235
　　　（一）多詠調名之作⋯⋯⋯⋯⋯⋯235
　　　（二）書卷經驗的融合⋯⋯⋯⋯⋯238
　　　（三）鋪敘縝密，變化多方⋯⋯⋯240
　　　（四）修辭技巧的運用⋯⋯⋯⋯⋯242
　　四、《嘯雪庵》詞的風格：清麗婉約⋯⋯245

第三節　歸淑芬 ……………………………………… 248
　一、歸淑芬的生平與詞作 ………………………… 248
　二、歸淑芬詞是其閨閣生活的紀錄 …………… 250
　　（一）閨怨與閒情 ……………………………… 250
　　（二）社交與出遊 ……………………………… 252
　三、歸淑芬詞以詠花爲主要內容 ……………… 255
　　（一）百花爭妍譜群芳 ……………………… 255
　　（二）多以花意象進行詮釋 ………………… 258
　四、歸淑芬詞的形式技巧 ……………………… 261
　　（一）善御各類詞調 ………………………… 261
　　（二）活用修辭技巧 ………………………… 264
　　（三）熟稔文史典故 ………………………… 267
　五、歸淑芬詞的風格：清新自然 ……………… 270
第四節　吳山與吳琪 ……………………………… 274
　一、吳山、吳琪的生平與詞集 ………………… 274
　二、《青山》詞的內容與吳琪詞的內容 ……… 277
　　（一）《青山》詞中融合黍離之悲的感傷
　　　　　身世之作 …………………………… 277
　　（二）《青山》詞中對節令風物的吟詠 … 279
　　（三）《青山》詞中的題畫詞與迴文詞 … 282
　　（四）吳琪前期詞作表現清閑無憂的閨
　　　　　閣生活 ……………………………… 284
　　（五）吳琪後期詞作表現人世的滄桑與
　　　　　對精神自由的追尋 ……………… 286
　三、《青山》詞與吳琪詞的形式技巧 ………… 288
　　（一）《青山》詞直抒胸臆 ………………… 288
　　（二）吳琪詞皆爲小令 …………………… 291
　四、《青山》詞與吳琪詞的風格 ……………… 292
　　（一）《青山》詞過於顯露 ………………… 293
　　（二）吳琪詞言婉思深 …………………… 294
第五節　黃媛介 …………………………………… 295
　一、黃媛介的生平與詞作 ……………………… 295
　二、黃媛介詞是她轉蓬人生的記錄 ………… 297
　　（一）對家鄉親友的思念 ………………… 298

（二）對坎坷際遇的感懷⋯⋯⋯⋯⋯⋯ 301

三、黃媛介詞所反映的時代意義⋯⋯⋯ 303

（一）名伎文化與閨秀文化溝通的橋梁 304

（二）女德與女性社會地位被重新定義
的實踐者 308

四、黃媛介詞的風格：黯淡悲涼⋯⋯⋯ 311

第五章　青樓、寵妾與女俠詞人⋯⋯⋯⋯ 317

第一節　王　微⋯⋯⋯⋯⋯⋯⋯⋯⋯⋯ 317

一、王微的生平與詞作⋯⋯⋯⋯⋯⋯ 317

二、王微詞的內容⋯⋯⋯⋯⋯⋯⋯⋯ 320

（一）觸物興感的低唱⋯⋯⋯⋯⋯ 321

（二）羈旅憶舊的惆悵⋯⋯⋯⋯⋯ 323

（三）情愛相思的纏綿⋯⋯⋯⋯⋯ 327

（四）傷離怨別的沉吟⋯⋯⋯⋯⋯ 329

三、王微詞的形式技巧⋯⋯⋯⋯⋯⋯ 331

（一）白描口語的鋪敘⋯⋯⋯⋯⋯ 332

（二）明慧委婉的筆致⋯⋯⋯⋯⋯ 334

（三）層層轉深的議論⋯⋯⋯⋯⋯ 337

四、王微詞的風格：恣意暢情⋯⋯⋯ 340

第二節　楊　宛⋯⋯⋯⋯⋯⋯⋯⋯⋯⋯ 343

一、楊宛的生平與詞集⋯⋯⋯⋯⋯⋯ 343

二、《鍾山獻》詞以愛情為主要內容⋯ 345

（一）兩情相悅的企求⋯⋯⋯⋯⋯ 345

（二）情愛相思的纏綿⋯⋯⋯⋯⋯ 347

（三）傷離傷別的惆悵⋯⋯⋯⋯⋯ 349

三、《鍾山獻》詞的社會意義⋯⋯⋯⋯ 351

（一）深刻表現歌伎的身世遭遇⋯ 352

（二）反映晚明士伎相親的文化⋯ 354

（三）對「存理滅欲」的反動⋯⋯ 356

四、《鍾山獻》詞的風格⋯⋯⋯⋯⋯⋯ 359

（一）誠摯率直的基調⋯⋯⋯⋯⋯ 359

（二）言婉思深的別格⋯⋯⋯⋯⋯ 361

第三節　柳如是⋯⋯⋯⋯⋯⋯⋯⋯⋯⋯ 364

一、柳如是的生平與詞集⋯⋯⋯⋯⋯ 364

二、柳如是詞的內容 ……………………………………… 370
　　（一）甜蜜愛情的追憶 ……………………………… 371
　　（二）黯然離分的悲泣 ……………………………… 373
　　（三）與陳子龍的唱和 ……………………………… 376
　　（四）飄零身世的詠嘆 ……………………………… 379
三、柳如是詞的形式技巧 ………………………………… 382
　　（一）造語平白如話 ………………………………… 382
　　（二）善用古典今事 ………………………………… 385
　　（三）突出景物意象 ………………………………… 388
四、柳如是詞的風格：蘊藉幽微 ………………………… 391
第四節　李　因 ……………………………………………… 395
一、李因的生平與詞集 …………………………………… 395
二、《笑竹軒》詞的內容 ………………………………… 398
　　（一）前期富貴閑雅的閨情詞 ……………………… 398
　　（二）鸞鏡影孤的沉吟 ……………………………… 399
　　（三）國破家亡的悲悽 ……………………………… 401
三、《笑竹軒》詞的形式技巧 …………………………… 403
　　（一）善藉節令景物以抒感 ………………………… 403
　　（二）全為小令與常用調 …………………………… 405
四、《笑竹軒》詞的風格：清疏哀婉 …………………… 407
第五節　劉　淑 ……………………………………………… 410
一、劉淑的生平與詞集 …………………………………… 410
二、《個山》詞所呈現的詞人品格 ……………………… 414
　　（一）揮斥人間的識力 ……………………………… 414
　　（二）堅苦卓絕的意志 ……………………………… 416
三、《個山》詞的內容 …………………………………… 418
　　（一）撫時感事的悲憤 ……………………………… 419
　　（二）自我憑弔的概歎 ……………………………… 420
　　（三）寄情景物的吟詠 ……………………………… 422
四、《個山》詞的形式技巧 ……………………………… 424
　　（一）客觀形式的突破 ……………………………… 425
　　（二）主體情志的寄託 ……………………………… 427
　　（三）藝術造境的營構 ……………………………… 429
五、《個山》詞的風格 …………………………………… 431

（一）沉鬱現實的基調…………………431
（二）美感經驗的體現………………433
第六章　晚明女詞人的作品特色……………437
第一節　內容特色……………………437
一、深刻反映晚明知識婦女的精神風貌……437
（一）對兩性之愛的期盼與怨尤………438
（二）寄寓節令風物的清賞與沉吟………438
（三）自我意義的尋覓…………………439
（四）身世家國的悼念…………………440
二、鑴刻時代色彩的鮮明印記………………441
（一）深閨制度的順從與逃離………442
（二）文士化的生活趨向………………443
（三）閨秀與名伎文化的融合………443
（四）亂世離鴻的哀鳴與悲歌………444
第二節　形式技巧特色…………………445
一、以小令和常用調為主………………446
二、突出的寫作技巧……………………449
（一）精練優美的語言…………………450
（二）書卷經驗的融合…………………451
（三）情真意摯的詞筆…………………452
（四）善用修辭技巧…………………453
第三節　風格特色………………………453
一、細緻纖婉的基調……………………454
二、深沉開闊的別格……………………455
第七章　結　論…………………………457
第一節　晚明女詞人在詞史上的意義……457
一、接續女性詞創作的傳統……………457
二、擴大女性詞的容量…………………459
第二節　晚明女詞人在詞史上的價值……461
一、詞藝的卓越化………………………461
二、為女性詞在清代的高度立下良好的基礎 463
附錄：晚明女詞人各家詞調使用情形一覽表…467
重要參考書目………………………………473

自 序

　　98 年 7 月 14 日下午 6 時 10 分，當博士論文口試委員會主席陳滿銘教授宣布高分通過時，我的內心是激動湃澎的。回想起這些日子以來，縈繞在心頭的唯一信念，即是爲這群淹沒在歷史塵灰中的晚明女詞人稍盡心力，開發出其潛德之幽光。

　　午夜夢迴，常是與晚明女詞人群芳相會：有葉葉交光的吳江午夢堂詞人沈宜修、葉紈紈、葉小紈、葉小鸞母女和張倩倩、李玉照、沈憲英、沈樹榮等家族女詞人，賢媛之冠商景蘭、有意以詞爲名的大家閨秀吳綃、以詠花詞獨步明清詞壇的歸淑芬、身歷明清易代之難的吳山與吳琪、和以自身才華毅然扛起家庭重計的閨塾師黃媛介等人。而一代風流佳麗如王微、楊宛、柳如是、李因與致力於反清復明志業的女俠劉淑亦來夢中相會。讀佳人詞作，想見其爲人：曾心折於閨秀詞人細緻纖婉的審美情調，感動於青樓寵妾詞人對情愛相思的執著，而對閨塾師詞人所展現出來的生命韌性與女俠詞人欲以一肩挑起家國重擔的偉大抱負，更是敬佩之至。每位女詞人本身都是動人的詩篇，只希望本論文的寫就，能讓世人稍見她們的丰采於萬分之一。

　　口試場上，王偉勇教授詳細地爲我指正疏失與缺漏，鄭靖時教授在研究方法上多所提示，林逢源教授細心發現問題並客觀指陳得失，陳滿銘教授更是從論文架構到行文用語皆詳加指導，委員們愛深責切

之情溢於言表，關愛與提攜之意更是不言可喻，每個建議都讓我受益良多，字字句句，盡是委員們殷切的期盼。而從碩班到博班一路關照我的黃文吉教授，則是我得以順利完成論文的最堅定支持力量。想到老師不眠不休為我逐字批閱論文，真是既感恩又感動。期勉自己在學術之路上要繼續耕耘，以不負眾多師長們的栽培與厚愛。

從碩士學分班、碩士班再到博士班，在彰化師範大學國文研究所共有十二年的修習，遠遠超過任何一個階段的學習歷程。感謝所上眾多師長們辛勤的澆灌，豐富我在不同領域的知識。老師們孜孜矻矻與實事求是的精神，是我學習的最佳榜樣。

一路走來，親愛的家人是我最大的動力。與我結髮十餘年的外子志忠，不但是我親密的伴侶，更是我人生的導師，在每個重要的環節，總是給予我最適切的支援與方向。昱辰、毓淇與昱安三位懂事乖巧的孩子已日漸成長，全家和樂融融，各盡本分，共同為提昇每一位成員而分工與努力，是生命中最大的喜悅與收穫。而神圳國中陳瓊娜校長與輔導室同仁們的支持，更是我得以接受學術薰陶的莫大關鍵。與眾多晚明女詞人相較，覺得自己的人生是相對平實且溫暖的，告訴自己，要珍惜這分得來不易的幸運與幸福。

最後，謹以本論文獻給關愛我的父母與公婆。這兩對慈祥的長者，總是適時地伸出援手，讓我能無後顧之憂地完成學業。

蘇菁媛　謹識
2009 年 7 月 24 日
於臺中縣神岡鄉大豐北街寓所

第一章　緒　論

第一節　研究動機與目的

一、研究動機

　　個人在撰寫碩士論文——《陳子龍詞學理論及其詞研究》時，〔註1〕即已深刻體認到明詞在整個詞史中的重要地位。對上而言，明詞是宋元詞的一脈相傳，對下而言，它又是清詞中興的基礎，故促使吾人對明詞發展的狀況投入更多的關注。

　　在閱讀相關文獻時，發現一個相當特別的現象，即明代女詞人之多與創作之富，恰與明詞總體不振的情形構成強烈的對比。以流傳與影響最廣的明詞選本——王昶《明詞綜》而言，〔註2〕共選詞人 387 家，詞作 604 首，共成十二卷，其中女詞人即有 84 家，詞二卷共 105 首，以詞家和創作數量而言，都超過了五分之一。再以歷代女性詞的選本而言，明末王端淑《名媛詩緯初編詩餘集》選明代女詞人 56 家，〔註3〕而清代周銘《林下詞選》則選了 51 家。〔註4〕這樣的數量，對

〔註1〕 蘇菁媛：《陳子龍詞學理論及其詞研究》（彰化：國立彰化師範大學國文研究所碩士論文，2004 年 6 月）。

〔註2〕 〔清〕王昶：《明詞綜》（臺北：臺灣中華書局，1970 年 6 月）

〔註3〕 〔明〕王端淑《名媛詩緯初編詩餘集》，趙尊嶽編：《明詞彙刊》（上海：上海古籍出版社，1992 年 7 月）下冊，頁 1912～1922。

照明代以前詞史上女詞人寥若晨星的情況，﹝註5﹞的確是一種相當具有特色的詞壇景觀。

趙尊嶽《明詞彙刊》共彙集明詞 268 種，是在《全明詞》未出版前輯刻明詞規模最大的叢書，其中所收錄的女性詞人別集或選集雖然只有 9 種，﹝註6﹞但其在〈惜陰堂彙刻明詞記略〉一文中論及「明詞之特色」，即以女詞人之多與創作之豐富爲明詞重要的特色之一：

> 女史詞在宋之李、朱大家，昭昭在人耳目。元代即不多，《林下詞選》幾難備其家數。而明代訂律拈詞，閨襜彤史，多至數百人，《眾香》一集，甄錄均詳。而笄珈若吳冰仙、徐小淑，煙花若王修微、楊宛之流，所值較豐，又復膾炙人口，視軦勝瓊之僅存片玉，嚴蕊之僅付詼諧，自又奪過之，足資諷籀也。﹝註7﹞

認爲明代不僅有學養的大家閨秀如吳綃（字冰仙）、徐媛（字小淑）等人善於作詞，即使連欠缺良好養成教育的煙花歌伎如王微（字修微）、楊宛（字宛叔）等人的詞作亦具可讀性。2004 年由饒宗頤初纂、張璋總纂的《全明詞》正式出版，﹝註8﹞雖然學界認爲其中多所瑕疵，﹝註9﹞但仍爲明詞的研究提供了較爲完備的文獻資料，再加上《全明

﹝註4﹞　〔清〕周銘《林下詞選》，趙尊嶽編：《明詞彙刊》下冊，頁 1601～1626。

﹝註5﹞　前代女詞人如朱淑眞、李清照等人，詞學成就之高，確是令人有巾幗不讓鬚眉之嘆，但究竟是屬於個別的情況，與明代女詞人大批湧現的情形不一樣。

﹝註6﹞　此 9 種別集或選集分別是：沈宜修《鸝吹詞》、徐媛《絡緯吟》、吳綃《嘯雪庵詩餘》、楊宛《鍾山獻詩餘》、葉小鸞《返生香詞》、商景蘭《錦囊詩餘》、葉紈紈《芳雪軒詞》、〔清〕周銘編《林下詞選》、〔明〕王端淑編《名媛詩緯初編集成》。

﹝註7﹞　趙尊嶽：《明詞彙刊・附錄一》下冊，頁7。

﹝註8﹞　饒宗頤初纂、張璋總纂：《全明詞》（北京：中華書局，2004 年 1 月）

﹝註9﹞　如王兆鵬、吳麗娜指出《全明詞》存在有斷代不嚴、編排失序、眞僞互見失考、誤收詩曲爲詞、詞集版本取校不廣、文獻失範、參考書目錯誤迭見及詞人生平欠缺考訂等諸多缺失。（參見氏著：《〈全明詞〉的缺失訂補》（《中國文化研究》2005 年春之卷，頁123～130）。

詞補編》出版，〔註10〕不但補《全明詞》之不足，更爲明詞的研究提供相對完整的參考文獻。筆者統計《全明詞》所蒐錄的女性作品，即有 376 人，《全明詞補編》亦補入了《全明詞》所漏收的 6 位女詞人，〔註11〕凡此均印證了趙氏的說法。

　　在明代眾多女詞人中，最著名的是吳江午夢堂詞人，〔註 12〕即母親沈宜修（1590～1635）、長女葉紈紈（1610～1632）與三女葉小鸞（1616～1632）。歷來詞評家對其成就多所讚譽，如《眾香詞》引天台無葉泐子序《午夢堂集》言：

> 吳汾諸葉，葉葉交光。中秀雙妹，尤餘清麗。驚才凌乎謝雪，逸藻媲於班風。湘濤晨捲，新文與旭彩齊暉；金穗宵垂，細慧同夜鐘較靜。栽繁花於皓腕，剪秋月爲冰心。蓮爲能飛，翠臕皆語。一則天末鳳樓，爰隨蕭史；一則春塘駕睡，未許山陰。眞連璧之傾城，泂多珠之聚掌。影閟金閨，或惟母認；名鏤紫琬，不許人知。豈期賦樓雖有碧兒，侍案復須玉史。妹初奔月，姊亦凌波。嗟乎傷哉！〔註 13〕

對吳江葉氏家族母女的慧心巧思與文學成就推崇備至，也對葉氏姊妹在青春年華即香消玉殞感到惋惜。而馬興榮在《元明清詞鑒賞詞典·序》中亦言：

〔註10〕周明初、葉曄：《全明詞補編》（杭州：浙江大學出版社，2007 年 1 月）

〔註11〕此 6 人姓名可考者爲張璧娘、范壺貞、葉芳蘋、吳氏 4 人，另編末有無名氏 2 人，據作者小傳與詞作內容可知爲女性。其詞作均收入周明初、葉曄：《全明詞補編》下冊。

〔註12〕〔明〕葉紹袁（1589～1648）在崇禎九年（1636）爲其妻女等人精心編輯了一部詩文合集名曰《午夢堂集》，故後人即稱其家族爲「午夢堂一門」。該書現有 1998 年 11 月北京中華書局冀勤所輯校的校訂本，附錄並葉紹袁所撰的《葉天寥四種》，是研究吳江葉氏家族相當完備的本子，亦是本文主要的參考依據。本文所引用的葉紹袁、沈宜修夫婦及其子女、親友相關詩文均根據此本，爾後只在引文附上頁次，不再另外註明出處。

〔註13〕《眾香詞·沈宜修小傳》，收入〔明〕葉紹袁原編、冀勤輯校：《午夢堂集·附錄一》（北京：中華書局，1998 年 11 月）下冊，頁 1086～1087。

> 在明代詞壇上，還有一大群女詞人。其中最著名的是沈宜
> 修母女。沈宜修字宛君，葉紹袁妻，夫婦偕隱汾湖，以山
> 水詩詞自娛終。著有《鸝吹集》，存詞一百九十首。宜修詞
> 頗有功力，但題材狹窄，其長女紈紈、次女小紈、三女小
> 鸞皆工詞，以小鸞最著名。小鸞字瓊章，未嫁而卒，有詩
> 詞集《返生香》，存詞九十二首。陳維崧《婦人集》謂葉氏
> 三女「俱有才調，而瓊章尤英徹。如玉山之映人，詩詞絕
> 有思致。」〔註14〕

對沈宜修母女的詞學成就予以高度的肯定，也提出了對葉氏母女詞作的看法。認為母親宜修詞作頗有功力，但題材狹窄，三位女兒紈紈、小紈與小鸞亦工於詞作。

　　而個人在探討陳子龍詞時，即發現這位被學者號稱為明詞史上最有光彩，亦是明詞殿軍的英烈詞人，〔註15〕在其現存的 84 首詞作中，即有三分之二是與當時的秦淮名伎柳如是有關，其中更有 12 首是與柳如是的唱和之作。〔註16〕也因為如此，讓個人對柳如是的詞作有所接觸，發現柳如是雖是煙花出身，但其詞卻是閑淡雅致，盡洗鉛華而成天然的丰韻，與上述趙尊嶽所言相當符合。而柳如是不過是一代名伎，並沒有良好的家庭養成教育，其在文學上的成就靠的是她過目成誦的天賦，及與當時江南名士如李雯、陳子龍、宋徵輿等人的往來切磋琢磨，則名伎與名士之間，是否存在著某種微妙的關係？這又勾起筆者想一探究竟的想望。

　　放眼明代後期的中國，由於工商業的逐漸發展，使得市民階層逐漸嶄露頭角，整個社會風尚也發生了激烈的變化，〔註17〕女子不必再

〔註14〕上海辭書出版社主編：《元明清詞鑒賞詞典》（上海：上海辭書出版社，2002 年 12 月），頁 7～8。

〔註15〕張仲謀：《明詞史》（北京：人民文學出版社，2002 年 2 月），頁 286～287。

〔註16〕蘇菁媛：《陳子龍詞學理論及其詞研究》，頁 158～172。

〔註17〕馬美信：《晚明文學新探》（臺北：聖環圖書公司，1994 年 6 月），頁 3～33。

受「無才便是德」的傳統思想所箝制。相反地，有文才的女子得到了社會的肯定，甚至其丈夫會以此自得或驕人，如曾被周遜推爲「當代詞宗」的楊愼，〔註18〕因珍惜其繼室黃峨寄給他的長句小詞，而爲詩言「易求海上瓊枝樹，難得閨中錦字書」〔註19〕或可略知一二。在這樣寬鬆活躍的時代氛圍下，雖然政治昏暗，國事日非，但民間的文化積累與教育普及必有長足的進步，生長在世家大族的名門閨秀，粗通文墨必是普遍現象，甚至詩詞書畫已成爲品評閨秀高低的標準。〔註20〕從這個角度來思考，那麼晚明女詞人會成群的湧現，似乎是有跡可尋了。

　　以上諸多線索，在在啓示吾人，明代女詞人的苑囿會是一塊值得深耕的沃土，其中必有耀眼的寶藏等待吾人來挖掘。一股想爲這群在文學史上總被忽略，〔註21〕或在詞史上總以集體方式呈現的明代女詞人，〔註22〕開發潛德之幽光的信念已悄然在心中堅定地成長。

〔註18〕〔明〕周遜〈刻詞品序〉推楊愼爲「當代詞宗」，〔明〕楊愼《詞品》，唐圭璋主編：《詞話叢編》冊1，頁407。，

〔註19〕〔清〕錢謙益《列朝詩集小傳·閏集》，（上海：上海古籍版社，2008年4月）下冊，頁730。

〔註20〕張仲謀：《明詞史》，頁246。

〔註21〕中國文學史專著如劉大杰：《中國文學發展史》（臺北：華正書局，1986年6月）、王忠林、邱燮友等：《增論中國文學史初稿》（臺北：福記文化圖書公司，1985年5月）對明代的詞學發展並無任何隻字片語的介紹，更遑論對明代女詞人的介紹，甚至連專論明代文學之專著如鄧紹基、史鐵良主編：《明代文學研究》（北京：北京出版社，2001年12月）對明代的詞學成就亦略而不談。

〔註22〕如王易在介紹明女詞人時僅以「明代女子中能詞者甚多。如楊用修妻黃氏，葉紹袁妻沈宜修，女小紈、昭齊、小鸞等，林鴻妻張紅橋，金陵妓楊宛，揚州妓王修微，皆其稍著者。緇流惟一靈，俊逸有致。詞均不錄。」等七十餘字帶過。參見氏著：《詞曲史》（北京：團結出版社，2006年3月），頁348。黃拔荊《中國詞史》則以專節的方式對明代女詞人進行集體性的介紹。參見黃拔荊：《中國詞史》（福州：福建人民出版社，2003年5月）下冊，頁131～146。張仲謀《明詞史》則以專章方式，分成（一）叢簇東南的女詞人群體。（二）沈宜修及其家族中的女性詞人：葉紈紈、葉小紈、葉小鸞、張倩倩。（三）其他閨秀詞人：王鳳嫻、徐媛、商景蘭、商景徽、王靜淑、王端淑、

二、研究目的

明代女詞人成群的湧現,確實是詞史上相當值得關注的現象。《明詞史》作者張仲謀即針對明代女詞人發展的情形,做成專章的研究,並得出如下的結論:

一、從時代先後來說,女詞人自明代中期開始登上詞壇,而至明代後期蔚爲大觀。

二、從地域分布看,明代女詞人多集中在長江下游即江、浙、瀘地區。

三、明代女詞人的廣泛湧現,與東南一帶文化家族的繁興有很大關係。〔註23〕

認爲明代女詞人從時間而言多集中在明代中後期,從地域分布而言則集中在長江中下游地區,且廣泛湧現的情況與東南地區文化家族的繁興關係密切。循著張先生研究的基礎,筆者仔細統計了《全明詞》所收的女性詞人,從萬曆元年間的項蘭貞到編末的無名氏,可確定爲女性者即有 278 人,再加上《全明詞補編》所補入的 6 人,則二書合計共收有晚明女詞人 284 人,數量之多,直可用「嘆爲觀止」來形容,更堅定了筆者對晚明女詞人做整體研究的信念。

在張先生研究的基礎上,筆者更將焦點聚集在對晚明女詞人的研究上。試圖探討爲何晚明女詞人會成批的湧現,且多集中在東南江浙地區,除了與文化家族的繁興有關外,與當時的社會環境、經濟狀況與文壇風氣是否也有關係?雖然對晚明的政治、社會、經濟與文學已有許多專書探討,但筆者仍想針對晚明女詞人蓬勃發展的時空背景做一深入的剖析,盼能在前人研究的基礎上得出更爲具體的結論。

另外這些晚明女詞人的出身背景與創作風格是否可以加以分類,而這些作品在詞史及女性文學史中又應如何定位?繁盛的女性群體創

吳綃。(四)青樓詞人:王微、楊宛、鄭如英等節敘述之。詳參氏著:《明詞史》,頁 245～284。

〔註23〕張仲謀:《明詞史》,頁 246～250。

作，是否是稍後清詞中興的前序曲？而女性詞人的大量出現，是否也意謂著女性生活空間的逐步擴展與女性尋求精神支持力量意識的逐漸增強？以上諸種情形，勢必與當時社會的思潮有密切的關聯。這些晚明女詞人的作品是否有其共同的特色，或是有個別性的情況？如此一個龐大課題下的諸多面向都是筆者所欲深入探討的子題，故擬以「晚明女詞人研究」為題，來進行博士論文的撰寫，期盼能為晚明女詞人在詞史上釐出客觀的定位，並探究出其所代表的意義與價值，從而為學界在明清婦女文化版圖的認識上，開啟一扇具體的觀察視窗。

第二節　研究範圍與研究方法

一、研究範圍

（一）晚明女詞人的定義

　　一般史學上對「晚明」的定義是指從明神宗萬曆元年（1573）迄思宗崇禎十七年（1644）殉國止，如樊樹志《晚明史》即是考察此段時間朱明王朝在內憂外患的雙重壓力下走向滅亡的全部過程。〔註24〕在這短短的數十年間，由於手工業的迅速發展，帶動城市經濟的繁榮，而使市民階層逐漸嶄露頭角，尤其在江南地區，已呈現出棄農經商的趨勢。面對此一轉變，腐朽的朱明王朝並不知道要如何因應，只是更加強化科舉制度，並獎勵貞節操行，企圖以此來凝固人民的思想。這樣的環境，折射到讀書人的思想意識上，有的便死命地追求科舉仕進，有的則提倡個性的自由和解放。表現在婦女身上，有的依舊恪守內訓貞潔，有的則是深入思考自我角色存在的意義，從而表現出自覺的意識。〔註25〕

　　本論文既名為《晚明女詞人研究》，因此所要研究的對象自是指活

〔註24〕樊樹志《晚明史》（上海：復旦大學出版社，2003 年 10 月）。
〔註25〕有關晚明文學的社會環境背景，可參閱馬美信：《晚明文學新探》，
　　　　頁 3〜33。

動在晚明時期的女詞人。爲了使研究的範圍更加明確,擬作如下界說:

1、所謂的晚明,是指萬曆元年(1573)至崇禎十七年(1644)止,所以女詞人的活動時間必得大部分在此範圍之內者,才能稱得上是「晚明女詞人」。因此如楊愼之繼室妻黃峨(1498~1578)雖有曹大家之風,但因生存年代稍早,故不列入討論。另外沈雄《古今詞話・詞話卷下》引《閒情集》所提到的張紅橋,〔註26〕與丁紹儀《聽秋聲館詞話》卷9中所提到的長洲孟淑卿,〔註27〕雖然生卒年不甚確定,但可查證是在萬曆元年以前,〔註28〕故亦不在本題的概括之內。

2、清初部分女詞人如商景蘭、吳山、吳琪、吳絹、柳如是與劉淑等人,雖身跨明、清兩朝,但在際遇與情感上實與朱明王朝有著較爲深入的關聯,如身爲殉國大臣祁彪佳(1602~1645)遺孀的商景蘭,在入清後雖仍創作不輟,卻一直以遺民身分自居,教導子女在亂世中要自甘黯淡以求生存;〔註29〕而吳山存詞雖不多,但愁心抑鬱的「故國黍離」之悲卻是昭然若揭;〔註30〕再如眾所周知的柳如是甚至親身參與反清復明的行動,〔註31〕明亡之後,她已無心作詞。另外以振興明祚自命的女俠劉淑,對朱明亦有著母親般深刻的情感,故諸如此類由亡明漂落至清初的女詞人,基本上可稱爲遺民,故亦在本題的探論之列。

(二)晚明女詞人類述

如前所述,女詞人至明萬曆以後成群地湧現,從而形成明代詞壇

〔註26〕〔清〕沈雄《古今詞話》,唐圭璋主編:《詞話叢編》冊1,頁807。

〔註27〕〔清〕丁紹儀《聽秋聲館詞話》,唐圭璋主編:《詞話叢編》冊3,頁2684。

〔註28〕據《全明詞・孟淑卿小傳》言:「孟淑卿,姑蘇人。訓導孟澄之女。明成化中在世。有才辨,工詩詞,自以所配不偶,號荊山居士。」可知。饒宗頤初纂、張璋總纂:《全明詞》冊1,頁365。

〔註29〕有關商景蘭的思想,可參閱蘇菁媛:〈商景蘭《錦囊集》內容思想探究〉,《屏東教育大學學報——人文社會類》29期(2007年12月),頁14~46。

〔註30〕鄧紅梅:《女性詞史》,頁220~221。

〔註31〕陳寅恪:《柳如是別傳》冊3,頁843~1250。

的一大特色。在這麼多女詞人中，實在有必要對其作有系統的分類，方能看出其所涵蓋的階層與寫作背景。張仲謀《明詞史》在論及明代女詞人時即從沈宜修及其家族中的女性詞人、其他閨秀詞人與青樓詞人來爲明代女詞人做分類，〔註32〕而鄧紅梅《女性詞史》則是從吳江沈氏家族詞、晚明其他女詞人詞、與俠客悲歌、才妓短吟等方面探討明萬曆以後的女性詞壇。〔註33〕本論文立足在前人研究的基礎上，也擬借張氏及鄧氏的分類方法稍作增減，將《全明詞》與《全明詞補編》中所收合計382家晚明女詞人做擇要的介紹，並據其出身背景加以分類，以便能更深入瞭解她們所代表的階層及寫作的意義。

1、吳江午夢堂詞人

在傳統中國的教育體制下，文化家族既是文化的載體，也是文化網絡上的重要環結。明清時期許多文學群體與流派，往往也是以某一文化家族爲核心，通過姻親、朋友、師生等關係向外擴散而成的。〔註34〕吳江沈氏與葉氏家族均爲書香門第，兩家世代通婚，從而構成累世複沓的姻親關係。葉紹袁（1589～1648）在崇禎九年（1636）爲其妻女等人精心編輯了一部詩文合集名曰《午夢堂集》，故後人即稱其家族爲「午夢堂一門」。

在中國文學史上，以家庭爲創作群體者，先有東漢曹魏時代的曹操父子，後有北宋眉山蘇洵父子，均有其劃時代的貢獻。吳江葉氏家族的作品少有爲民生國事而發的宏作，大多是捕捉小情小景、抒情記事的詩詞散文，其在文學史上的成就固然遠不能與曹、蘇兩家相比，但是以女性作者爲主的特色，卻早爲世人所注目。清沈德潛在《午夢堂集八種·序》中即如此言道：

> 古今來言女德者，曰婦順而婉，又曰幽閒貞靜，苟能以婉順幽貞之德，而發爲溫柔敦厚之詩，斯固彤管之美譚，閨

〔註32〕張仲謀：《明詞史》，頁251～283。

〔註33〕鄧紅梅：《女性詞史》，頁183～233。

〔註34〕張仲謀：《明詞史》，頁250。

閨之盛事矣。……吳江之擅詩文者固多，極莫盛於葉
氏。……師門群從類長吟詠，雖閨閣中亦工風雅，郡志所
載《午夢堂集》，婦姑姐娣，更唱迭和，久膾人口。〔註35〕

而葉恒椿亦言：

先虞部公自致仕歸，屏跡汾湖，長幼內外，悉以歌詠酬倡爲
家庭樂。迨相繼凋零，哀痛之餘，手定其沈安人及愛女三人
閨閣之作十二種付梓，曰《午夢堂集》。詩詞歌曲，眾體咸
備，流播人寰，珍如拱璧矣。(《午夢堂集八種‧序》)〔註36〕

葉紹袁之妻沈宜修（1590～1635）與長女紈紈（1610～1632）、次女小
紈（1613～1657）和三女小鸞（1616～1632）皆工詩詞。宜修文集《鸝
吹》收詞 190 首，雖有論者以爲其詞作題材較窄，〔註37〕但細玩之，
會覺其不論小令或長調，皆稱本色當行之作。〔註38〕宜修不但是明代
女詞人中存詞最多的作家，其藝術修養與功力都堪稱第一流。〔註39〕
紈紈文集名《愁言》，共收詞 13 調 48 首，雖然工力遜於其母沈宜修，
但亦有可觀。〔註40〕小紈詞《午夢堂集》並未收錄，冀勤《午夢堂集》
「補遺」，從《眾香詞》、《笠澤詞徵》等書中輯得其詞 11 首，〔註41〕
但筆者比對各版本後發現爲 12 首。〔註42〕而其弟葉燮稱其詩汰後僅存
二十分之一，〔註43〕其詞想必亦是如此。〔註44〕小紈存詞雖少，卻是

〔註35〕〔明〕葉紹袁原編，冀勤輯校：《午夢堂集》下冊，頁 1094。

〔註36〕〔明〕葉紹袁原編，冀勤輯校：《午夢堂集》下冊，頁 1095。

〔註37〕馬興榮：《元明清詞鑒賞詞典‧序》，上海辭書出版社主編：《元明清
詞鑒賞詞典》（上海：上海辭書出版社，2002 年 12 月），頁 7～8。

〔註38〕張仲謀：《明詞史》，頁 252。

〔註39〕張仲謀：《明詞史》，頁 252。

〔註40〕張仲謀：《明詞史》，頁 255。

〔註41〕〔明〕葉紹袁原編，冀勤輯校：《午夢堂集》下冊 771～775。按從《眾
香詞》所選的〈疏簾淡月‧秋夜〉(窗紗欲暮) 一詞應是三妹小鸞所
作，收入《返生香》集中。見葉小鸞《返生香》，收入〔明〕葉紹袁
原編、冀勤輯校：《午夢堂集》上冊，頁 347。

〔註42〕關於葉小紈詞作之數量，詳參本論文第三章第三節。

〔註43〕葉燮〈存餘草述略〉曰：「適余重訂《午夢堂集詩鈔》，因簡其遺稿，
有詩若干首，自題曰『存餘草』，蓋其生平所存僅二十分之一。」〔明〕

工力甚深，多可讀之作。小鸞是葉氏姐妹中才華最高的，歷來備受詞評家的讚賞，〔註45〕文集《返生香》共收詞 36 調 90 首，清雋幽婉是她詞作的主要風格。〔註46〕

另外沈宜修表妹，亦是宜修弟沈自徵的元配張倩倩（1594～1627），姿性穎慧，風度瀟灑，亦工詩詞，雖因作即棄去，故現僅存詞 4 首，〔註47〕卻可看出其不凡的才情。而沈自徵繼室李玉照與沈自炳之女沈憲英（後嫁葉紹袁第三子葉世傛）及葉小紈之女沈樹榮都是較有成就的詞人。

吳江午夢堂家族的女性詞人，是晚明閨秀詞人詞藝水準和情思深度的代表。

2、一般閨秀與閨塾師詞人

其他活動在晚明閨秀詞壇的代表性詞人尚有：

（1）項蘭貞（生卒年不詳），嘉興（今屬浙江）人，嫁黃卯錫為妻。《明史・藝文志》著錄有《裁雲草》、《月露吟》。

（2）徐媛（1560～1620），吳縣（今屬江蘇蘇州）人，太僕徐實維女，詩詞皆工，常與寒山陸卿子唱和，詞集《絡緯吟》有《惜陰堂彙刻明詞》本。

（3）顧若璞（1592～1681），浙江錢塘（今杭州）人。顧友白女，貢生黃東生妻。早寡，以賢孝聞。所著《臥月軒集》詩四卷，

葉紹袁原編，冀勤輯校：《午夢堂集》下冊，頁 743。

〔註44〕葉小紈現存詞作筆者研究後應為 12 首，詳細內容參閱本論文第三章。

〔註45〕如王端淑《名媛詩緯初編詩餘集》稱其「詞家口頭語，正寫不出在筆尖頭，寫得出便輕鬆流麗，淡處見濃，柔處而想，足供人咀味，何必蘇、劉、秦、柳始稱上品。」趙尊嶽輯：《明詞彙刊》下冊，頁 1914。〔清〕馮金伯《詞苑萃編》卷七言：「瓊章不欲作豔語，故詞格堅渾，無香奩氣。」唐圭璋主編：《詞話叢編》冊 2，頁 1926。

〔註46〕張仲謀：《明詞史》，頁 260。

〔註47〕沈宜修〈表妹張倩倩傳〉言：「倩倩亦自工詩詞，作即棄去。瓊章生時，所能記憶者止一二耳。余不忍忘，今并錄之。」〔明〕葉紹袁原編，冀勤輯校：《午夢堂集》上冊，頁 206。

未見有詞集傳世。《全清詞》從清初諸家詞選中輯得詞八首。

（4）歸淑芬（生卒年不詳），字素英，嘉興人。高葵庵室。有《靜齋詩餘》。

（5）吳山（生卒年不詳），安徽當塗人，江寧卞琳妻。工書善畫，詩詞尤膾炙人口。其《青山集》附詞，《眾香集》錄其詞 15 首，徐乃昌輯入《小檀欒室閨秀詞鈔》。

（6）商景蘭（1604～？），會稽（今浙江紹興）人。崇禎間吏部尚書商周祚長女，爲越中閨秀，適同邑祁彪佳，人稱伯商夫人，一名錦囊夫人。有《錦囊詩餘》一卷，存詞 56 首。

（7）吳綃（1615？～1695 後），江蘇長洲（今蘇州）人。通判吳水蒼女，常熟巡道許瑤（文玉）妻，能詩屬文，兼善絲竹，以書畫著，詩詞清麗婉約，有《嘯雪庵詩餘》一卷。

（8）顧之瓊（生卒年不詳），浙江仁和（今杭州）人，翰林錢繩庵妻，進士錢元修、肇修母。其自著有《亦政堂集》，錢欽光爲之序，今未見。僅清初諸選本中存詞 12 首。

（9）吳琪（生卒年不詳），字蕊仙，號佛眉，長洲人，管予嘉妻。善書工詩，能文章。夫死於官，遂薙度，法名上鑒，號輝宗。有《鎖香庵詞》。

（10）董如蘭（生卒年不詳），字畹仙，華亭人，御史符志儒室。約明崇禎年間在世。有《秋園詞鈔》。

（11）顧姒（生卒年不詳），字啓姬，錢塘人，顧長任之妹，鄂幼興室。有《靜御堂集》、《由拳草》。〔註 48〕

另外在明清時期還有一個相當特別的女性群體，即是爲現實生活環境所迫，不得不以本身的才學巡遊各地，以爲閨閣之師的知識婦女，她們可稱視爲現代職業婦女的先鋒，高彥頤稱之爲「閨塾師」。〔註 49〕

〔註 48〕以上關於晚明其他女詞人的生平概述，乃參閱馬興榮、吳熊和等編：《中國詞學大辭典》（杭州：浙江教育出版社，1996 年 10 月），頁 171～186。

〔註 49〕〔美〕高彥頤著、李志生譯：《閨塾師——明末清初江南的才女文

這些閨塾師的詞作雖不多，但頗具代表性，除反映其身世遭遇之外，亦可從其中看出女性跨越傳統性別藩籬的時代意義，擬先介紹其中的佼佼者黃媛介與王端淑：

（1）黃媛介（約1620～1669）字皆令，浙江嘉興人，士人楊世功妻。據施淑儀《清代閨閣詩人徵略》言，其作品有《離隱詞》、《湖上草》等，〔註50〕但今已罕傳。其詞作《全明詞》自《黃皆令詩選》中共輯得16首，〔註51〕《全明詞補編》自《林下詞選》卷11補入〈長相思・暮春〉1首。〔註52〕

（2）王端淑，字玉映，浙江山陰人，侍郎王思任次女，丁肇聖妻。博學工詩詞，兼長書畫。長期僑居武林，時與四方名流唱和。清順治中，欲延入禁中教諸妃，力辭不就。著有《玉映堂集》，編有《名媛詩緯》28卷，其中35、36卷爲詞，37、38卷爲散曲，皆有評語。《全明詞》則自《全清詞鈔》中輯得其詞作9首。〔註53〕

因王端淑存詞量較少，且其爲閨塾師時間乃在入清順治中以後，在時代意義上不若黃媛介鮮明，故在第四章詳論時以黃媛介爲代表。

3、青樓、寵妾與女俠詞人

晚明女詞人的出身，除了上述的名門閨秀外，尚有爲數不少的名伎、寵妾在詞作上亦有可觀的成績。另外致力於復國的巾幗英雄劉淑，筆力深透，詞風別樹一格，有不讓鬚眉之勢，故擬別立一節以突顯之。

雖然這些名伎與寵妾的出身背景未必華貴，但大都聰穎過人，資質不凡。因在舊社會城市高等伎院所接待的對象大多是風流的文人，若不通文墨，即使相貌絕佳，也是難以成爲名伎。故既是名伎，必定

化》，頁126。

〔註50〕〔清〕施淑儀《清代閨閣詩人徵略・卷1》，周駿富輯：《清代傳記叢刊・學林類》（臺北：明文書局，1985年5月）冊25，頁49。

〔註51〕饒宗頤初纂、張璋總纂：《全明詞》冊6，頁3013～3016。

〔註52〕周明初、葉曄：《全明詞補編》下冊，頁1075。

〔註53〕饒宗頤初纂、張璋總纂：《全明詞》冊6，頁3255～3256。

是受過某一程度的文學訓練，方能與文人雅士相唱和，況且與文士的交往過程，本身也是一種文藝上的學習。雖然這些藝伎所接受的教育未必如名門閨秀般的嚴謹，但也因此使她們的詞作少了陳腐的學究之氣，而多了幾分清新的眞摯與浪漫。

活躍於晚明詞壇的青樓、寵妾與女俠詞人可以下列諸人爲代表：

（1）景翩翩（生卒年不詳），建昌（今江西南城）名伎，工詩詞，有詩集名《散花吟》，詞附。

（2）薛素（生卒年不詳），字素素，號素卿，吳郡名伎。能畫蘭竹，作小詩，善挾走馬，以女俠自命。曾爲李征蠻所嬖。有《南游草》。

（3）王微（生卒年不詳），廣陵（今江蘇揚州）人。七歲喪父，流落煙花巷陌，長而才情出眾，常扁舟載書，往來於吳（江蘇）會（浙江）之間，與之游者，皆一時名士。王微色藝雙絕，尤工詩詞，有《樾館詩》。王奕清《歷代詞話》卷 10 稱其：「集甚富，皆言情之作，多有俳調。」〔註 54〕馮金伯《詞苑萃編》卷 16 則稱其詞「風流蘊藉，不減李清照。」〔註 55〕

（4）楊宛（生卒年不詳），金陵（今江蘇南京）伎。能詩，善草書，與杭州伎王微結爲姐妹，有《鍾山獻詩餘》一卷。趙尊嶽《明詞彙刊》與《全明詞》均收入，是明代伎女中唯一留下完整詞集的人。

（5）李因（1616～1685），浙江錢塘（今杭州）人，一作會稽（今浙江紹興）人，明光祿寺卿海寧葛徵奇妾。崇禎十七年（1945），葛徵奇抗清殉國。李因資畫爲生。儼然稱未亡人 40 年，長夜佛燈，與老尼相對。黃宗羲爲作〈李因傳〉。所著《竹笑軒吟草》後有《詩餘》一卷，計 22 首，《全明詞》收入。

（6）柳如是（1618～1664），本姓楊，名愛兒，號影憐，後改今

〔註 54〕〔清〕王奕清《歷代詞話》，唐圭璋主編：《詞話叢編》冊 2，頁 1320。
〔註 55〕〔清〕馮金伯《詞苑萃編》，唐圭璋主編：《詞話叢編》冊 3，頁 2106。

名。初爲吳江周相婢，爲盛澤歸家院伎，與陳子龍等交往，後歸錢謙益，稱河東君。嘗勸錢謙益殉國難，未從。其詩詞集《戊寅草》，有明崇禎刻本。《全明詞‧柳如是小傳》謂其別有《我聞室鴛鴦樓詞》，〔註56〕但今未見。

（7）劉淑（生卒年不詳），字淑英，安福人。七歲，父劉鐸死於閹禍，母教成人，文武兼備。及笄，適同邑王藹，年十八而寡。甲申變後，散家貲，募勇士，得千人，並其僮僕婢媵，部勒成旅，欲興明業。事不濟，散所部，歸田里，獨闢小庵，曰「蓮舫」，迎母歸養，奉佛以終。有《個山遺集》七卷，其中以詩文爲多，詞僅一卷。〔註57〕

二、研究現況的回顧與前瞻

明代從神宗萬曆元年（1573）至思宗崇禎十七年（1644）殉國止，短短數十年間，無論政治局面、社會環境與經濟狀況等都產生了前所未有的巨大動盪與激烈變化，而晚明文學就是在這樣一個「天搖地動」的時代背景下，萌生種種改革發展和突破傳統的文藝新浪潮。但是相當遺憾的是因明詞的長期被忽視，〔註58〕在眾多探討晚明文學的書籍中，竟少有提及當代詞學發展的情況，遑論專門探討晚明女詞人的專著。

近年來古典文學界的學者雖然逐漸投入明詞的研究，但大多數仍是以代表詞家的詞論及詞作爲主要研究的對象，〔註59〕少有觸及詞

〔註56〕饒宗頤初纂、張璋總纂：《全明詞》冊5，頁2444。

〔註57〕以上諸詞人之生平，乃筆者參閱《全明詞》所言各詞人之小傳，整理所得。

〔註58〕如王易《詞曲史》及劉子庚《詞史》（臺北：臺灣學生書局，1972年6月）分別以「入病」及「不振」來概括明詞。

〔註59〕如朴永珠《明代詞論研究》（臺北：中國文化大學中國文學研究所碩士論文，1970年）、陳美《明末忠義詞人研究》（臺北：東吳大學中國文學研究所碩士論文，1985年）、涂茂齡《陳大樽詞的研究》（高雄：高雄師範大學國文研究所碩士論文，1991年）、黃慧禎《王世貞詞學研究》臺北：（東吳大學中國文學研究所碩士論文，1996年）、江俊亮《楊愼及其詞研究》（臺中：東海大學中國文學研

人群體之探討。如黃拔荊在《中國詞史》中雖注意到了明代女詞人的成就，在第七章「明詞的中衰與重振」中獨立一節對明代女詞人進行介紹，但誠如其所言：「明代能詞女子為數頗多，但有詞集傳世者，只寥寥幾數人。大多數人的作品，只是靠詩話、詞話、筆記、小說及其他雜書錄以保存，每人的數量很少，很難看出其全貌。」〔註60〕黃氏在書中亦列舉張紅橋、王鳳嫻、沈宜修、葉紈紈、葉小紈、葉小鸞、張倩倩、徐元瑞、商景蘭等人做概要式的說明，但除對午夢堂詞人有較為深入的評介之外，其餘諸人皆是採精要的論述，較難看出個別詞家的總體成就，且忽視了同時代另一個相當特別的創作群體──青樓藝伎詞人，令人不免有遺珠之憾。

2002 年張仲謀先生《明詞史》的出版，對明詞整體的發展狀況及代表詞家做了清晰而有條理的論述，對有志於探索明詞的學者助益良多。而其針對明代女詞人蓬勃發展的情形亦設專章加以討論，並認為至萬曆時期女詞人大量的湧現，是因為明代中後期思想文化氛圍較為寬鬆活躍，並以明代叢簇東南的女詞人群體來佐證吳熊和先生的「環太湖文化區」概念，〔註61〕而東南文化家族的繁興，亦是促成明代女詞人廣泛湧現的重要原因。〔註62〕張先生在文中即提出吳江午夢堂家族中的女詞

所碩士論文，1997 年）、雷珮怡《楊基眉菴詞研究》（高雄：高雄師範大學國文研究所碩士論文，1999 年）、李雅雲《高啓扣舷詞研究》（臺北：東吳大學中國文學研究所碩士論文，1999 年）、潘麗琳《劉基寫情集研究》（臺北：東吳大學中國文學研究所碩士論文，1999 年）、杜靜鶴《陳霆詞學研究》（臺北：東吳大學中國文學研究所碩士論文，1999 年）、陶子珍《明代詞選研究》（臺北：東吳大學中國文學研究所博士論文，2000 年）等，詳參蘇菁媛：《陳子龍詞學理論及其詞研究》（彰化：國立彰化師範大學國文研究所碩士論文，2004 年 6 月），頁 4～5。

〔註60〕黃拔荊：《中國詞史》下冊，頁 131。

〔註61〕據張仲謀所言，「環太湖文化區」乃吳熊和先生於 1995 年在上海舉行的海峽兩岸詞學討論會上所提出的概念，欲以之概括詞的創作、研究與地域文化的關係，得到大多數與會者的認同。詳參氏著：《明詞史》，頁 249。

〔註62〕張仲謀：《明詞史》，頁 246～250。

人：沈宜修、葉紈紈、葉小紈、葉小鸞、張倩倩，和其他閨秀詞人：王鳳嫻、徐媛、商景蘭、商景徽、王靜淑、王端淑、吳綃，與青樓詞人：王微、楊宛、鄭如英，對其詞作內容與風格特色做簡要的介紹與品評，引導讀者對這些女詞人的生平與詞作能有初步的認識。〔註63〕

鄧紅梅女士在 2000 年所出版的《女性詞史》，〔註64〕則是對女性詞人做了縱向的觀照，認爲明代萬曆以後由於時代風氣的轉移及詞學興趣的明顯增加，詞壇總體上呈現出一派復甦的氣象，而女性詞的創作也出現了前所未有的熱鬧景象，尤其東南女詞人的密集程度更是前所未有。她們的詞藝水準不僅較元明時代的作者出色，且整體水準亦較兩宋時期的女詞人有顯著提升。而這一時期的女詞人有兩個共同特點：一是內蘊的深化和語言風格的雅化，二是形式體制上仍以小令爲主。〔註65〕鄧氏在此一時期所敘列的女詞人除了吳江午夢堂家族詞人外，又提出王鳳嫻、徐媛、項蘭貞、黃媛介、董如蘭、陳絜等閨秀詞人與劉淑、顧若璞、王朗、吳山、吳琪、吳綃、王微、楊宛等俠客或歌伎詞人，基本上是以女詞人的出身背景與身世遭遇作分類。但除了午夢堂詞人和楊宛有明確的生卒年時間交代之外，對其餘詞人的生平背景與生存年代並未詳細介紹，且在舉例方面亦是蜻蜓點水般地點到爲止，欠缺全面性深刻的論述，使讀者較難將詞作特色與詞人的生平遭遇等背景做進一步的聯繫。而鄧著的可取之處則是能對各詞人的代表作做深度的賞析與評介，甚至從詞作來析出人生遭遇對詞人風格的影響，使讀者對各女詞人的詞作風格能有明確的概念。

2008 年趙雪沛撰就《明末清初女詞人研究》，由首都師範大學出版，〔註66〕與筆者所欲探討的主題範圍有相當程度的相似。該書採上下編的體例，上編爲綜論，乃從整體角度對明末清初女詞人的文學活

〔註63〕張仲謀：《明詞史》，頁 251～283。
〔註64〕鄧紅梅：《女性詞史》（濟南：山東教育出版社，2000 年 7 月）
〔註65〕鄧紅梅：《女性詞史》，頁 182～183。
〔註66〕趙雪沛：《明末清初女詞人研究》（北京：首都師範大學出版社，2008年 4 月）

動與創作成就作大概的梳理與分析，論述當時女詞人的唱和交游，介紹女詞人的兩大創體——名伎與閨秀，並對女性詞的題材特徵及藝術風貌進行深入探討。下編則爲詞家論，對沈宜修、葉紈紈、葉小鸞母女，徐燦、朱中媚、顧貞立等閨秀詞人與李因、王微、楊宛等名伎詞人進行探究。〔註 67〕細究趙書，對明末清初女詞人之背景概要，確實進行相當用心的考察，在作品特色的評析上亦得出具體客觀的結論。但在個別詞家的討論上僅著重於對已較爲世人所熟悉的明清諸人進行探討，相較於晚明眾多詞藝出色的女詞人群體而言，仍有極多潛德之幽光等待有心人深入開發。

在單篇論文方面，則有區宗坤〈葉小鸞及其詞〉〔註 68〕、周宗盛〈絕世才女——葉小鸞〉〔註 69〕及馬祖熙〈女詞人王微及其期山草詞〉，〔註 70〕分別對葉小鸞及王微的生平與詞作做評介。這些文章詳搜各種資料，對葉小鸞及王微的身世、詞作內容與特色均有詳細的考證與說明，也啓發吾人對晚明其餘女詞人的研究方向。

另外由於史學大師陳寅恪先生（1890～1969）在其暮年以病殘之軀，耗盡十年的心血完成八十餘萬言的巨著——《柳如是別傳》，〔註 71〕不但使這位身處明、清之際的才伎兼俠客——柳如是的身世能夠大白於天下，也爲她的詩詞研究開闢了新的天地，故近年來學界對柳如是的詩、詞均有較有深入探討。〔註 72〕但這些專書與論文或著重於柳如是作

〔註 67〕趙雪沛：《明末清初女詞人研究・內容提要》，頁 1。

〔註 68〕區宗坤〈葉小鸞及其詞〉，《廈大周刊》，12 卷 8 期，1932 年 11 月。

〔註 69〕周宗盛〈絕世才女——葉小鸞〉，《大華晚報》，8 版，1975 年 4 月 20 日、17 日、5 月 4 日。

〔註 70〕馬祖熙〈女詞人王微及其期山草詞〉，《中國國學》22 期，1994 年 10 月。

〔註 71〕陳寅恪：《柳如是別傳》（北京：生活、讀書、新知三聯書店，2001 年 1 月）

〔註 72〕舉其犖犖大者，如李栩鈺：《河東君與《柳如是別傳》——「接受觀點的考察」》（桃園：國立中央大學中國文學研究所博士論文，2002 年）、高月娟：《柳如是及其《戊寅草》研究》（臺中：私立東海大學中國文學系碩士論文，2000 年）、劉燕遠：《柳如是詩詞評注》（北京：

品的收集與選注，〔註73〕或對其身世進行探討，〔註74〕或討論其作品別集與創作心理，〔註75〕或對陳寅恪的《柳如是別傳》進行再探究，〔註76〕或對柳如是之詞作雖有論及，〔註77〕但仍欠缺全面性的討論。

至於晚明其他女詞人的介紹，除了《金元明清詞鑒賞詞典》〔註78〕與《元明清詞鑒賞詞典》〔註 79〕中收有沈宜修、張倩倩、王微、葉紈紈、葉小紈、鄭如英、葉小鸞、商景蘭、李因、徐小淑、柳如是等人少數詞篇的賞析外，似乎較少關注到晚明女詞人的作品。

近年來學界對明清女性文學版圖的拓建亦用力甚深，亦展現了令人驚豔的成績。除前述陳寅恪先生的《柳如是別傳》所帶動的研究風潮外，旅美華人學者高彥頤的《閨塾師——明末清初江南的才女文化》一書，以社會性別分析的方法來重塑明清江南知識婦女的生活空間，〔註80〕引導讀者更貼近當時才女的生活背景，對了解明清時期的才女文化上做出了相當具體的貢獻。在如此的基礎上，對才女的創作自能

北京古籍出版社，200 年 1 月），另外《中國期刊網》內亦收有相當數量探討柳如是文學作品與人格特質的期刊論文。

〔註73〕如谷之輝輯：《柳如是詩文集》（北京：中華全國圖書館文獻縮微複製中心，1996 年 8 月）、劉燕遠：《柳如是詩詞評注》等。

〔註74〕如周采泉：《柳如是雜論》（上海：江蘇古籍出版社，2000 年 1 月）、吳儀：〈李清照與柳如是：離亂時代成長起來的女詩人〉，《武漢大學學報——人文社會科學版》21 卷第 6 期，2002 年 12 月，頁 50～53。

〔註75〕如高月娟：《柳如是及其《戊寅草》研究》、賀超：〈論柳如是詩詞創作的女性心理〉，《贛南師範學院學報》2002 年第 4 期，頁 58～60。

〔註76〕如李栩鈺：《河東君與《柳如是別傳》——「接受觀點的考察」》、雷戈：〈試論《柳如是別傳》的醒世作用〉，《安徽史學》1998 年第 3 期，頁 70～77。

〔註77〕如陳寅恪《柳如是別傳》，孫康宜著、李奭學譯：《陳子龍柳如是詩詞情緣》（臺北：允晨文化實業公司，1992 年 2 月）。

〔註78〕王步高主編：《金元明清詞鑒賞詞典》（南京：南京大學出版社，1989 年 4 月）。

〔註79〕上海辭書出版社主編：《元明清詞鑒賞詞典》（上海：上海辭書出版社，2002 年 12 月）。

〔註80〕〔美〕高彥頤著、李志生譯：《閨塾師——明末清初江南的才女文化》（南京：江蘇人民出版社，2005 年 1 月）。

有更深刻的體會。

　　另外兩岸年輕學子在此領域亦投入許多心力，國內已有多本學位論文可供參考，舉其與晚明女詞人較有相關者，如王秋文《明代女詞人群體關係研究》，歸納出明代女詞人之間各種正式、非正式的酬唱情形，從而呈現其連結關係與交遊的狀況，並深究此關係對其詞作的影響。〔註81〕胡慧南《沈宜修及《鸝吹詩》研究》則聚焦在午夢堂大家長沈宜修及其《鸝吹》集中詩作的探討。〔註82〕黃郁晴《晚明吳中地區名門女詩人研究》乃針對晚明江蘇地區世家大族的女詩人進行研究，讓學界對當時名門閨秀的詩學成就有進一步的認識。〔註83〕謝愛珠《賢媛之冠──商景蘭研究》乃以商景蘭為研究對象，深入討論其在當代婦女中所代表的意義，〔註84〕王慧瑜《明末清初江南才女身世背景之研究》清楚勾勒出明末清初江南才女的身世背景，豐富學界對此論題的背景知識。〔註85〕陳建男《清初女性詞選集研究》以清初女性詞選集作為研究對象，探討清初女性詞作之特色與詞評家對女性詞的看法，〔註86〕因時代的相連性，對於晚明女詞人的詞作亦有部分提及。孫敏娟《明代女詩人的主體性研究》則標舉出午夢堂家族等著名的女詩人，深入探討其詩作特色，因女詩人多半兼作詞，故亦豐富吾人對晚明女詞人背景的認識。〔註87〕

〔註81〕王秋文：《明代女詞人群體關係研究》（臺北：私立東吳大學中國文學系碩士論文，2004年）。

〔註82〕胡慧南：《沈宜修及《鸝吹詩》研究》（臺中：私立東海大學中國文學系碩士論文，2005年）。

〔註83〕黃郁晴：《晚明吳中地區名門女詩人研究》（高雄：國立中山大學中國文學系碩士論文，2006年）。

〔註84〕謝愛珠：《賢媛之冠──商景蘭研究》（桃園：國立中央大學歷史研究所碩士專班論文，2006年）。

〔註85〕王慧瑜：《明末清初江南才女身世背景之研究》（桃園：國立中央大學歷史系碩士論文，2004年）。

〔註86〕陳建男：《清初女性詞選集研究》（臺北：國立政治大學中國文學系碩士論文，2005年）。

〔註87〕孫敏娟：《明代女詩人的主體性研究》（南投：國立暨南大學中國文

在單篇論文方面，則有張遠鳳〈清初「蕉園詩社」形成原因初探〉，從社會與家庭因素兩方面對清初最負聲望的才女詩社進行探討，〔註88〕王力堅〈從《名媛詩話》看家庭對清代才媛的影響〉則聚焦在家庭教育對清初才媛的影響，〔註89〕袁墨卿〈晚明江南文化殊相──名士與名姝的豔情與悲劇〉深入分析晚明士伎相親的時代特色與名伎文化的社會意義，〔註90〕宋清秀〈論明末清初才女文化的特點〉則特別標舉閨秀與名伎文化逐漸融合的時代特色、〔註91〕〈黃媛介──名伎文化與閨秀文化融合的橋梁〉則深入評介明清才女黃媛介在特殊時代背景下所扮演的名伎與閨秀文化融合的角色，〔註92〕陳廣宏〈中晚明女性詩總集編刊宗旨及選錄標準的文化解讀〉則著重解讀中晚明女性詩歌總集編刊宗旨、選錄及分類標準呈現的剖析，藉以探究此時期以男性編刊者為主所體現的女性意識及其文化意義。〔註93〕

閱讀這些學位與期刊論文，讓個人對明清才女的多彩多姿世界及其週邊課題多了相當程度的理解，亦有助於循線探討晚明女詞人的核心相關問題。

鄧紅梅《女性詞史》與張仲謀《明詞史》二書共同的缺憾是對詞人的生平介紹太過簡略，且所舉詞例亦不夠周全，僅是點到為止，致使讀者對晚明女詞人發展的情形，雖有整體概念，但仍欠缺微觀的深入了

學系碩士論文，2004 年）。
〔註88〕張遠鳳〈清初「蕉園詩社」形成原因初探〉，《金陵科技學院學報》（社會科學版，2008 年 8 月），頁 79〜83。
〔註89〕王力堅〈從《名媛詩話》看家庭對清代才媛的影響〉，《長江學術》（2006年 3 月），頁 109〜116。
〔註90〕袁墨卿〈晚明江南文化殊相──名士與名姝的豔情與悲劇〉，《棗莊學院學報》（2005 年 1 月），頁 38〜50。
〔註91〕宋清秀〈論明末清初才女文化的特點〉，《求索》（2006 年 3 月），頁 195〜197 轉接頁 176。
〔註92〕宋清秀：〈黃媛介──名妓文化與閨秀文化融合的橋梁〉，《中國典籍與文化》2006 年（總第 59 期），頁 113〜117。
〔註93〕陳廣宏〈中晚明女性詩總集編刊宗旨及選錄標準的文化解讀〉，《中國典籍與文化》2007 年（總第 60 期），頁 40〜48。

解。而趙雪沛《明末清初女詞人研究》在個別詞家的探討上亦有相當程度的遺珠之憾。另外其他明清女性文學領域的論著則是提供對晚明女詞人外緣背景知識的認識,欠缺對晚明女詞人核心問題的相關論述。基於這樣的認知,個人認爲應從晚明具代表性的女詞人個別著手,分別從其生平、詞集內容、形式技巧與風格特色或時代、社會等意義來探討,除了析出個別重點外,也希望能進一步歸納出共同的特色,並爲這群女詞人在詞史及女性文學史上所代表的意義,做一客觀的釐定與說明。

衷心期盼此一研究的完成,除了能爲幾乎淹沒於歷史塵灰中的晚明女詞人發微闡幽之外,也能爲此一階段的詞史進行補白與塡充,使學界知曉順康年間清詞的中興,其實從晚明萬曆以後就有跡可尋。而這批長久以來爲世人所忽略的女詞人,也爲在明代幾已衰微覆滅的詞體,重新回歸到本體價值,使其抒情功能得以充分發揮,甚至擴張其容量,使清代詞學重新獲得生氣與活力的詞學復興運動,貢獻過不容抹滅的心力。

三、晚明女詞人省籍分布表

爲清楚呈現晚明女詞人的地域分布特色,擬將前述所提及之女詞人原籍貫與今屬省分進行列表對照,並將其在《全明詞》、《全明詞補編》、《全清詞・順康卷》與《全清詞・順康卷補編》,或其他別集所收錄之現存詞作闋數與身分附記於後,製成如下表格:

項次	姓名(生存年代)	占　　籍		詞作數量	身分
		原籍貫	今籍貫		
1	沈宜修(1590〜1635)	吳江	今屬江蘇	190	閨秀
2	葉紈紈(1610〜1632)	吳江	今屬江蘇	47	閨秀
3	葉小紈(1613〜1657)	吳江	今屬江蘇	12	閨秀
4	葉小鸞(1616〜1632)	吳江	今屬江蘇	90	閨秀
5	張倩倩(1594〜1627)	吳江	今屬江蘇	4	閨秀
6	沈憲英(生卒年不詳)	吳江	今屬江蘇	6	閨秀

7	沈樹榮（生卒年不詳）	吳江	今屬江蘇	5	閨秀
8	徐媛（1560～1620）	吳縣	今屬江蘇	10	閨秀
9	歸淑芬（生卒年不詳）	嘉興	今江蘇蘇州	78	閨秀
10	吳綃（1615？～1695後）	長州	今江蘇蘇州	56	閨秀
11	吳琪（生卒年不詳）	長州	今江蘇蘇州	10	閨秀
12	薛素（生卒年不詳）	吳郡	今屬江蘇	7	歌伎
13	王微（生卒年不詳）	廣陵	今江蘇揚州	50（含斷句2）	歌伎
14	楊宛（生卒年不詳）	金陵	今江蘇南京	56	歌伎
15	柳如是（1618～1664）	盛澤	今屬江蘇	33	歌伎
16	李玉照（1617～1654）	會稽	今浙江紹興	4	閨秀
17	項蘭貞（生卒年不詳）	秀水	今浙江嘉興	6	閨秀
18	顧若璞（1592～1681）	錢塘	今屬浙江	8	閨秀
19	商景蘭（1604～？）	會稽	今浙江紹興	56	閨秀
20	顧之瓊（生卒年不詳）	仁和	今浙江杭州	12	閨秀
21	顧姒（生卒年不詳）	錢塘	今屬浙江	15	閨秀
22	黃媛介（約1620～1669）	嘉興	今屬浙江	17	閨塾師
23	王端淑（生卒年不詳）	山陰	今屬浙江	9	閨塾師
24	李因（1616～1685）	錢塘	今浙江杭州	22	歌伎
25	景翩翩（生卒年不詳）	建昌	今江西南城	3	歌伎
26	劉淑（生卒年不詳）	安福	今屬江西	40	女俠
27	董如蘭（生卒年不詳）	華亭	今上海松江	11	閨秀
28	吳山（生卒年不詳）	當塗	今屬安徽	15	閨秀

　　上表共列28人，考察其占籍情況，以省或直轄市為統計單位，[註94]依人數之多寡排序分別為：江蘇15人、浙江9人、江西2人、上海1人、安徽1人，無論江蘇、浙江、安徽、江西或上海，均為長江中下游經濟較為富庶的地區，亦是晚明文化繁榮之地。除了印證女詞人的繁興與經濟、文化因素有密切相關外，張仲謀在《明詞史》中為叢簇東南的明代女詞人群體指出：「從地域分布來看，明代女詞人

─────────────────────

〔註94〕表格中的省或直轄市，乃依現行中國行政區域之畫分。

多集中在長江下游即江、浙、瀘地區。」〔註95〕以上的統計亦可作爲其說法之註腳。

四、研究方法與步驟

誠如葉嘉瑩女士所提出來的，詞之所以形成其幽微要眇，具含豐富之潛能的因素，就在於使用了「女性形象」與「女性語言」。〔註96〕但在晚明以前的詞史上，除了少數特出女詞人如李清照、朱淑貞之外，大多是以男子而作閨音者。雖然這些由男子們通過揣度所填寫出來的「閨音詞」，仍具有「芬芳悱惻」與「曲折幽眇」之致，但畢竟是男子借女性語言與情緒來寫自我的人生感觸，難免因觀察角度與經驗的差別，而有不夠周全與隔霧看花之憾。本文既以晚明女詞人爲研究對象，故自應立足於女性文學研究的立場，從文學語言、內涵情致、敘述方式與文體類型等視角，來研究女性詞所特有的表達方式，探討這些「閨音原唱者」由本真的生命體驗出發，所呈出的作品內涵、形式技巧、美感經驗與主體風格究竟爲何？從而彰顯出晚明女詞人作品的意義與價值，將會是本論文的重要脈絡之所在。

究竟是什麼樣的趨力促使女詞人在晚明萬曆以後如雨後春筍般的出現，且又多集中在長江中下游經濟文化富庶繁榮的區域？必與當時的時代環境背景等條件有密切相關。故本文擬先從探討晚明女詞人的背景著手，分別從開放的啓蒙思潮與社會風尚、詞壇發展的有利環境、女性生活視野的擴展、對女子文才的肯定與女性自我的追尋等五方面來探討分析晚明女詞人風起雲湧的時代環境背景因素。

而中國女性長期在父權價值觀的壓抑下，所受到的苦悶與傷怨，至明代中期後拜工商業逐漸興起、市民階層的嶄露頭角與整體社會風氣急轉之賜，竟得以借這種本即是使用女性形象與語言的文體，來暢

〔註95〕張仲謀：《明詞史》，頁 246。
〔註96〕葉嘉瑩〈論詞學中的困惑與《花間》詞之女性敘寫及其影響·上〉，繆鉞、葉嘉瑩：《詞學古今談》（臺北：萬卷樓圖書公司，1992 年 10 月），頁 465。

快發洩所思所感，甚至進一步肯定或追尋自我存在的意義與價值。晚明萬曆以後這群女性文學創作的龐大隊伍，其作品究竟有何特色？而這些作品在中國千年的詞史上，甚而整個中國女性文學史上，究竟有何意義與價值？這些都是筆者在論文中所欲深究的重點。

　　當然即使身處同一時代，受同一時代思潮與氛圍的影響，但因詞人人生際遇的不同，以及思想內涵、價值觀念與文學才華上的差異，表現出來的作品內涵與風貌必有其不相同之處。故筆者擬就上述晚明女詞人之分類：分成吳江午夢堂詞人、一般閨秀詞人與閨塾師詞人、青樓寵妾與女俠詞人等三章，分別擇出其中具代表性者，從其生平與詞作、作品內容、形式技巧與風格等方面來作述評，期能先析出個別詞人作品的特性，彰顯其長期被忽略的潛德與幽光，再歸納出詞人群體作品的共性與意義，期能同時闡揚其個別特色與群體之意義與價值，並對晚明女詞人在詞史上的定位，以及對後世的影響，均能給予最客觀公允的評價。

第二章　晚明女詞人的時代環境背景

　　晚明女詞人成群的湧現在詞史上是一個相當特出的現象，此時期女詞人的創作無論質與量在整體上而言均較前代女詞人出色，〔註1〕恰與明詞總體不振的情況形成鮮明的對比。孟子「知人論世」說以爲要充分了解一個作家，則對其所處時代環境背景的認識是不可或缺的要件。劉勰《文心雕龍・時序》更言「文變染乎世情，興廢繫乎時序。」〔註2〕說明社會現實影響決定文學的發展，時代現象必反映在文學創作之中。晚明因政治長期昏暗不明，絕大多數的士人在黻力苦讀之後，竟終身與仕途絕緣；再加上在陸王心學強調主觀意識與肯定欲望本能的推動下，致使士子不願將時間精力花費在讀書求仕上，而寧可與才高藝精的伎女相互往來；或是詩酒酬唱，或是吟織煙霞，或是濡染詞章翰墨，將士伎間的關係昇華到一種相當浪漫的境地，從而也造就了秦淮河畔一批才色藝兼備的青樓名伎。〔註3〕另一方面因工商業的逐漸發達，在市民經濟上呈現相當活絡的情況。人民的生活改善

〔註1〕　鄧紅梅：《女性詞史》，頁 182。
〔註2〕　〔梁〕劉勰：《文心雕龍・時序》（臺北：臺灣開明書店，1993 年 5 月），卷9，頁 24。
〔註3〕　有關晚明士人與江南藝伎交往的情形，可參閱徐林：《明代中晚期江南士人社會交往研究》（上海：上海世紀出版公司，2006 年 6 月），頁 130～143。

了，連帶地女子教育也受到相對的重視，一般知識分子對女子才學的看法也突破了往昔「女子無才便是德」的窠臼，女子在生活視野與自我期待上均有較前代更為進步的表現。再加上詞譜、詞韻的創立與詞集的選編、叢刊，整體而言，詞壇環境已漸趨有利，所以女子表現在詞章翰墨上，自能有令人刮目相看的成就。晚明女詞人會如雨後春筍般地成群湧現，其實與其所處的時代環境背景因素密不可分。本章擬從開放的啓蒙思潮與社會風尚、漸趨有利的詞壇環境、女性空間與識見的擴展提昇、對女子文才的肯定與女性自我的追尋等五方面，來探討分析晚明女詞人所處的時代環境背景。

第一節　開放的啓蒙思潮與社會風尚

　　晚明商業經濟得到前所未有的繁榮，隨之而來的是市民階層的興起，而自宋元以來統治者以之爲維護傳統社會秩序的程朱理學，亦隨著古老王朝的腐朽而發生動搖，取而代之的是強調人性自主精神的啓蒙思潮。另外在經濟繁榮與新的啓蒙思潮帶動下，社會風尚亦有了不同的趨向，與女詞人發展最有關聯的即是女子教育的普及與名伎、名士的密切往來。

一、發揚人性自主的精神

　　晚明因爲商業經濟的繁榮，使得新興的市民階層隨之興起，而與之相對的是政治的黑暗與腐敗，致使受傳統程朱理學薰陶，懷有高遠政治理想和強烈社會責任感的士人，感到強烈的挫敗與諷刺，於是主張注重個體內心體悟和感受的陽明學說，便成爲大多數士人思想的選擇〔註 4〕。王守仁（1472～1528，人稱陽明先生）心學的出發點雖然仍是爲維護與鞏固封建統治，但其要求通過「致良知」的內省功夫，以獲得對封建道德的認同時，卻適巧爲否定天理、反

――――――――――――――――――――

〔註 4〕 徐林：《明代中晚期江南士人社會交往研究》，頁 12。

對封建禮教打開了通路——既然強調對內心的省察，而對內心的省察乃因人而異，故對「理」的解釋便各自不同。〔註5〕顧炎武嘗言：「弘治、正德之際，天下之士，厭常喜新，風氣之變，已有其所從來。而文成以絕世之資，唱其新說鼓動海內。嘉靖以後，從王氏而詆朱子者始踵於人間。」〔註6〕袁宏道亦言：「故僕謂當代可掩前古者，惟王陽明一派『良知』學問而已。」〔註7〕

在陽明心學影響下的新興思想即啓蒙思潮，其特點是從人的自然情性出發，正視人欲的存在並以之爲解決社會問題的根據。〔註8〕其在哲學上的表現是竭力闡發人的主體意識與社會價值，以王艮（約1483～1540）的「泰州學派」爲代表；表現在文藝思想上則是認爲文藝的泉源在人之心，文藝創作爲再現人的心靈世界，可以李贄（1527～1602）「童心說」、焦竑（1541～1620）和湯顯祖（1050～1617）的「情眞說」及公安三袁（袁宗道1560～1600、袁宏道1568～1610、袁中道1570～1623）的「性靈說」爲代表。〔註9〕

泰州學派由揚州鹽商之子王艮（約1483～1540）所創，一般以爲是屬於陽明學派中通俗和激進的分支。〔註10〕其言：「聖人之道，無異於百姓日用，凡有異者，皆謂之異端。百姓日用條理處，即是聖人條理處，聖人知便不失，百姓不知便會失。」〔註11〕以爲聖賢至道即在日常

〔註5〕　張少康、劉三富：《中國文學理論批評發展史》（北京：北京大學出版社，2001年6月）下冊，頁191。

〔註6〕　〔明〕顧炎武撰、〔清〕黃汝成集釋：《日知錄集釋·朱子晚年定稿》（臺北：世界書局，1991年5月）上冊，卷18，頁438。

〔註7〕　袁宏道〈答梅客生〉，〔明〕袁宏道著、錢伯城箋校：《袁宏道集箋校》（上海：上海古籍出版社，1981年7月）中冊，頁738。

〔註8〕　高建立：〈論明啓蒙思潮與晚明人的覺醒〉，《河南大學學報》（社會科學版）第47卷第5期，2007年9月，頁107。

〔註9〕　有關晚明在陽明心學影響下的文藝思潮，可參閱張少康、劉三富：《中國文學理論批評發展史》下冊，頁195～217。

〔註10〕　有關泰州學派王艮的思想內容概要，可參閱翁紹軍：《心學思潮》（上海：上海社會科學院出版社，2006年5月），頁225～342。

〔註11〕　〔明〕王艮《心齋約言》，《叢書集成新編》冊22，頁664。

生活中，不分貴賤與智愚皆能獲致，故其吸引來自士紳、商人與平民等各階層的信徒，「開門授徒，遠近皆至，同門會講者，必請先生主席。」〔註12〕泰州之學儼然已經成為中晚明江南最有影響力的知識分子運動之一。而從其生員身分與基本主張來分析，泰州學派亦是城市文化的產物，強調每個人均有自我實現的能力，許多注重女兒教育的父親與注重女性作品的文學家，均是受到泰州學派的影響。〔註13〕

　　晚明文壇在啓蒙思潮的影響下，亦力主在創作領域中人人皆是平等，皆可為文，要求文學要不假雕飾，以自然風貌呈現，使作者心靈得到充分的發揮。〔註14〕在這樣自由活潑的寫作風氣下，各階層的人皆可以任何形式的文體，來抒發內心不得不發的情感，民間男女的俚歌俗曲可與文人的雅章麗制等量齊觀，創作能力獲得平等的對待，則受有良好教育的女子自亦不必有愧於才學的不足，如陸卿子即言：「我輩酒漿烹飪是務，固其職也。病且戒無所事，則效往古女流，遺風賸響而為詩。詩固非大丈夫職業，實我輩分內物也。借無媚詞以傳其志，方切自慚而得。」〔註15〕直言寫作乃婦女在日常柴米油鹽之外的職內之事，充分流露出對女子宜於寫詩的自信。而吳江戲曲大家沈璟之女沈靜專，更因淵源的家學而以詩為適己之物，其〈適適草序〉言：「吾輩旨漿是任，筆墨之業，固非望於閨闈，又焉敢作綺語以落驢胎馬腹？但撫孤影之空寂，志先人之窹歌，緣景會心，借情入事，殊有蕭然自適之趣。」〔註16〕對寫作有著充分的自我期許與女性適於寫作的認知。

〔註12〕〔明〕黃宗羲：《明儒學案·泰州學案1·處士王心齋》（臺北：河洛圖書出版社，1974年12月）上冊，卷32，頁69。

〔註13〕〔美〕高彥頤著，李志生譯：《閨塾師──明末清初江南的才女文化》，頁84。

〔註14〕有關晚明文壇的主張，可參閱鍾慧玲：《清代女詩人研究》（臺北：里仁書局，2000年12月），頁15～21。

〔註15〕陸卿子〈題項淑裁雲草序〉，收入〔清〕江元祚編：《續玉臺文苑·卷3》，四庫存目叢書編纂委員會編：《四庫存目叢書·集部》（臺南：莊嚴文化事業公司，1996年8月）冊375，頁475。

〔註16〕沈靜專〈適適草序〉，收入胡文楷編著、張宏生增訂：《歷代婦女著

　　而當代知識分子在時代觀念的影響下，對女性才華多能不加抹煞並加以珍視，如王鳳嫻每詩成即隨手焚燬丟棄，其弟王獻吉認為殊為可惜，遂將之編輯成冊，並為之作序云：

> （姊）一日謂不肖曰：「婦道無文，我且付之祖龍。」余曰：
> 「是不然。《詩》三百篇，大多出於婦人女子，〈關雎〉之
> 求，〈卷耳〉之思，〈螽斯〉之祥，〈柏舟〉之變，刪詩者採
> 而輯之，列之〈國風〉，以為化始。廼孺人自閨閣以淑行著
> 稱，雞鳴相夫，丸熊誨子，一身遍歷甘苦，女德婦道姆儀，
> 備於是矣。……夫且以為壼史，夫且以為閨範，他日採王
> 風者，將於是乎稽。而豈直為月露風雲與一二閨閣之能言
> 者，較其工拙耶？〔註17〕

王獻吉認為《詩》三百篇亦多婦人女子之作，而姊姊在相夫教子之餘，將個中甘苦以文字細細道出，更可為女德婦道之教，故不可輕言毀棄。而葛徵奇在序其內姊梁孟昭《墨繡軒集》時，亦以《詩》三百篇多婦人作品，來反駁當時人以為婦女不宜寫作的疑義，並極力表彰梁孟昭的詩畫才華：

> 內姊梁夷素氏（孟昭字），凤秉慧姿，兩擅其絕，詩為漢為
> 魏為唐，畫為晉為宋為元，諸體且備，靡不登峰，殆所謂
> 天授非人力者與？……或獻疑曰：「女子庀中饋，恤絡緯，
> 無忘女紅為正耳，管城子墨，非內事所宜及也。」審若斯，
> 則古之詠〈卷耳〉，賦〈蘋繁〉，警〈雞鳴〉，箴〈雜佩〉者，
> 不得稱淑媛耶？〔註18〕

認為梁孟昭的天性聰慧，詩可媲美漢、魏、唐人，畫則與晉、宋、元人相提並論，均卓然不群於當代。如此的形容與稱美容或犯了明人性喜吹噓之弊，但卻說明女子才華不容抹煞的事實。女才可以為女德增

　　　作考・明代一》，頁118。
〔註17〕王獻吉〈焚餘草序〉，收入胡文楷編著、張宏生增訂：《歷代婦女著
　　　作考・明代一》，頁91～92。
〔註18〕葛徵奇〈墨繡軒集序〉，收入胡文楷編著、張宏生增訂：《歷代婦女
　　　著作考・明代二》，頁163。

色，這是時代的新風尚。在如此活潑自由的時代思潮中，晚明閨閣文壇自然展現出活潑盎然的生機。

二、女子教育的普及與重視

明代的典籍中有相當多的知識婦女紀錄，如《明史‧列女傳》即載有：

> 楊玉英，建寧人，涉獵書史，善吟詠。〔註19〕

> 月娥，……少聰慧，聽諸兄誦說經史，輒通大義。〔註20〕

> 蔣烈婦，丹陽進士妻。幼穎悟，喜讀書。〔註21〕

再如談遷《棗林雜俎‧義集》亦載有：

> 定遠合肥間有亭曰「響道」，旅店之東房，萬曆末秦昭奴題詩二首，序曰：「妾本燕人，幼依表兄李內官處，撫育教訓，頗習詩史，年十八嫁爲江士人側室，雖愛有所鍾而分制於嫡，春燈秋月，獨宿多愁。長途旅館，孤衾更慘，夜深滴淚，和墨成吟，亦以寫斯幽怨云爾。〔註22〕

> 麻城王鈺龍，御史鳳韶女，適劉守蒙十一年。守蒙夭忽死，事姑誓不踰。……少讀書，過目輒誦，老而詩益工，年七十九目不見字，猶使甥輩讀書坐側聽之。〔註23〕

而何良俊《四友齋叢說》亦言：

> 嘉定一民家之婦，平日未嘗作詩，臨終書一絕與其夫曰：「當時二八到君家，尺素無成愧桑麻。今日對君無別語，免教兒女衣蘆花。」亦悽惋可誦。〔註24〕

〔註19〕〔清〕張廷玉：《明史‧列女傳二》（臺北：鼎文書局，1970年1月），卷302，頁7724。

〔註20〕〔清〕張廷玉：《明史‧列女傳一》，卷301，頁7691。

〔註21〕〔清〕張廷玉：《明史‧列女傳二》，卷302，頁7753

〔註22〕〔清〕談遷《棗林雜俎‧義集》編三，四庫全書存目叢書編纂委員會編：《四庫全書存目叢書‧子部》（臺南：莊嚴事業文化有限公司，1995年9月）冊113，頁341。

〔註23〕〔清〕談遷《棗林雜俎‧義集》編三，四庫全書存目叢書編纂委員會編：《四庫全書存目叢書‧子部》冊113，頁342。

〔註24〕〔明〕何良俊《四友齋叢說‧詩三》卷26，《四庫全書存目叢書‧子

以上諸書所記載之女性，不一定是官宦之家的閨秀，有大部分是民間
婦女，更可證明明代婦女教育的普及。當然，相較於一般庶民婦女的
基礎知識學習，官宦之家的閨秀，其教育內容必是較全面且完整的。
如錢謙益《列朝詩集小傳·閏集》即載有四川左布政袁隨之女袁九淑
受教育的情況曰：

> 袁氏，名九淑，字君嫄，通州人錢良胤之妻，四川左布政
> 袁隨女也。少讀經史，尤深內典，詩文清麗，書法遒媚。
> 王孫故世家，家有絳雪樓，君嫄之所棲止，供具精良，几
> 榻妍寂，中懸所繡大像，玉毫紺目，華髮儼然，左右圖史，
> 誦讀移目，清晨良夜，焚修習靜。每自謂易遷宮中人也。……
> 所著有《伽音集》，東海屠隆爲序。〔註25〕

九淑自小聰慧過人，父母爲其築有絳雪樓，專供其讀書修習。而九淑
也不負父母所望，不論詩文書畫與經史百家，無不精通。而其著述亦
爲當代所重，故當時禮部主事屠隆（1542～1605）爲其著作作序。另
外同書亦載有：

> 黃氏名幼藻，字漢宮，莆陽塘下人，蘇州別駕黃議之女，
> 林儀部啓昌子恭卿婦也。姿韻高秀，少受業于宿儒方秦。
> 年十三四，工聲律，通經史。所著有《柳絮編》。〔註26〕

可見對女兒們文才的培養，是上層官宦之家的必備家學，而女兒們經
過文藝的薰陶之後，不但擴大視野，增廣閱歷，且在思想上亦有著不
凡的見解，舉筆爲文，自能有令人賞心悅目的成就。

　　女兒們接受教育的管道，正如一般人所理解的，是以家庭教育爲
主。〔註27〕在市民經濟蓬勃發展的情況下，有能力的商人或官宦之
家，既以豐富的藏書爲榮，故大多能爲女兒們準備良好的學習環境。
如《盛湖志》記載：

　　部》冊103，頁477～478。
〔註25〕〔清〕錢謙益：《列朝詩集小傳·錢王孫妻袁氏》下冊，頁749。
〔註26〕〔清〕錢謙益《列朝詩集小傳·莆陽徐氏黃氏》下冊，頁737。
〔註27〕游惠遠〈明代婦女的才藝教育〉，周愚文、洪仁進主編：《中國傳統
　　婦女與家庭教育》（臺北：師大書苑公司，2005年10月），頁66。

> 易眆娘居松陵舜水鎮。祖某累貲億萬，父散盡其貲，畜古
> 名畫，架藏百卷爲率。眆方四五歲，性聰良，善記誦。父
> 嘗舉古人姓名叩以所作某畫，眆即指第幾卷中，靡不悉符。
> 父以是愛之，令司畫，呼曰畫奴。長及齒齔，作花鳥小幅
> 刀札，善吟詠。姿體絕麗，未嘗假粉黛而淳香發豔，盈盈
> 欲仙，星眸流離，遠黛明媚復嫣然，善眆，故其母更其名
> 爲眆娘。〔註28〕

易眆娘從小在如此的書畫環境下耳濡目染，加上天性聰穎，父母親視之爲掌上明珠精心栽培，所以到了七八歲時便能吟詠作畫，成爲一代才女而被地方志所錄。

再如清初方維儀一門能文，姐妹均有文集、詩集行世。其姊方孟式在維儀的著作《清芬閣集·序》中，曾津津樂道幼時姐弟間相互唱和的情形，與書籍知識對她在面對日後艱難環境時的幫助，其言道：

> 我輩嚅呎深閨，終日不離咫尺，何足當弁簡之贄。雖然吾
> 姐弟間筆墨倡和，可得而更僕數也。憶吾姐弟幼屏時，從
> 家侍御遊天雄，及燕侍雪而詠，輒津津嚮林下風。……生
> 涯苦辛，賴有文史問難字，差足慰藉，乃吾女弟玉潔冰壺，
> 加慧益敏而不炫其才。〔註29〕

可見良好的學習環境所帶來的知識涵養，不僅豐富了閨秀們的才學，更是日後她們在遭遇挫折時莫大的醒脾良方，無論對傳統婦德或是知識見解的擴展，都有莫大的助益。所以不僅仕紳之家樂意爲女兒營建良好的學習環境，就連一般市井平民對女兒的教育亦是盡心盡力。

三、名伎與名士的密切往來

晚明的娼伎業達到普遍繁榮、全面鼎盛的階段，尤其在江南一

〔註28〕〔清〕仲廷機纂《盛湖志·卷10》，中國地方志集成編輯委員會編：《中國方志集成·鄉鎮志專輯》（南京：江蘇古籍出版社，1992年8月）冊11，頁548。
〔註29〕〔清〕江元祚續輯：《續玉臺文苑》，《四庫全書存目叢書·集部》冊375，頁478。

帶，更是以金陵爲中心而出現了空前的盛況。〔註30〕余懷《板橋雜記》開卷即言：

> 金陵爲帝王建都之地，公侯戚畹，甲第連雲。宗室王孫，翩翩裘馬，以及烏衣子弟，湖海賓遊，靡不挾彈吹簫。經過趙李，每開筵宴，則傳呼樂籍，羅綺芬芳，行酒糾觴，留髠送客，酒闌棋罷，墮珥遺簪，眞欲界之仙都、昇平之樂國也。〔註31〕

字裏行間，寫盡一代陪都人文薈萃，歌舞昇平的溫柔靡麗景象。而與金陵毗鄰的古城揚州，亦是伎業繁興。晚明名士張岱《陶庵夢憶》中即記有：「廣陵二十四橋風月，邗溝尙存其意，渡鈔關橫垣半里許，爲巷者九條。……巷口狹而腸曲，寸寸節節，有精房密戶，名妓歪妓雜處之。」〔註32〕從此可看出當時伎業興盛之情況。而揚州女子的美麗溫柔，亦是全國知名。謝肇淛《五雜俎》即從地理環境因素，說明其溫婉絕麗之因：「維揚居天地之中，川澤秀媚，故女子多美麗。而性情溫柔，舉止婉慧。所謂澤氣多，女亦其靈淑之氣所鍾，諸方不能敵也。」〔註33〕凡此種種，皆說明晚明時的江南，著實是令人神魂顚倒的溫柔富麗之鄉。

　　江南地區本即人文薈萃之地，加上社會相對富足，稍有資產的人家子弟，多致力於讀書以求取功名。〔註34〕故江南自來出才子，是中國文人的淵藪。但明代自中期以來，由於商品經濟繁榮、工商業發達與市民階級的興起，加上科舉承載能力與士人數量間嚴重失衡，絕大多數士人終身與仕途無緣，如顧炎武所言：「然求其成文者，數十人

〔註30〕嚴明：《中國名妓藝術史》（臺北：文津出版社，1992年8月），頁101。

〔註31〕〔清〕余懷《板橋雜記》，上卷〈雅游〉，四庫全書存目叢書編纂委員會編：《四庫全書存目叢書·子部》（臺南：莊嚴文化事業公司，1995年9月）冊235，頁905。

〔註32〕〔明〕張岱《陶庵夢憶·卷4·二十四橋風月》，《叢書集成新編》（臺北：新文豐出版公司，1986年1月）冊89，頁9。

〔註33〕〔清〕謝肇淛《五雜俎·卷8·人部4》，四庫禁燬書叢刊編纂委員會編：《四庫禁燬書叢刊》（北京：北京出版社，2000年1月）冊37，頁501。

〔註34〕徐林：《明代中晚期江南士人社會交往研究》，頁10。

不得一，通經知古今，可爲天子用者，數千人不得一也。而囂訟逋頑，以病有司，比比而是。」〔註35〕在如此的時代政治、經濟與社會因素交互影響下，晚明士人亦有了新興的思潮與士風。他們鼓吹情欲私利，主張士、農、工、商皆爲國家之本，講究經世致用，追求個性自由解放，對傳統的倫理道德，在肯定利與欲的合理性基礎上加以重鑄，從而賦予其新的價值內涵。〔註36〕於是士子們大多不再認真研讀儒家經典與追求仕途，而是以文采風流、能詩詞書畫爲習尚，並以結社攜伎交游爲盛事。〔註37〕

　　如前所述，晚明江南伎業達到鼎盛的階段，在秦淮河畔青樓中深藏許多才、色、藝兼備的名伎。她們不但精通琴棋書畫，在文學造詣上更是因常與文士交往而有不讓鬚眉的表現，擅長詩歌者多如過江之鯽。明清之際錢謙益編撰的《列朝詩集》，選錄有明一代二百餘年間約二千名詩人的代表作，並爲他們寫下扼要的小傳，〔註38〕其中就包括近 40 個伎女的選詩與列傳。〔註39〕當代名伎如柳如是、楊宛、王微等人均有詩文集或詞集流傳後世。〔註40〕清代史學家章學誠曾從「前朝虐政，凡縉紳籍設，波及妻孥，以至詩禮大家，多淪北里。」與「女冠坊伎，多文因酬接之繁。」等二方面來分析明代伎女詩歌發

〔註35〕〔明〕顧炎武《顧亭林詩文集，生員論上》，劉九洲注釋、黃俊郎校閱：《新譯顧亭林文集》（臺北：三民書局，2000 年 5 月），頁 71。

〔註36〕袁墨卿、袁法高：〈晚明江南文化殊相──名士與名妹的豔情〉，《棗莊學院學報》第 22 卷第 1 期（2005 年 2 月），頁 40。

〔註37〕袁墨卿、袁法高：〈晚明江南文化殊相──名士與名妹的豔情〉，《棗莊學院學報》，頁 38。

〔註38〕這些伎女的傳紀集中在《列朝詩集小傳・閏集》香奩中與下，如呼文如、詩妓齊景雲、金陵女子周玉如、草衣道人王微、會稽女郎、賽濤、金陵妓徐氏、……等。見〔清〕錢謙益《列朝詩集小傳》，頁 745～774。

〔註39〕嚴明：《中國名妓藝術史》，頁 111。

〔註40〕現存搜輯柳如是著作較完整者有谷輝之輯：《柳如是詩文集》（北京：中華全國圖書館文獻縮微複製中心，1996 年 8 月）；楊宛有《鍾山獻詩餘》，收入趙尊嶽輯：《明詞彙刊》上冊，頁 293～299；王微則曾著有《期山草》，惜今亡佚，靠諸選本以存之。

達的原因，並說明何以名伎詩歌能永垂史冊：

> 名伎工詩，亦通古義，轉以因男女慕悅之實，託於詩人溫
> 柔敦厚之辭，故其遺言，雅而有則，真而不穢，流傳千載，
> 得耀簡編，不能以人廢也。〔註41〕

名伎與名士間的交往，是建立在相同的文化情趣上。同時亦因人生角色是身爲不受道德拘束的伎女，所以她們擁有相當的自由可以與所傾慕的對象交相往來，從而發展出刻骨銘心的愛情。化爲文字，便成了首首情真意摯，纏綿俳惻，且不帶有任何腐儒之氣的詩篇詞章，故能流傳千載。細玩晚明諸多名伎的詞作，所刻畫的確實多爲與名士間的愛戀情懷，如王微、楊宛之於茅元儀，柳如是之於陳子龍等。

　　柳素平曾詳細深入探討晚明名士與名伎交往的文化意義：從名士角度言之，名士熱烈追隨風華絕代的名伎，除因兩者之間的人生經歷相似——同爲才情、人格與理想現實間的錯位之外，亦透露在當時國事日衰、政治日蔽的境況下，名士已將其生活重心和精神支撐點從修身治國的道德政治立場轉向怡情適性的個體立場，名士與名伎之間已成爲兼情感、道德與政治共同知己的關係。從名伎角度看，在晚明開放的思潮與社會風氣下，名伎走出青樓，擁有廣闊的活動空間與自由的交往選擇，本即精神自主的體現。名伎通過這些活動，其氣質容貌、文學才情、審美情趣爲更多名士所接受，進而傳遞給其他知識女性，不但使閨閣才媛對其另眼相待，甚至以與名伎結交爲榮，〔註42〕也形成明清時代閨秀文化與名伎文化逐漸融合的時代女性文化新趨向。

　　晚明名士與名伎間的密切交往，是晚明特定時空背景下的產物，不但成就了秦淮河畔色藝兼備，楚楚動人的青樓文化，也成就了女性詞史上璀璨瑰麗的篇章。

〔註41〕〔清〕章學誠：《文史通義‧內篇4‧婦學》（臺北：鼎文書局，1977年3月），頁175。

〔註42〕柳素平：《晚明名伎文化研究》（武漢：武漢大學出版社，2008年8月），頁194～202。

第二節　詞壇發展的有利環境

　　晚明以來由於出版事業的興盛發達，使得平日難得出門的閨閣女子在家中亦能輕易獲得書籍以充實知識。且長久以來未建立的詞韻與詞譜已逐漸編纂，讓普羅大眾亦能按照詞韻與詞譜來填詞。再加上在時代思潮影響下，以情爲主的文學理論，引入對詞的本質與功能的體認，不但使傳統詞學被賦予新的內涵，且使纖敏易感的女子更能以詞體來闡揚其幽微的心緒。所以整體而言，晚明的環境是有利於詞壇發展的。

一、出版事業的興盛發達

　　晚明以來由於書籍的供應和需求量劇增，造成出版事業空前的繁榮：除了傳統由政府出資，以出版科舉考試相關的書籍，與官方資料的官刻之外；上層文化家庭亦會在自己家中建立完整的印刷場所，以印製自己家族成員的作品或收藏品，作爲家庭財富和文化成就的象徵，這是所謂的家刻。另外與市民經濟有著直接關連的是坊刻，即在讀者和出版者心中，書籍已與利潤緊密結合，人們除了能在公開市場中，以便宜的價格買到各種書籍，從而建立私人收藏之外，爲了引起讀者的注意，出版商無不費盡心思：或融圖於文，或力求印刷精美，或尋覓新題材，以滿足讀者的各種需求。如此則預示著知識的普及，與書籍世俗化時代的來臨。〔註43〕

　　隨著書籍的普遍，帶動教育的普及與大眾閱讀文化的流行，以前苦無識字機會的中上市民階層婦女也成了讀者。爲了迎合各階層讀者的需求，除了印刷精美的科舉教育類書籍如：《四書》、《五經》、《列女傳》、《女論語》……之外，能引起市民大眾感同身受或浪漫憧憬的小說和劇本，無疑是更受歡迎的。於是從經史百家到小說時文，都陳列在書商的架上。上至達官貴人，下至販夫走卒，也都成了莅臨書鋪的常客，而這樣的趨勢，更造就了城市中一批成功的商人。在此且引

〔註43〕〔美〕高彥頤著、李志生譯：《閨塾師──明末清初江南的才女文化》頁 36～41。

孔尚任（1648～1718）著名戲曲《桃花扇》中，書商蔡益所在劇中的
自述來說明：

> 你看十三經、二十一史、九流三教、諸子百家、腐爛時文、
> 新奇小說，上下充箱盈架，高低列肆連樓。不但興南販北，
> 積古堆今，而且嚴批妙選，精刻善印。……俺蔡益所既射
> 了貿易詩書之利，又收了流傳文字之功。憑他進士舉人，
> 見俺作揖拱手，好不體面。〔註44〕

雖然蔡益所是戲劇家想像創造出來的人物，但戲劇必也反映出實際社
會的風貌，由此可以想見當時書籍的大規模生產與交易的熱絡。在此
種情況之下，平日雖是大門不出的閨秀，必也能透過各種管道，取得
相關書籍，從而成為廣大的閱讀大眾之一。

　　悠遊在書香世界，使得閨閣女子在精神上的充實，大大地超越前
代，甚至她們認為能在閱讀和寫作之間偷閒，是人生莫大的幸福。「沉
水香中夜漏餘，月光冷浸一床書；百城未敢誇南面，且乞閒身作蠹
魚。」、〔註45〕「家貧無力種茯苓，病久應知疏肉骨；草堂泥新絕纖
塵，道書攜就窗中讀。」〔註46〕所敘述的正是沉浸在書海中的樂趣。
才女們甚至因為過分用功而導致生病，但相當有趣的一個現象，是她
們認為生病是莫大的幸福。因為「病」使得她們不必操持傳統的女紅
等家務，並且能退回自我清閒的世界中，而有了大量的閱讀與創作時
間，此正是「不為讀書耽雅趣，那能與病結清歡」。〔註47〕觀察現實
生活與小說中的才女大多是多愁多病身，〔註48〕似乎與此終日閉閣沉

〔註44〕〔明〕孔尚任著、俞為民校註：《桃花扇・29 齣・逮社》（臺北：華
　　　　正書局，1994 年 9 月），頁 256～257。

〔註45〕張柔嘉〈蠹窗〉，〔清〕沈善寶《名媛詩話・卷二》，杜松柏主編：《清
　　　　詩話訪佚初編》（臺北：新文豐出版公司，1987 年 6 月）冊 9，頁 69。

〔註46〕顏氏〈遣病〉，徐世昌輯編：《清詩匯》（北京：北京出版社，1996 年
　　　　3 月），卷 184，下冊，頁 3013。

〔註47〕李麗媖〈予性耽文翰，坐是致疾者屢矣，書以自解〉，徐世昌編：《清
　　　　詩匯》，卷 187 下冊，頁 3151。

〔註48〕如晚明才女葉小鸞 17 歲而卒，其大姐葉紈紈 23 歲而卒，與《紅樓
　　　　夢》中林黛玉的形象，均可成為此論的依據。

吟的傾向有著莫大的關連。

　　女子本有著與男性不同的觀察視角與感受體驗,在書籍大量出現後,更可以透過閱讀,來馳騁自己的想像空間,甚至提筆為文,寫下自己的所見所感,從而創造出迥異於男性的女性書寫特質。婦女首次大量以作者和讀者的身份出現,是晚明以來城市文化最顯著的特徵之一。〔註49〕

　　另外因印刷業的發達,明人亦從歷代詞中選其精華,編成各種選本,讓詞在庶民中能更廣為流傳。據張仲謀研究明人選編而見諸著錄的有二十餘種,其中最引人注目的是《草堂詩餘》系列,而流傳最廣、影響尤大的是顧從敬的《類編草堂詩餘》四卷,在詞史上本書亦首次採用了小令、中調、長調的分類概念。〔註50〕

　　何良俊〈草堂詩餘序〉曾言:「樂府以嫩逕揚厲為工,詩餘以婉麗流暢為美,如周清真、張子野、秦少游、晏叔原等人之作,柔情曼聲,摹寫殆盡,正辭家所謂當行、所謂本色者也。」〔註51〕從這段敘述中可以想見《草堂詩餘》系列選詞之圭臬,必是如周邦彥、張先、秦觀等言婉思深之作。平日難得出門的閨閣女子,拜出版事業興盛發達之賜,在閱讀之餘發現詞體正以其要眇宜修的體貌,承載著層層轉深的內在情蘊,是一種相當適合女性書寫的文類。於是以眾多唐宋婉約派作手為學習榜樣,藉詞體以抒發一己纖敏幽微的情緒,閨閣女子戮力填詞的風氣,於是生焉。

二、詞譜與詞韻的逐步創設

　　詞體本是合樂而歌的文體,稱詞的創作為填詞,即是按譜填詞之意。南宋張炎《詞源》附錄楊守齋〈作詞五要〉,其中第三即是「填

〔註49〕〔美〕高彥頤著,李志生譯:《閨塾師——明末清初江南的才女文化》,頁30。
〔註50〕張仲謀:《明詞史》(北京:人民文學出版社,2002年2月),頁335。
〔註51〕金啟華、張惠民等編:《唐宋詞集序跋匯編》(臺北:臺灣商務印書館,1993年2月),頁393。

詞按譜」：

> 自古作詞，能依句者已少，依譜用者，百無一二。詞若歌
> 韻不協，奚取焉。或謂善歌者，融化其字，則無疵。殊不
> 知詳製轉折，用或不當，即失律，正旁偏側，凌此他宮，
> 非復本調矣。〔註52〕

按照楊守齋「作詞五要」的語境，與張炎所處的環境而言，這裡所謂
的「按譜」，當指按照樂譜的聲音節奏來填詞。衡諸詞體的發展歷史，
至南宋時，創調的任務已基本完成，愈來愈多不通樂理的文士加入詞
的創作，因字聲與樂調之間的聯繫極為緊密，音樂形式與語言形式間
亦存在許多相通之處，故依照詞的字聲平仄填詞已成慣用手法，而詞
脫離演唱，走向案頭化的傾向亦愈益明顯。〔註53〕沈義父《樂府指迷》
言「腔律豈必人人皆能按簫填譜，但看句中去聲字最為緊要」，〔註54〕
陸輔之《詞旨》言「練字貴響」，〔註55〕均可為上述立論之證明。

　　當詞逐漸脫離演唱現場，走向案頭化之際，填詞規範——即詞譜
與詞韻的建立，便相形重要。據張仲謀《明詞史》考察，第一部狹義
的詞譜（按即確定文詞格律之文字譜）亦是由中晚期明人張綖（生卒
年不詳，1513年舉人）所創的《詩餘圖譜》。至於詞韻，則遲至晚明
沈謙（字去矜，1620～1670）著《詞韻略》方有討論詞韻的專書出現。
〔註56〕

　　關於這二部書的評價，歷來並不一致。基本上對張綖的《詩餘圖
譜》，大多持肯定的觀點，如王象晉在〈重刻詩餘圖譜序〉中言：

> 南湖張子，創為《詩餘圖譜》五卷，圖列於前，詞綴於後，
> 韻腳句法，犁然井然。一披閱而調可守，韻可循，字推句

〔註52〕〔南宋〕張炎《詞源》附錄楊守齋〈作詞五要〉，唐圭璋編：《詞話
　　　　叢編》冊1，頁268。
〔註53〕江合友：《明清詞譜史・前言》（上海：上海古籍出版社，2008年5
　　　　月），頁3。
〔註54〕〔宋〕沈義父《樂府指迷》，唐圭璋編：《詞話叢編》冊1，頁280。
〔註55〕〔元〕陸輔之《詞旨》，唐圭璋編：《詞話叢編》冊1，頁301。
〔註56〕張仲謀：《明詞史》，頁329～333。

敲，無事震洋，誠修詞家南車巳。〔註57〕

從此序中可知在詞樂盡失的明代，明人對詞譜的要求並不高，只希望對詞調之平仄與韻腳能有所依循。再有鄒祇謨（生卒年不詳，約1666年前後在世）《遠志齋詞衷》對之雖有「載調太略」之疑義，〔註58〕但仍肯定其「於詞學失傳之日，創爲譜系，有蓽路藍縷之功。」〔註59〕但對沈謙所著的《詞韻略》，則褒貶不一，如《四庫全書總目·詞韻二卷提要》言：「詞韻舊無成書，明沈謙始創其輪廓。」〔註60〕基本上是給予肯定的，但沈謙之友毛奇齡（1623～1716）《西河詞話》則云：

> 詞本無韻，故宋人不製韻，任意取押，雖與詩韻相通不遠，然要是無限度者。予友沈子去矜，創爲詞韻，而家稚黃取刻之，雖有功於詞甚明，然反失古意。⋯⋯況詞盛於宋，盛時不作，則毋論今不必作，萬一作之，而與古未同，則揣度之胸，多所兀臬，從之者不安，而刺之者有間，亦何必然。〔註61〕

對沈謙之創詞韻多所非難，除認爲有失古意外，並以爲反讓塡詞者無所適從。

持平而論，元代以後，詞的創作與發展與音樂脫離，如楊守齋（纘）所謂「按譜塡詞」逐漸成爲一種歷史想像。在現實創作中根本難以實踐。經歷了長時間的依詞塡詞、漫無標準的階段之後，至明代中後期終有張綖創《詩餘圖譜》，爲詞立下規範，亦爲初學者指示門徑。〔註

〔註57〕〔明〕王象晉〈重刻詩餘圖譜序〉，金啓華、張惠民等編：《唐宋詞集序跋匯編》，頁410～411。

〔註58〕〔清〕鄒祇謨《遠志齋詞衷》言曰：「今人作詩餘，多據張南湖《詩餘圖譜》，及程明善《嘯圖譜》二書。南湖譜平仄差核，而用黑白及半黑平白圈，以分別之，不無魚豕之訛。且載調太略，如〈粉蝶兒〉與〈惜奴嬌〉，本係兩體，但字數稍同，及起句相似，遂誤爲一體，亦恐不安。」唐圭璋編：《詞話叢編》冊1，頁643。

〔註59〕〔清〕鄒祇謨《遠志齋詞衷》，唐圭璋編：《詞話叢編》冊1，頁658。

〔註60〕〔清〕紀昀總纂：《四庫全書總目·詞韻二卷提要》（石家庄：河北人民出版社，2000年3月）卷200，集部53，詞曲類存目，冊4，頁5526。

〔註61〕〔清〕毛奇齡《西河詞話》，唐圭璋編：《詞話叢編》冊1，頁568～570。

〔註62〕以上關於詞譜與實際創作的關聯，乃參閱江合友：《明清詞譜史·前

62〕雖然沈謙《詞韻略》遲至晚明方才出現，但亦使填詞者在依譜填詞時，能有較多的詞韻依循空間。整體而言，因中晚明以後詞譜與詞韻的創立，方使得幾乎淹沒於當時流行的文體——戲曲中的詞體，又獲得重生的機會。衡諸詞史發展實況，詞體能在稍後平治的順康朝與外患頻仍的晚清時期仍有復興的跡象，並取得創作實績上的大豐收，實不得不歸功於格律化詞譜與詞韻的出現。〔註 63〕

　　在晚明女詞人的實際創作中，亦可看出詞譜與詞韻的創立，所產生的正面影響。最明顯的即是歸淑芬的詠花詞。〔註 64〕據筆者統計，她共以 60 調來歌詠 57 種花卉，且多以傳統花名意象來詮釋該花的特質。能輕鬆駕御如此多的詞調，除了女詞人本身對花卉有相當豐富的知識外，有現成的格律譜可供遵循，應亦是一個相當有利的助力。且從沈宜修到歸淑芬，會發現晚明女詞人隨著年代的愈晚，對詞調的嘗試亦愈形多元。晚明早期如沈宜修、葉紈紈與葉小鸞等午夢堂詞人，基本上她們用的是自己所熟悉的詞調，以確保所敘情思的婉轉流暢。但至晚明末期吳綃、歸淑芬等詞人，則喜用新調來填詞，甚至意使調名與詞意相諧會，意圖恢復古風與藉填詞以傳名的用心相當明顯。且午夢堂詞人與吳綃尚有大量詩作，至歸淑芬則以詞傳名，卻少見其詩作，凡此皆可見詞調與詞韻的創制，對晚明女詞人致力於填詞的正面助益。

三、主情理論的引入

　　晚明在強調人性自主的文化背景與文藝思潮的影響下，傳統詞學亦被賦予新的內容，〔註 65〕即詞學家紛紛強調情性的重要，力圖在詞學中構建文學的主情原則，將言情視為詞體最基本的藝術特徵。〔註 66〕

言》，頁 2。

〔註 63〕以上關於格律譜與詞學發展的關聯，乃參閱江合友：《明清詞譜史·前言》，頁 3。

〔註 64〕關於歸淑芬詞作之評析，詳參本論文第四章第三節之說明。

〔註 65〕張仲謀：《明詞史》，頁 354。

〔註 66〕鄭海濤：〈心學與中晚明詞學主情論〉，《人文雜誌》，2008 年第 4 期，頁 120。

在以情爲本的前提下，自來被視爲小道的詞體，被提昇至與詩相同的
地位，而所敍之情不論婉約或豪放，只要達情，皆當予以肯定。如此
的主張，對傳統詞學的體性觀是一種極大的超越，其中可以孟稱舜
（1594～1684）的〈古今詞統序〉爲代表：

> 詩變而爲詞，詞變而爲曲。詞者，詩之餘而曲之祖也。樂府
> 以嬝遲揚屬爲工，詩餘以宛麗流暢爲美。故作詞者率取柔音
> 曼聲，如張三影、柳三變之屬。而蘇子瞻、辛稼軒之清俊雄
> 放，皆以爲豪而不入於格。宋伶人所評〈雨霖鈴〉與〈酹江
> 月〉之優劣，遂爲後世塡詞者定律矣。予竊以爲不然。蓋詞
> 與詩、曲，體格雖異，而詞本於作者之情。古來才人豪客，
> 淑妹名媛，悲者喜者，怨者慕者，傷者懷者，寄興不一。或
> 言之而低徊焉，宛戀焉；或言之而纏綿焉，悽愴焉；又或言
> 之而嘲笑焉，憤悵焉，淋漓痛快焉。作者極情盡態而聽者洞
> 心聳耳，如是者皆爲當行，皆爲本色。寧必妹妹媛媛，學兒
> 女子語而後爲詞哉？故幽思曲想，則張、柳之詞工矣，然其
> 失則俗而膩也，古者妖童冶婦之所遺也。傷時弔古，蘇辛之
> 詞工矣。然其失則荼而俚也。古者征夫放士之所托也。兩家
> 各有其美，亦各有其病。然達其情而不以詞掩，則皆塡詞者
> 之宗，不可以優劣言也。〔註67〕

孟稱舜本段文字乃出於對前引何良俊〈草堂詩餘序〉的反思，他認爲
詩、詞、曲形貌雖異，但皆本於作者之情；而詞的風格雖有婉約與豪
放之別，但只要是本於作者眞情，均是本色當行之作，實不當有高下
軒輊之別。孟稱舜的主情說本是時代思潮下的產物，如此的理論，不
但提昇詞的地位，且讓詞有了更廣闊的抒情內容空間，只要是眞情實
性，均能借詞體以發之。

　　與孟稱舜觀點相近的尚有沈際飛的〈詩餘四集序〉：

> 嗚呼！文章殆莫備於是矣。非體備也，情至也。情生文，
> 文生情，何文非情？而以參差不齊之句，寫鬱勃難狀之情，

〔註67〕金啓華、張惠民等編：《唐宋詞集序跋匯編》，頁403。

則尤至也。……故詩餘之傳，非傳情也。傳其縱古橫今，
體莫備於斯也。〔註68〕

沈際飛極力張揚詞體言情的功能，一句「以參差不齊之句，寫鬱勃難狀之情，則尤至也。」已深刻且準確地道出詞體突出於其他文類的抒情特質。

晚明主情的詞學觀，對詞體的實際創作發展，有相當正面的影響，為其文類功能定下明確的規範：既不是對客觀外在事物的描寫，也不是思想邏輯上的推理，而是自我心靈深處幽微情感的捕捉與再現。如此對詞體個性的把握與體認，正是清初浙派宗主朱彝尊（1629～1709）言：「蓋有詩所難言者，委曲倚聲之於聲，其辭愈微，而其旨益遠。」〔註69〕與清末民初詞學理論家王國維（1877～1927）所謂：「詞之為體，要眇宜修，能言詩之不能言，而不能盡言詩之所能言。詩之境闊，詞之言長。」〔註70〕等傑出詞體論的濫觴。不但讓詞取得與詩、曲並駕齊驅的文類形貌空間，且擁有更多元化的內容發展空間——各種至情至性之感均能入詞。

在理論引導、社會風尚趨向與時代劇變的因素交織下，晚明詞壇竟湧現了一大批人品、詞品俱高的詞人，除了男性詞壇上有洗淨鉛華、獨標清麗，以姽婳言妍貌寫哀宣志的陳子龍（1608～1647），〔註71〕與其他如孫承宗（1563～1638）、夏完淳（1631～1647）、張煌言（1620～1664）、吳易（1612～1646）等英烈詞人，將神州陸沉的鬱勃悲憤之情，藉詞作以慷慨道出，從而衝破《花間》、《草堂》的藩籬，讓詞體能融入深廣的社會人生外，女性詞壇亦在知識婦女的帶動下，將自我精神層面的各式風貌：如對兩性之愛的期盼與怨尤、對自然美景的

〔註68〕金啓華、張惠民等編：《唐宋詞集序跋匯編》，頁399～400。
〔註69〕〔清〕朱彝尊〈陳緯雲紅鹽詞序〉，載氏著：《曝書亭集》卷40，《四部叢刊本》（臺北：臺灣商務印書館），頁332。
〔註70〕王國維《人間詞話‧刪稿》，唐圭璋編：《詞話叢編》冊5，頁4258。
〔註71〕有關陳子龍的詞學成就，詳參蘇菁媛：《陳子龍詞學理論及其詞研究》（彰化：國立化師範大學國文研究所碩士論文，2004年6月）。

清賞、對自我存在意義的尋覓與身世家國的悼念等，均藉詞作以細細
表出，除具體呈現當代知識婦女的精神風貌外，亦以女性特有的睿敏
心緒與細膩筆觸，爲衰頹的晚明詞壇注入源泉活水，不但使明詞有了
燦爛輝煌的終結，亦爲爾後清詞的中興，建立強而有效的鋪墊。凡此
皆是晚明主情理論，爲詞體創作營造有利環境的證明。

第三節　女性空間與識見的擴展提昇

在晚明開放的啓蒙思想下，女子教育獲得普遍的重視與提昇。許
多世族大家，均不吝將淵源的家學，甚至遺志，傳授與交付給女兒，再
加上出版事業的興盛與發達，故原本謹守禮教制度，身處深閨之中的大
家閨秀，可以藉由閱讀、書信交往、甚至結社等方式來充實閨閣生活。
另外在逐漸開放的社會風氣與衰敗的世局下，女子除逐步走出閨閣，甚
至與時代風氣相違背，肩負起家庭或復國的重任，具體擴增其生活場
域。這些對其生活空間與識見，自有正面的擴展與提昇。在無形中，亦
賦予時代女子在從事詞體創作時，有更多元化與更豐富的內涵。

一、淵源家學的傳承

在重視女兒教育的時代風氣薰染之下，不僅閨閣仕女擁有良好的
學習環境，傳統文化世家對淵源家學的傳承更是不遺餘力，閨門倡和
的美談佳話，在當時即時有所聞。如葉紹袁（1589～1648）和沈宜修
夫婦對其女兒們的教導與女兒們的成就是這樣的：

> 其女甥四人，惟季祿祿，孟曰昭齊，仲曰蕙綢，叔曰瓊章，
> 皆美慧英才，幽閒貞淑。居恆廣和篇章，閨範頓成學圃，
> 精心禪悅，庭闈頗似蓮邦，然祕而不發也。瓊章三四歲在
> 君庸弟家，授之《楚辭》，了了能憶。十歲歸母。十二歲工
> 詩，見者膾炙，多傳頌之。十四能弈。十六善琴，清聲超
> 越，泠然山水，兼模畫譜，而落花飛蝶，極其靈巧，於王
> 子敬〈洛神賦〉日臨一過。吾之猶昔，或非昔人。性愛煙
> 霞，潛通梵奧，是以父母鍾愛，呼爲小友。……昭齊具相

端妍，金輝玉潤，年三歲便讀〈長恨歌〉，不四五遍即能朗
誦。十三四歲學爲詩詞，同母步李滄溟〈秋日八詠〉韻，
則清新俊逸，儼然一代詩史。〔註72〕

紹袁與宜修的三個女兒：紈紈（字昭齊，1610～1632）、小紈（字蕙
綢，1613～1657）和小鸞（字瓊章，1616～1632）皆資質聰慧，從小
在父母文學素養與宗教信仰的薰陶下，個個幽閒貞淑，不但琴棋詩
畫，樣樣精通，對佛理更有深刻的體悟，所以閨閣之內，儼然學圃蓮
邦。而所爲詩詞，清新俊逸，見者膾炙傳頌，甚至有「詩史」之謂。
可見葉家的家學傳承與女兒們的文學成就，是時人有目共睹的。

　　再如商景蘭在夫婿祁彪佳爲國殉難犧牲之後，〔註73〕度過長達
三十年的寡居生活。但她從容地悠遊在詩書的天地裏，爲子女傳授家
學不遺餘力，全家上下共同題花賦草，彷若瑤池仙境。朱彝尊《靜志
居詩話》即如此陳述道：

　　祁商作配，鄉里有金童玉女之目。伉儷相重，未嘗有妾媵也。
　　當公懷沙日，夫人年僅四十有二。教其子理孫、班孫，女德
　　瓊、德淵、德茝及子婦張德蕙、朱德蓉。葡萄之樹，芍藥之
　　花，題詠幾遍。過梅市者，望之若十二瑤臺焉。〔註74〕

梅市即紹興祁家聚居之地，祁彪佳與商景蘭不僅爲子女營造了良好的
學習環境，年輕的景蘭在夫婿爲國殉難之後，更是一肩挑起教育子女
之責，傳承淵源的家學。

　　在重視女教的時代觀念下，女兒有時竟成父親遺志之所託。如明
末忠臣劉鐸（1573～1626）因受閹禍，〔註75〕臨刑，妻子蕭氏本欲抱

〔註72〕沈大榮〈葉夫人遺集序〉，〔明〕葉紹袁原編、冀勤輯著：《午夢堂
　　　　集》上冊，頁22～23。

〔註73〕有關祁彪佳的生平事蹟，可參考〔明〕張岱：《石匱書後集列傳‧卷
　　　　36》，周駿富輯：《明代傳記叢刊》（臺北：明文書局，1991年8月）
　　　　冊104，頁233～237。

〔註74〕〔清〕朱彝尊《靜志居詩話‧卷23》，周駿富輯：《明代傳記叢刊》
　　　　冊10，頁388～389。

〔註75〕有關劉鐸的生平事蹟，可參考〔清〕張廷玉《明史‧列傳133》，楊
　　　　家駱主編：《新校本明史并附編六種》（臺北：鼎文書局，1975年8

七歲稚女劉淑（1620～約 1660）共同殉難，劉鐸卻以爲女兒將來必
爲媛中之英，要妻子務必好好教導，有史可以爲證：

> 女生而聰慧，志識不凡，父鍾愛之，曰：「恨不男爾。」無
> 何，父以忤魏璫致禍，逮繫京師。恭人蕭氏攜淑走萬里相
> 從。……且死，蕭恭人抱稚女隨公，必殉。公曰：「無庸。」
> 既因指稚女曰：「是異日當爲媛中英，可以授書。」餘無
> 語。……母女南還，停公柩臥側，女必朝夕哭臨。從是矢
> 志讀書，不獨女史母訓口誦心慕，更博通經傳，精其大義，
> 操筆爲文辭，蔚然可觀。〔註76〕

在父命的殷殷囑咐下，母親以家中藏書悉心教導女兒，使劉淑精通經
史，文采斐然。而在父親偉大人格的感召之下，她更是滿懷愛國赤忱，
於朱明社稷鼎革之際，她甚至傾家資召募義勇軍，親身投入抗清行
動，成爲忠義兼資的一代女俠。〔註77〕

可見在庭闈教育的普及與重視的時代氛圍下，一般家庭都願意爲
兒女營造良好的學習環境，除不願女兒才華遭到埋沒之外，更希望淵
源的家學能不分男女地傳承。而在這樣有利的環境條件下，女兒們除
了在精神與識見上獲得充分的啓發與開拓之外，無形之中，也提升了
對自我人生的期待。於是，在人格養成與時代局勢的交互影響之下，
不但才女，甚至俠女，都如風起雲湧般地展現。

二、閨閣生活的充實

因爲印刷出來的紙張本身是以一種媒介的身分出現，透過它可使
原本疏離的人際關係變得親密，於是出版者和讀者、作者和讀者及讀
者和讀者之間，構成了不同的聯絡網絡，無形間也擴大了認知與接觸

月）冊9，頁6369。

〔註76〕劉淑〈啓葬父太濮公祭文〉，姚濬昌、〔清〕周立瀛、趙廷愷編：《安
福縣志・藝文》卷18，中國地方志集成編輯委員會編：《中國方志集成・
江西府縣志輯》（上海：江蘇古籍出版社，1996年5月），頁482～483。

〔註77〕有關劉淑的生平，可參考〔清〕李瑤：《南疆繹史・列女列傳》（臺
北：大通書局，1986年10月）卷15，頁656～658。

的範圍。

綜觀晚明以來在婦女界引起最大迴響的著作，則非湯顯祖的《牡丹亭》莫屬，〔註78〕在當時的城市文化中，杜麗娘所代表的正是典型的迷人閨秀新形象——不但受過相當程度的教育，而且是自然、漂亮、迷人的良家婦女，直到死都在堅持不懈地追求自己的志向。〔註79〕而《牡丹亭還魂記‧題詞》中所揭示的「情不知所起，一往而深，生者可以死，死者可以生。生而不可與死，死而不可復生者，皆非情之至也。」〔註80〕如此爲愛情幸福而不惜出生入死的愛情觀，在當時不知使多少閨閣女子爲之神魂顛倒。通過閱讀，女性不僅藉之以創造自我形象，更構築成其幻想的多彩世界，每位讀者對故事均有著想像的空間，以滿足不同的心境與需求。〔註81〕試看早夭的午夢堂姊妹葉紈紈與葉小鸞，不正是《牡丹亭》中杜麗娘形象的再現嗎？《牡丹亭》甚至已成爲明清女性讀者共同的詞彙，才女們通過此劇劇本的研讀或戲劇的共同欣賞，創造出各種超越世俗藩籬的社團。我國第一本女性文學批評著作，即是在清康熙33年（1694）由杭州詩人吳人的前後三任妻子陳同、談則與錢宜所合著的《吳吳山三婦合著牡丹亭還魂記》，並由吳人爲之出版。〔註82〕

另外以晚明閨秀詞人爲觀察對象，會發現她們大多是出自充滿書香的仕宦之家，婚後亦常有夫妻相唱之樂。在聰慧的天賦與良好的家

〔註78〕據華瑋研究，明清婦女評過的劇目已知約有30種。其中以湯顯祖的《牡丹亭》著墨最多，成就和貢獻也最大，如清康熙甲戌（1694）刻成的《三婦評本》與清雍正年間（1723～1735）刊刻的《才子牡丹亭》，在中國戲曲評點史上均有著特殊的地位與意義。華瑋：《明清婦女之戲曲創作與批評》（臺北：中央研究院中國文哲研究所，2004年12月），頁293。

〔註79〕〔美〕高彥頤著，李志生譯：《閨塾師——明末清初江南的才女文化》，頁77。

〔註80〕〔明〕湯顯祖著、俞爲民校注：《牡丹亭校注》（臺北：華正書局，1996年1月），頁1。

〔註81〕〔美〕高彥頤著，李志生譯：《閨塾師——明末清初江南的才女文化》，頁73。

〔註82〕〔美〕高彥頤著，李志生譯：《閨塾師——明末清初江南的才女文化》，頁74～77。

庭教養相互影響下，她們少女時期即累積相當深厚的學養，與不凡的寫作功力；又因家境的優渥，使她們不必爲日常柴米而憂心。深閨無事之際，她們除了女紅與琴棋，大多潛心於翰墨，甚至連閨閣外「山雨欲來風滿樓」的混亂時局，亦未干擾她們平靜的生活。〔註83〕且看沈宜修如此描述其所鍾愛的三女葉小鸞：

> 性高曠，厭繁華，愛煙霞，通禪理，自恃穎姿，嘗言「欲博盡今古」，故爲父所鍾愛，然於姊妹中，略無恃愛之色。或有所與，必與兩姊共之，然貧士所與，不過紙筆書香而已。……每日臨王子敬〈洛神賦〉，或懷素草書，不分寒暑，靜坐北窗下，一爐香相對終日。余喚之出中庭，方出，否則默默與琴書爲伴而已。〔註84〕

從這段描述中，可略知葉小鸞平日閨閣生活的概況，幾乎是沈浸在追求精神愉悅的書香世界中。而錢謙益《列朝詩集小傳·端氏淑卿》亦載：

> 淑卿，當塗人。教諭端廷弼女，適丹湖儒官芮儒。幼從父宦邸，日讀《毛詩》、《列女傳》、《女範》諸篇。笄總後，博群書，備有儀法。與其夫白首相莊，里黨重之。有《綠窗詩稿》。〔註85〕

在官宦之家重視閨閣教育的養成下，端淑卿自幼博覽群書，歸嫁後更是與夫婿相唱和，故贏得鄉里的敬重。如此的閨閣生活，對心靈生活的充實，自有莫大的助益。

除了自我閱讀與寫作之外，生活原本富裕的世家婦女，也會藉由「以文會友」的結社方式來充實閨閣生活。根據美國中國婦女史專家魏愛蓮（Ellen Widmer）的研究，十七世紀明清之交時，中國的才女們交換作品、彼此支持、互相鼓勵創作。她們或是聚會、或是通信、

〔註83〕趙雪沛：《明末清初女詞人研究》，頁87。
〔註84〕沈宜修〈季女瓊章傳〉，〔明〕葉紹袁原編、冀勤輯校：《午夢堂集》上冊，頁202～203。
〔註85〕〔清〕錢謙益《列朝詩集小傳·端氏淑卿》下冊，頁732。

同時以作者／讀者／評者的角色彼此溝通，產生互動，〔註86〕無形中亦擴大了視野。另外據華裔美國學者高彥頤的研究，晚明以來一個受過良好教育的批評群體在同一鄰里的存在，與增加同遠方之人交換書信和手稿的機會，共同推動了明末清初江南女性社團的激增，它們爲來自相同或不同家庭的女性，提供了相聚尋樂或嚴肅的學術探究場合，〔註87〕其中較著名者有以吳江沈宜修爲中心的家族式女性結社，及紹興梅市商景蘭所領導的包括男/女和家內/家外公眾領域的社交式社團：

> 然仲韶兄賦性孤峭，自幼至老，讀書掩戶而外斤斤如也。其詩歌清新俊逸，投林以還，與嫂氏舉案之餘，輒以吟詠倡隨，暨諸姪女俱公篇廣和，以是，閨閣之內，琉璃硯匣，終日隨身，翡翠筆床，無時離手。日復一日，年復一年，積案盈笥，盡是風雲月露矣。〔註88〕

> 予（按即毛奇齡）少至東書堂時，夫人（按即商景蘭長女祁德淵）從母商夫人學詩。而以予通家子。每出諸閨中詩屬予點定。以故每讀夫人詩而爲之賞之，其後與先生倡和，更名《靜好集》者是也。〔註89〕

女性交際網絡通過閱讀、結社、書信往來等文字的傳播而得以擴大，女性的視野與閨閣生活亦因此而得以充實，對於所創詞作之內容，當然有其正面的助益。

三、活動場域的擴大

其實明清上層知識婦女的生活，並非完全侷處於閨閣之內。她們

〔註86〕本文中譯見劉裘蒂譯：〈十七世紀中國才女的書信世界〉，《中外文學》22卷6期（1993年11月），頁55～81。

〔註87〕〔美〕高彥頤著，李志生譯：《閨塾師——明末清初江南的才女文化》，頁192。

〔註88〕葉紹顒〈重訂午夢堂集序〉，〔明〕葉紹袁原編、冀勤輯校：《午夢堂集》下冊，頁1092。

〔註89〕〔清〕毛奇齡〈祁夫人易服記略〉，收入〔明〕祁彪佳：《祁彪佳集·附編·祁德淵小傳》，（上海：中華書局，1960年2月），頁290。

或是隨夫（父）宦遊、或是賞心樂遊、甚至爲謀生而出遊，都有可能發生。〔註90〕如明末太僕徐寶維之女徐媛（1560～1620，字小淑）髫年好學，讀書悟入，適范副使允臨，卜築天平山，享園亭詩酒之樂，〔註91〕有散曲〈沽美酒帶太平令北〉爲證：

> 看王喬鳧舃歸，看王喬鳧舃歸，仙掌上白雲棲，訪故友山陰載酒回。喚秦娥采珠拾翠，聽青童演出新詞，茶烹著五夷雀嘴。松棚上挂著軍持，矮芽簷牽著薜荔，池塘內覷著游魚。我呵笑勞名的朝東暮西，白眼看趨蹌路岐。呀！亂黃塵再不上俺緇衣雙袂。〔註92〕

她可以從容自在地看花、賞鳥、甚而訪友、聽戲，夫唱婦隨，生活怡然自得，故她冷眼旁觀那些爲名爲利奔波忙碌的凡夫俗子，自得地言「亂黃塵再不上俺緇衣雙袂」。

隨著社會風氣的開放，閨閣女性出遊似乎已成一種常態，如在歸淑芬的詞作中即可看出她出外郊遊、泛舟訪友、到佛寺參禪以尋求身心安頓，更有與黃德貞、徐燦等三五好友結成文社，於暮春落英繽紛之時，在美麗江上舉行文會的紀錄。〔註93〕這種前代女子少有的閨閣外體驗，對於擴大視野必有相當程度的影響，也爲其閨閣敘寫注入了新的活力泉源。

另一典型擁有豐富旅遊經驗和活絡社交生活的閨秀，則可以商景蘭爲代表。〔註94〕祁彪佳長期且順遂的仕宦生涯，除了提供了商景蘭飽覽大江南北不同風光的機會外，也讓她能從容地營造與晚明

〔註90〕關於明清上層婦女在家內與公眾的流動性，可詳參〔美〕高彥頤著，李志生譯：《閨塾師——明末清初江南的才女文化》，頁 219～250。

〔註91〕〔清〕徐軌編著、王百里校箋《詞苑叢談‧品藻 3》（北京：人民文學出版社，1988 年 11 月），頁 296。

〔註92〕王延梯輯：《中國古代女作家集》（濟南：山東大學出版社，1999 年 2 月），頁 486。

〔註93〕關於歸淑芬詞作的評析，詳參本論文第四章第三節。

〔註94〕商景蘭（1605～約 1676），爲忠明烈士祁彪佳（1602～1645）之孀妻，關於其生平，詳參本論文第四章第一節。

紛擾政局，恰成鮮明對比的女性社交生活，如祁彪佳〈寓山士女春遊曲〉詩即言道：

> 橫塘路遠垂陽裏，畫閣朱欄天半起。十八女兒繡帶長，大隄步步印泥香。相呼相喚鴛鴦隊，姑攜新婦姊攜妹。吹起芳蘭散作雲，煖風颭縐湘水裙。臨波自照芙蓉面，斜趁落花同舞燕。〔註95〕

寓山是祁家故里，位於山陰（今浙江紹興），彪佳在此開闢庭園樓閣：「園以外山川之麗，古稱萬壑千巖；園以內花木之繁，不止七松五柳。四時之景，都堪泛月迎風，三徑之中，自可呼雲醉雪。」〔註96〕可以想見在明媚的春光裏，女眷們同遊共賞，賦詩相和的盛況；其中主持此次春遊，並攜新婦者即是商景蘭。

而商景蘭本人亦有〈題黃門夫人畫兼贈二十二太娘〉詩及〈送別黃皆令〉詩曰：

> 給事夫人老畫家，將軍大婦美才華。圖中染繪風生壁，機上流黃月照花。玉映深閨思窈窕，香來寒浦望蒹葭。姿容翰墨應相敵，煙雨沉沉到碧紗。〔註97〕

> 徵調起驪歌，悲風繞坐發。人生百歲中，強半苦離別。念君客會稽，釜不因人熱。茲唱歸去辭，佩環攜皎月。執觴指河梁，愁腸九迴折。流雲思故島，倦禽屬歸翮。帆檣日以遠，膠漆日以闊。同調自此皆分，誰當和白雪。交深多遠懷，憂來不可絕。佇立望滄波，相思露煙結。〔註98〕

凡此皆可看出商景蘭社交生活的活絡，與當代女子不凡的才華。在蓬勃的閱讀、寫作、文會、詩社與旅遊等閨閣風尚的薰染之下，女性正以其獨具的慧心與巧思，創作出可與傳統縉紳之士，分庭抗禮的文學新局面。

〔註95〕〔明〕祁彪佳：《祁彪佳集》，頁222～223。

〔註96〕〔明〕祁彪佳〈寓山注〉，《祁彪佳集》，頁151。

〔註97〕商景蘭《錦囊集》，《祁彪佳集・附編》，頁271～272。

〔註98〕商景蘭《錦囊集》，《祁彪佳集・附編》，頁274。

　　另外女性爲謀生而出遊者，除以扁舟載書巡遊各地的名伎如，王微與柳如是之外，閨閣女性則可以黃媛介（字皆令，約 1620～1669）爲代表。黃媛介出身於沒落的世族，自小受兄姐的文學薰陶，故有才名於當世。黃媛介嫁貧士楊世功爲妻，婚後家貧至無以爲繼，權宜之下，她毅然以自身的才華肩負起養家的重任，輾轉流離於江南各城鎮，以尋求謀生的機會。她不僅出入世家大族，擔任閨女們的塾師，並與柳如是等名伎保持密切友好的關係，從而成爲閨秀與名伎文化融合的重要橋梁。且在顚沛流離的人生際遇中，她的視野亦不斷擴大，不再局限於家庭，更擴展到社會國家。

　　時代女子拜社會風氣開放之賜，有了更開闊的活動場域，隨著閱歷與見聞的豐富，對其寫作能量的積蓄必能有所提昇，再加上以本即是屬於女性特質的詞體來寫作，則女性詞壇的繁榮與興盛，當是必然的現象。

第四節　對女子文才的肯定

　　隨著啓蒙思潮的啓迪與開放的社會風氣，晚明女子在文才表現上，確實取得較前代女子突出的成就。文人社群對女子才華，亦給予相當大的肯定，重視女兒教育的世家大族，對女子文才更是大力提倡，於是有了女性作品的編輯與出版，這些都是晚明社會對女子文才肯定的證明。

一、文人社群的支持

　　傳統儒家經典並不反對女子接受教育，《周禮》與《禮記・昏義》並明白揭示「婦德、婦言、婦容、婦功」爲理想女性必具的條件。〔註99〕但在此四德中，「才」的地位是相對次要的，班昭《女誡》即

〔註99〕《周禮・卷七》言：「九嬪掌婦學之灋，以教九御。婦德、婦言、婦容、婦功，各歸其屬，而以時御敘于王所」，《十三經注疏》（臺北：藝文印書館，1997 年 8 月）冊 3，頁 116。《禮記・昏義》亦載：「古

明言：

> 夫云婦德，不必才明絕異也；婦言，不必辯口利辭也；婦
> 容，不必顏色美麗也；婦功，不必工巧過人也。清閑貞靜，
> 求節整齊，行己有恥，動靜有法，是謂婦德。〔註100〕

以為不必才明絕異，在學問、能力上不需與人爭長短，平日辦事亦
不必工巧過人，賣弄才華，方是女性幽閑貞靜、賢良淑德的典型。
在這種傳統觀念的影響之下，女子才華自會遭受壓抑，甚至自己也
會認為翰墨文章非女子之事。且看宋代女詞人朱淑眞（1135？～
1180）誠然才華洋溢，但在世俗觀念的影響下，她亦承認「翰墨文
章之能，非婦人女子之事。」但因「性之所好，情之所鍾。」〔註101〕
所以寫下了不少詩詞。但基本上她仍然認為弄文吟詠之才，對於女
德是有所虧損的。

　　到了明代中葉以後，在經濟富裕、教育普及、民間文化長足累積，
與追求心靈自由等各種條件之下，女性才學終於獲得正面的肯定。李
贄（1527～1602）在〈答以女子學道為短見書〉，即表現出某種程度
的男女平等思想：

> 謂人有男女則可，謂見有男女豈可乎？謂見有長短則可，
> 謂男子之見盡長，女人之見盡短，又豈可乎？〔註102〕

他並以歷史事實為例來說明：

> 自今觀之，邑姜以一婦人而足九人之數，不妨其與周、召、

者，婦人先嫁三月，祖廟未毀，教于公官；祖廟既毀，教于宗室。
教以婦德、婦言、婦容、婦功。教成祭之，牲用魚，芼之以蘋藻，
所以成婦順也」，《十三經注疏》冊5，頁1002。

〔註100〕　〔魏〕范曄：《後漢書・列女傳74・曹世叔妻傳》卷84，《二十
　　　　　五史・後漢書集解》（臺北：藝文印書館，1994年8月）冊6，
　　　　　頁995。
〔註101〕　〔宋〕朱淑眞〈掬水月在水・序〉，《朱淑眞集・詩集前集》卷10，
　　　　　北京大學古文獻研究所編：《全宋詩》（北京：北京大學出版社，1998
　　　　　年12月）冊28，頁17977。
〔註102〕　〔明〕李贄《焚書・卷二》，劉洪仁主編：《海外藏書中國珍本系列》
　　　　　（北京：中國戲劇出版社，2000年5月）冊4，頁2343～2344。

太公之流并列爲十亂；文母以一聖女而正〈二南〉之風，
不嫌其與散宜生、太顚之輩并稱爲四友。〔註103〕

以爲女子之識見與能力未必較男子低下，在當時可謂石破天驚之語，
亦帶有相當程度的啓蒙意義，引導人們重新思索才學與女德之間的關
係，並重新審視傳統「女子無才便是德」的觀念。〔註104〕

另外明清之際的張潮（1650～？），即曾深入分析過爲何自來以
爲婦女有才則易導致誨淫：

昔人云婦人識字多易致誨淫，予謂此非識字之過也。蓋識
字則非無聞之人，其淫也人易得而知耳。〔註105〕

這是相當中肯的邏輯，因爲有「才」者多具知名度，故其誨淫則易爲
人知，但無「才」者就一定是貞多淫少嗎？的確頗令人深思。再者如
李漁（1611～約1679）即曾針對「女子無才便是德」之論細加反駁：

「女子無才便是德」言雖近理，卻非無故而云然。因聰明
女子失節者多，不若無才之爲貴。蓋前人激憤之詞，與男
子因官而得禍，遂以讀書作宦爲畏途，遺言戒子孫，使之
勿讀書勿作宦等也。此皆因噎廢食之說，究竟書可竟棄，
任可盡廢乎？吾謂才德二字，原不相妨，有才之女，未必
人人敗行，貪淫之婦，何嘗歷歷知書？但須爲之夫者，既
有憐才之心，兼有馭才之術耳。〔註106〕

李漁一針見血地指出才德原是不相妨的，謂聰明女子失節者多，不若
無才爲貴，是前人的激憤之詞，才德原本即是相輔相成的。若認爲有
才之女必敗行，猶如使男子勿讀書爲宦一樣，皆是因噎廢食之論。

〔註103〕 〔明〕李贄《焚書・卷二》，劉洪仁主編：《海外藏書中國珍本系列》
冊4，頁2344。

〔註104〕 劉詠聰認爲雖然「女子無才便是德」一語雖直至晚明方見諸文獻，
但卻是植基於傳統的觀念。劉詠聰：《德才色權論》（臺北：麥田出
版，1998年6月），頁200～202。

〔註105〕 〔清〕張潮：《幽夢影》（臺北：西南書局，1976年1月），頁60～
61。

〔註106〕 〔清〕李漁：《閒情偶寄・聲容部・習技・小引》（天津：天津古籍
出版社，1996年2月），頁257。

在如此的社會風氣薰染之下，女子文才得到了充分的肯定，不但有著良好的養成教育，其作品亦被認為有著迥異於男子的清新自然風格，而受到歡迎，於是女性再也無須如朱淑真般發出「女子弄文誠可罪，那堪詠月更吟風。磨穿鐵硯非吾事，繡折金鍼卻有功」〔註107〕的慨嘆，他們大可盡情地借文字書寫來展現自我才華，甚至以此為謀生之道，從而顛覆傳統男外女內的家庭結構與性別/階級的藩籬，高彥頤稱她們為閨塾師。〔註108〕

活躍於明清新舊之交的閨塾師中，最著名者當推黃媛介。黃媛介本是清寒之家的閨女，具有超絕的書畫才華。因嫁給貧士，致使生活無以為繼，只得靠自身的書畫才華負起養家之責，出入於世家大族與各種場合，以追求各種謀生與被資助的機會。〔註109〕黃媛介與當時的閨秀才女及名伎均保持著密切的友好關係，是名伎的摯友，亦是閨秀們的塾師。〔註110〕無獨有偶地尚有晚明進士王思任（1575～1646）之女王端淑，端淑自小受教於父親，且其作品在當代出版業中亦占有令人刮目相看的一席之地，她亦靠她自身的才學，以職業藝術家的身分在公共場合出現，並以此解決家庭生活的困窘。〔註111〕

在文人社群的支持下，不但有閨塾師以自身才華在社會上立足，一般閨閣女子亦以為女才可以為女德增色，故紛紛致力於自身才學的增長。

〔註107〕 朱淑真〈自責〉，《朱淑真集・詩集前集》卷10，北京大學古文獻研究所編：《全宋詩》冊28，頁17978。

〔註108〕 〔美〕高彥頤著，李志生譯：《閨塾師——明末清初江南的才女文化》，頁126。

〔註109〕 〔美〕高彥頤著、李志生譯：《閨塾師——明末清初的才女文化》，頁126。

〔註110〕 有關黃媛介與當時名妓和閨秀們交往的情形，可參閱宋清秀：〈黃媛介——名妓文化與閨秀文化融合的橋梁〉，《中國典籍與文化》，頁113～117。

〔註111〕 有關明清時期女性職業作家如黃媛介與王端淑的論述，可參閱〔美〕高彥頤著，李志生譯：《閨塾師——明末清初江南的才女文化》，頁137～143。

二、世家大族的提倡

晚明女詞人多群聚於江南，並以母女或姐妹的群體方式呈現，如吳江葉、沈家族中的沈宜修、葉紈紈、葉小紈、葉小鸞、沈靜專、沈憲英與宜修弟媳張倩倩等諸閨秀，雲間王鳳嫻、張引元母女，會稽商景蘭、商景徽姊妹與桐城方孟式、方維儀姊妹、鄞縣屠瑤瑟、沈天孫姑嫂等人。此種現象除了與江南社會的富庶與文化繁興有關之外，世家大族原即重視子女的養成教育，積極爲女兒營建優渥的學習環境，加上書香世家的優良傳統，更是形成晚明女詞人，多以文化家族連株式出現的直接原因。

晚明家族吟詠最盛者，首推吳江由葉紹袁和沈宜修所組成的家庭。葉紹袁本即吳江士族，沈宜修則是吳江派戲曲作家沈璟的姪女，自小即受有良好的家庭教育，葉、沈兩家本即吳江五個顯赫家族中的兩個。〔註112〕紹袁仕宦不順，遂與宜修、子女同隱汾湖畔，刻意以詩詞相賞，紹袁子女在文學上多有極高的成就，其中第六子即是清初著名的文學理論家葉燮（原名葉世佺，1627～1703）。長女葉紈紈和三女葉小鸞皆不幸早卒，各著有《愁言》（又名《芳雪軒遺集》）一卷和《返生香》一卷。二女葉小紈適諸生沈永楨，因傷弔早夭的姊妹，而寫就了我國最早的婦女劇作——《鴛鴦夢》。而沈氏家族諸女在淵源家學的薰陶下亦多擅寫作，如宜修從妹沈璟之女沈靜專，著有《適適草》、《鬱華樓草》等，宜修弟沈自徵元配張倩倩亦擅詩，繼室李玉照著有《無垢吟》，沈自炳長女沈憲英著有《端容遺稿》。〔註113〕基本上，這個以家族女性爲主的文學創作團體約15人，是以沈宜修爲中心的。〔註114〕

在二女於短時間內相繼過世之後，沈宜修意識到女性文化遺產的

〔註112〕〔美〕高彥頤著，李志生譯：《閨塾師——明末清初江南的才女文化》，頁205。
〔註113〕鍾慧玲：《清代女詩人研究》，頁29。
〔註114〕〔美〕高彥頤著，李志生譯：《閨塾師——明末清初江南的才女文化》，頁215。

脆弱，故其將個人的悲痛，轉化爲強烈的公眾和歷史的使命感：她藉助家族財力與精神上的支持，將小鸞、紈紈留下的手稿編輯出版，並將之分送給宜修所欽佩的江南女詩人。〔註115〕藉由這樣的文字交流，受限於當代交通與世風，而未曾與宜修見過面的諸多閨秀，如嘉興沈紉蘭、黃媛貞、黃媛介姊妹與南京吳山等人，均曾爲文哀悼這對命運多舛的姊妹，而這些悼文後來亦被葉紹袁編入《彤奩續些》內。〔註116〕

　　另外沈宜修亦爲保存當代女性作品而盡心盡力，她編輯近代女性作品爲《伊人思》，乃取《詩經》「蒹葭蒼蒼，白露爲霜。所謂伊人，在水一方。」與「相彼鳥矣，求其友聲。矧伊人矣，不求友生。」之義。〔註117〕葉紹袁言：「內人沈宛君遐情慨獨，曠性慵孤，柔詠陌桑，效題團扇，所憾典型雖邈，軌躅載遙。特於近代名媛，纂摘一二，採其佳句，作我清音，彩映錦囊，香翻綺袖。」〔註118〕本書共輯得當代閨媛已有集者18人，未有集者9人，偶聞者6人，散見諸書者11人，乩仙2人，共46人之詩118首，詞13首，文4篇。從其中可以見得晚明時期女性作家題花賦草、敘志抒情之一斑。〔註119〕

　　與沈宜修一樣積極培養女兒文才的尚有雲間張本嘉之妻王鳳嫻，沈宜修《伊人思》輯有王鳳嫻及其二女張引元、張引慶的詩共12首，鳳嫻二女亦均死於韶華之年。〔註120〕宜修並爲之記曰：「雲間

〔註115〕　〔美〕高彥頤著，李志生譯：《閨塾師——明末清初江南的才女文化》，頁224～225。

〔註116〕　〔明〕葉紹袁編：《彤奩續些》，葉紹袁原編、冀勤輯校：《午夢堂集》下冊，頁685～731。

〔註117〕　〔明〕葉紹袁〈伊人思小引〉，葉紹袁原編、冀勤輯校：《午夢堂集》上冊，頁537

〔註118〕　〔明〕葉紹袁〈伊人思小引〉，葉紹袁原編、冀勤輯校：《午夢堂集》上冊，頁537。

〔註119〕　〔明〕沈宜修編《伊人思》，收入葉紹袁原編、冀勤輯校：《午夢堂集》上冊，頁537～590。

〔註120〕　王鳳嫻有詩〈悲元慶二女遺物〉與詞〈憶秦娥・月夜憶亡女引慶〉，二作均見於沈宜修編《伊人思》，葉紹袁原編、冀勤輯校：《午夢堂

張夫人與二女名世久矣，因題云。」〔註121〕而世家大族的聯姻更為原即生氣蓬勃的閨閣創作錦上添花，如商景蘭的長媳張德蕙是諭德張文恭的孫女，次媳朱德蓉是總督朱襄毅的孫女，〔註122〕原本即受有良好的家庭教育，嫁入祁家之後，在商景蘭所營造的家庭氛圍薰陶之下，更是歌詠不輟。另外《列朝詩集小傳》中亦載有鄞縣屠瑤瑟、沈天孫姑嫂唱和的佳話：

> 瑤瑟屠氏，字湘靈，鄞縣屠長卿女，士人黃振古之妻。……
> 天孫沈氏，字七襄，寧國沈君典之第三女，長卿子金樞之
> 妻。……湘靈、七襄為兩公之愛女。少皆明慧，讀書誦詩，
> 能記他生之所習，君典擇婿得屠郎，……七襄年十七，歸於
> 屠。湘靈既嫁，時時歸寧，相與徵事紬書，分題授簡，紙墨
> 橫飛，朱墨狼籍。長卿夫人亦語篇章，每有詠，就商訂。長
> 卿詩云：『封胡與遏末，婦總愛篇章。但有圖書籠，都無針
> 線箱。』又云：『姑婦驩相得，西園結伴行。分題花共笑，
> 奪錦句先成。』信一家之盛事，亦一時之美談也。〔註123〕

其中值得注意的是屠長卿之詩，不責子媳與女兒不愛女紅，無針線箱，反讚許其愛篇章與善吟詠。晚明女子拜印刷業發達與商品經濟繁榮之賜，本即較前代女子擁有更優渥的學習環境，再加上文人社群的支持與世家大族的提倡，則閨閣吟詠之盛，自是不言可喻。

三、女性作品的編輯與出版

高彥頤曾列表說明 17、18 世紀中國婦女出版作品中的主要選集，共列出 12 部作品，所包涵的女性作家計有數千位，〔註124〕其並

　　　　集》上冊，頁 551、552。

〔註121〕〔明〕沈宜修編《伊人思》，葉紹袁原編、冀勤輯校：《午夢堂集》
　　　　上冊，頁 549。

〔註122〕〔明〕祁彪佳：《祁彪佳集・附編》，頁 292、294。

〔註123〕〔清〕錢謙益《列朝詩集小傳・閏集・屠氏瑤瑟、沈氏天孫》下冊，
　　　　頁 748。

〔註124〕如其中王端淑所輯的《名媛詩緯》即收有 1000 名明清女詩人的作
　　　　品，汪啟淑的《擷芳集》亦收有 2000 名清代女詩人的作品。詳細

以為男性文人對女詩人的推動，或將女性聲音等同於眞誠、自然和眞實，是女性詩集繁榮背後的一個主要動力。〔註125〕

晚明文學的革新運動，既以李贄「童心說」所言「提倡眞情，反對假理」為理論綱領，〔註126〕以為必須胸中眞實感情自然流露者方為佳作，所謂：

> 世之眞能文者，比其初皆非有意為文也。其胸中有如許無狀可怪之事，其喉間有如許欲吐而不敢吐之物，其口頭又時時有許多欲語而莫可所以告語之處，蓄極積久，勢不能遏。一旦見景生情，觸目興嘆；奪他人之酒杯，澆自己之壘塊；訴心中之不平，感數奇於千載。〔註127〕

以為矯揉造作、虛偽雕琢者，皆非眞正的文學。影響所及，以袁宏道（1568～1623）為首的公安派在詩文領域首倡「性靈說」，衝擊「文以載道」的傳統觀念，在當時的文壇引起廣泛的迴響。竟陵詩派領導人物鍾惺（1574～1627）即是性靈文學的擁護者，他廣搜當時及前代共 110 位名媛的佳作，編為《名媛詩歸》，企圖以女性發於性情、自然天成的寫作風格，糾正當時詩壇模擬雕飾、刻意腔調以為詩的風氣，其在序中即明言道：

> 若夫古之名媛，則發乎情，根乎性，未嘗擬作，亦不知孤，焦南及西崑，而自流其悲雅者也。今夫婦人，始一女子耳，不知巧拙、不識幽憂，頭施紺鬖以無非耳，及至釵垂麗鞍，露涅輕容，回黃轉綠，世事不無反覆，而于時喜，則反冰為花；于時悶則鬱雲為雪。清如浴碧，慘若夢紅，忽而孤邈一線，通串百端紛溶、箭蓌、猗狃、屾歡，所自來矣。故凡後日之工詩者，皆前日之不能工詩也。……蓋病近日之學詩

說明可參考〔美〕高彥頤著，李志生譯：《閨塾師——明末清初江南的才女文化》，頁 63。

〔註125〕　〔美〕高彥頤著，李志生譯：《閨塾師——明末清初江南的才女文化》，頁 63。
〔註126〕　馬美信：《晚明文學新探》，頁 63。
〔註127〕　〔明〕李贄《焚書·雜說》卷三，劉洪仁主編：《海外藏書中國珍本系列》冊 4，頁 2369。

> 者，不肯質近自然，而取妍反拙，故青蓮乃一發於素足之女，
> 為其天然絕去雕飾，則夫名媛之集，不有禪哉！〔註128〕

鍾惺藉李白（699～762）驚豔於吳地素足女的自然純淨，與其「出水芙蓉，天然絕去雕飾」的主張相呼應，〔註129〕說明女性形象對於當代詩壇可能有的啟發。另外亦說明文學的靈感是內心自然和本能的顯現，不可能經由有目的的學習或模仿而刻意為之。而女性因天生的敏睿與單純，所以其存在本身就是詩歌的體現，而鍾惺也預見了女性詩作將在文壇占有一席之地，故其言「凡日後之工詩者，皆前日之不能工詩也。」

　　文人對女性詩歌的肯定，在促進女性教育與女性創作上自有其正面與積極的意義，「女子無才便是德」的傳統桎梏已不再束縛女性，一般社會甚至以詩詞書畫作為閨秀品位高低的標準了。〔註130〕顧若璞（1592～1681）生而慧，好讀書，自經史百家及本朝典故，無不貫通，是明清之際杭州閨秀詩壇之冠，〔註131〕其弟在其詩集《臥月軒集‧序》中即詳細描述當時杭州地區閨秀群才並出的情形：

> 近世女士固多文焉，他不具論。吾杭數十年以來，子藝田先
> 生女玉燕氏，則有《玉樹樓遺草》；長孺虞光生女淨芳氏，則
> 有《淨園遺詠》；而存者，為張瓊如氏之書，為孟昭氏之畫，
> 為張姒音氏詩。若文皆閨閣秀麗，垂豔流芳，宜馬先生謂：「錢
> 塘山水蜿蜒磅礴之氣，非縉紳學士所能獨擅。」〔註132〕

如此對女性作家姓名與作品的援引，正代表地方人士對女性創作的褒揚與自豪，他並且贊同馬氏所言，錢塘地方山水的秀麗與磅礴，非閨

〔註128〕〔明〕鍾惺：《名媛詩歸‧序》，四庫全書存目叢書編纂委員會編：《四庫全書目叢書‧集部》冊339，頁2～4。

〔註129〕李白原詩見〈越女詞‧之一〉言：「長干吳兒女，眉目豔新月。屐上足如霜，不著鴉頭襪。」〈越女詞‧之四〉曰：「東陽素足女，會稽素舸郎。相看月未墮，白地斷肝腸。」〔清〕聖祖御製，王全點校：《全唐詩》卷184，冊6，頁1885。

〔註130〕張仲謀：《明詞史》，頁246。

〔註131〕馬興榮、吳熊和等編：《中國詞學大辭典》，頁181。

〔註132〕〔清〕顧若群〈臥月軒集序〉，顧若璞《臥月軒集》，《武林往哲遺著‧第八函》冊80，頁5。

秀們的慧心與巧思則不足以完全呈現。

　　不僅當代文人對女性創作相當支持，女性本身對閨閣之作亦珍視有加。除前述沈宜修編輯《伊人思》以保存當代女性著作之外，山陰才女王端淑（字玉映，1621～？）更花費了 25 年（1639～1664）的漫長時光，蒐集一千位女詩人（大部分是當代作家）的作品，編為 42 卷的《名媛詩緯》，並在 1667 年出版，她希望能將與她同時代的女性作品，原本如實地呈現給當代及後代的讀者，並為當時文壇注入新的活力。誠如其夫丁肇聖在序中所言：

> 《名媛詩緯》何為而選也？余內子玉映不忍一代之閨秀佳
> 詠堙沒煙草，起而為之，霞搜霧緝，其耳目之所及者藏之，
> 不忘其耳目之所未及者。〔註133〕

說明王端淑編輯《名媛詩緯》之目的，實在是不忍閨秀之佳作堙沒於荒煙漫草之中。而王端淑在自序中，更是大力強調女性作品的意義與價值：

> 客問於予曰：「詩三百經也，子何取於緯也？」……則應之曰：
> 「日月江河經天緯地，則天地之詩也。靜者為經，動者為緯；
> 南北為經，東西為緯。則星野之詩也，不緯則不經。」〔註134〕

顯然她相信《詩緯》與《詩經》應具有同樣的地位，所謂「不緯則不經」即是說明女性作品在經典概念中所應扮演的角色，若沒有女性作品的滋潤，當代詩壇必定呈現出有所不足的窘境。

　　於是在標榜真情自然，與重視女才的時代風潮下，女性作品的編輯與出版，必呈現蓬勃發展的情形。

第五節　女性自我的追尋

　　在各種時代與社會因素交互影響下，晚明女性亦有對自我理想的追尋，其中包含才子佳人的浪漫憧憬、心靈寄託的尋覓與以文名傳世

〔註133〕　丁肇聖《名媛詩緯・序》，〔明〕王端淑：《名媛詩緯》（臺北：
　　　　　國立中央圖書館，1975 年據清康熙間清音堂刊本攝製之微縮資
　　　　　料）。
〔註134〕　〔清〕王端淑《名媛詩緯・序》。

的追求。

一、才子佳人的浪漫憧憬

　　李清照（1084～1155？）是晚明以來才女們所欣羨的對象，她與
夫婿趙明誠伉儷情深，兩人共同沉浸在藏書與古玩的蒐集之中。其《金
石錄・序》詳述夫妻間生活的情趣曰：

> 故紙札精致，字畫全整，冠於諸家。每飯罷坐歸來賞，熟
> 茶指堆積書史，言某事在某書某卷第幾頁第幾行，以中否
> 勝負爲飲茶，先後中則舉杯大笑，或至茶覆懷中不得飲而
> 起。凡書史百家，字不完缺本不誤者，輒市之，儲作副本。
> 〔註135〕

因爲這樣的生活是眞實存在的，所以遠較小說或戲劇中的情節更具說
服力，他們激勵著明清閨秀：努力充實才學，集才、德、美於一身，
便能擁有幸福浪漫的婚姻。〔註136〕沈曾植《菌閣瑣談》即清楚地說
明李清照的形象對當代閨秀的影響：

> 易安跌宕昭彰，氣調極類少游，刻摯且兼山谷。篇章惜少，
> 不過窺豹一斑。閨房之秀，固文士之豪也。才鋒太露，被
> 謗殆亦因此。自明以來，墮情者醉其芬馨，飛想者賞其神
> 駿。易安有靈，後者當許爲知己。〔註137〕

事實上，隨著女性受教育程度的提高與新女性特質的傳播，不僅女性
對自我的期待不同，男性心目中理想伴侶的典型亦正在改變──必須
具有相當的文化素養，才能是與丈夫心靈相契的伴侶。

　　且看一代風流才子李漁（1611～約1679）對婦女讀書習字的看法：

> 婦人讀書習字，無論學成之後，受益無窮；即其初學之時，

〔註135〕 李清照〈金石錄後序〉，〔宋〕趙明誠《金石錄》，《影印文淵閣
　　　　 四庫全書》（臺北：臺灣商務印書館，1985 年 2 月）冊 681，頁
　　　　 373。

〔註136〕 高彥頤稱此種夫妻間相唱和，亦師亦友的婚姻爲「伙伴式婚姻」，
　　　　 〔美〕高彥頤著，李志生譯：《閨塾師──明末清初江南的才女文
　　　　 化》，頁 192～197。

〔註137〕 〔清〕沈曾植《菌閣瑣談》，唐圭璋編：《詞話叢編》冊 4，頁 3608。

> 先有禆於觀看，只須案攤書本，手捏柔毫，坐於綠窗翠箔
> 之下，便是一幅圖畫。班姬詠史之容，謝庭詠雪之能，不
> 過如是。何必睹其吟詠，較其工拙，而後有閨秀同房之樂
> 哉？噫！此等圖畫，人間不少，無奈身處其地者，皆作尋
> 常事物觀，殊可惜耳。〔註138〕

他認為窈窕女子在綺窗下或是據案習字，或是吟詠詩篇，姑且不論其是否已經學有所成，如此的情景，本身即是一幅賞心悅目的圖畫，較諸歷史上才女班姬讀史的容顏，與謝道韞題詠的姿態，亦不過如此。只是一般閨秀卻將此賞心樂事視為尋常事物觀，而不戮力從事之，實在是相當可惜。

另外葉紹袁三女葉小鸞在嫁前五日遽夭，其未嫁之婿張立平在祭文中，亦敘明小鸞明慧的資質與豐厚的學養對他的吸引力：

> 嗚呼淑女，特稟慧資。幼依母訓，習禮明詩。牙籤玉笈，
> 采隱探奇。動容有紀，發音成辭。能琴善畫，未欲人知。
> 閨中女憲，塵外仙姿。余父母為擇良耦，不鄙余愚，許字
> 已久，媒妁請期，筮日曰某。〔註139〕

可見良好的閨閣教育在理想婚配中所居的重要地位，小鸞出口成章的文學造詣，與多才多藝的修為，讓張立平直認為是天賜美眷。基於這樣的認知與時代的風尚，閨秀及其家庭對於女兒的教育，自是全力以赴。

而典籍中其實更記載著更多夫妻因學識相當，從而相互酬唱問學，使情感更加彌篤的佳例。如明末光祿寺卿葛徵奇（？～1645）自從與其才華洋溢的愛妾李因（1610～1685）結合之後，〔註140〕兩人即過著同遊山水，閒適論文的歡愉生活：

> 每遇林木孤清，雲日蕩漾，即奮臂振衣，磨墨汁升許，劈

〔註138〕　〔清〕李漁：《閒情偶寄・聲容部・習技》，頁261。

〔註139〕　張立平〈祭文〉，〔明〕葉紹袁原編、冀勤輯著：《午夢堂集》上冊，頁375。

〔註140〕　有關葛徵奇的生平，可參考　〔清〕計六奇輯：《明季南略》卷9（臺北：大通書局，1986年10月）頁239。李因初為名伎，關於其生平事略詳參本論文第五章第四節。

> 箋作花卉數本，余亦各加題跋，以分別價鼎。時於花之晨，
> 月之夕，或嵐色晴好，或雨聲滴瀝，則分門角韻，甲乙鉛
> 黃。意思相合，便拍案叫絕，率以爲娛。〔註 141〕

如此吟花賦詩、悠遊翰墨的閨房之樂，著實令人稱羨。另外本即是才
子與佳人相結合的葉紹袁與沈宜修，終生過著夫妻相知相守、亦師亦
友的和樂生活。在宜修過世後，紹袁以眞誠的文筆，款款道出他與妻
子相處的點點滴滴思念：

> 我之與君，倫則夫婦，契兼朋友，紫綃妝後，綠酒飛時，
> 碧露凝香，黃雲對內，靡不玩新花於曲徑，觀落花於低窗。
> 仲長統之琴樽，不孤風月，陶元亮之松菊，共賞煙霞。或
> 披古人載籍之奇，或證當世傳覽之異，或以失意之眉對靨，
> 或以快心之語相詠，或與君莊言之，可金可石；或與君謔
> 言，亦絃亦歌；與君言量薪數米，塵腐皆靈；或與君言不
> 死無生，玄禪非遠。〔註 142〕

對於擁有這樣聰慧的妻子，紹袁眞是心滿意足，除夫婦間的惺惺相惜
之外，他們也爲子女營造了最佳的學習環境。在其夫婦文學的薰陶之
下，其子女如葉紈紈、葉小紈、葉小鸞與葉燮等均是一代之秀，「詩
詞歌曲，眾體咸備，流播人寰，珍如拱璧」。〔註 143〕

在眾多夫婦因彼此才學相匹而擁有幸福生活的實例，以及才子佳
人小說、戲曲與當代思潮、風尚的多重激勵下，當代女子戮力學習的
繁榮景象，當是可以想見的。

二、心靈寄託的尋覓

才女們在當時的文化氛圍下，雖然能夠靠著讀書與創作來充實閨

〔註 141〕 〔明〕葛徵奇〈竹笑軒吟草序略〉，胡文楷編著、張宏生等增訂：《歷
代婦女著作考》頁 109。

〔註 142〕 葉紹袁〈百日祭亡室沈安人文〉，〔明〕葉紹袁原編、冀勤輯著：《午
夢堂集》上冊，頁 211。

〔註 143〕 葉恒春〈午夢堂集八種序〉，〔明〕葉紹袁原編、冀勤輯著：《午夢堂
集》下冊，頁 1095。

閣生活，但中國文學長久以來在抒情傳統的領導之下，大多是寫心言志，直指心靈。這樣的浸染，對於幾乎是長期閉處家內，終日感受到「閒」與「無聊」的閨秀，提供了絕佳的心靈探索管道，刺激其無限的奔馳，現代學者稱此爲「幽閉意識」。〔註144〕

　　面對幽閉與無聊，才女們自然會善用本身的學養，以文字創作來表達自己內心的點滴感受。如吳江午夢堂家族一門風雅，紹袁與宜修共育八子五女，家庭日以吟詠爲樂，夫妻伉儷情深，子女才華洋溢，和樂的家庭生活，著實令人稱羨。但令人遺憾的是父母親因才德相知相許的幸福，並沒有降臨到女兒們的身上。同是才德美兼具的佳人，長女紈紈卻深陷婚姻的桎梏中長達七年，〔註145〕面對薄倖無情的丈夫，再憶起未嫁前的歡愉，紈紈眞是無語問天，只得藉文字敍寫來聊自安慰。觀其〈庚午秋父于京中寄詩歸同母暨兩妹賡作〉詩云：

> 讀罷家書反更嗟，可憐歸計又應賒。愁心每幸人皆健，望眼頻驚物換華。淚向來詩長自落，夢隨去雁幾回斜。天涯客邸惟珍重，但願加餐莫憶家。〔註146〕

在幽居的空閨之中，家書是紈紈最大的精神支柱；憶起從前全家相與題花賦草的歡樂情景，已不復可得。如今因遇人不淑，只能空自嗟嘆，並藉文字以排遣孤寂情懷。才子佳人的浪漫憧憬既已成爲幻影，紈紈於是藉由佛理的啓悟，來忘卻現實生活的不如意。試看其〈閒居即事〉言：「雨後碧苔長，春歸綠蔭濃。《楞嚴》閒讀罷，殘日下窗櫳。」〔註147〕可知其幾乎終日與佛經相爲伴。而在如此情境

〔註144〕　胡曉眞：《才女徹夜未眠・近代中國女性敍事文學的興起》（臺北：秀田出版社，2003年10月），頁180。

〔註145〕　有關葉紈紈婚姻的不幸，從其父葉紹袁〈祭長女昭齊文〉言「豈意榮盛變爲衰落，多福更爲薄命。眉案空嗟，熊虺夢杳，致汝終年悶悶，悒鬱而死。」或可窺知一二。〔明〕葉紹袁原編、冀勤輯校：《午夢堂集》上冊，頁27。

〔註146〕　葉紈紈《愁言》，〔明〕葉紹袁原編、冀勤輯校：《午夢堂集》上冊，頁246。

〔註147〕　葉紈紈《愁言》，〔明〕葉紹袁原編、冀勤輯校：《午夢堂集》上冊，

的浸染之下，紈紈不免以爲浮生本即幻夢，她所嚮往的是清幽無塵的神仙世界，觀其〈秋日村居次父韻作・其五〉言道：

> 浮生俱是夢，堪歎笑狂夫。自有清幽僻，嘗嫌世俗途。捲簾除落葉，引水拂銀鑪。江上煙波渺，秋來接五湖。〔註148〕

這樣的文字，已是心靈安定的追尋；亦代表當時閨閣女子對自我存在意義，已有深刻的自覺。

在明清之際因現實生活的不順遂，而將生活的重心轉移至宗教上，以尋求心靈慰藉的尚有蘇州才女吳琪（字蕊仙，生卒年不詳）與吳綃（字冰仙，1615？～1671）。吳琪的婚姻亦曾爲時人所羨，但中年夫死後，生計無著落，她以自己所擅長的詩文書畫，設帳授徒以自養，晚年並遁入空門，借由對佛理的參悟，以尋求精神上的超越。〔註149〕而吳綃則是因婚姻生活不如意，於是將生活重心寄託在宗教上。〔註150〕她亦藉由良好的文藝素養，與佛理的引導，將二十餘年來的生活悲歡，均藉筆硯以細細道出。〔註151〕中晚年的吳綃，幾乎是恆居道服，日與青燈木魚爲伴，此在其著作《嘯雪庵集》諸家序中多曾言及。〔註152〕

另外在當時理學強調婦女貞節風氣的影響下，具有身分地位的大

頁 247。

〔註148〕 葉紈紈《愁言》，〔明〕葉紹袁原編、冀勤輯校：《午夢堂集》上冊，頁 244。

〔註149〕 有關吳琪的生平與其詞作內容，詳參本論文第四章第四節。

〔註150〕 有關吳綃的生平事略與詞作內容，詳參本論文第四章第二節。

〔註151〕 吳綃在《嘯雪庵詩集・自序》中曾言道：「余自稚歲，癖於吟事。學蔡女之職琴書，借甄家之筆硯。湘素經心，丹黃在手。二十餘年騹虞愁病，無不於此發之。」〔明〕吳綃：《嘯雪庵詩集》四庫未收書輯刊編纂委員會編：《四庫未收書輯刊》（北京：北京出版社，2002 年）七輯，頁 68。

〔註152〕 如黃中瑄〈嘯雪庵集小引〉言：「雅思避世，金馬逍遙於蕊笈蓮舟，夫豈誕哉？古來松喬輩出，亦惟性情之至者爲之。以夫人之貞靜，一旦羽衣葛巾，吾知九嶷三島間，將來增一蒲座矣。」《嘯雪庵詩集》，頁 66。鄒流琦〈吳冰仙集小引〉言：「居身清素，不異道氏釋子，案頭香一爐，茶一盞，書數卷，侍兒日磨墨以供揮灑。」〔明〕吳綃：《嘯雪庵詩集》，頁 67。

家閨秀一旦喪夫，大多會選擇貞女不事二夫的守寡之路。〔註153〕在漫長且艱辛的孀居生活中，吟詩填詞便成為她們真正的寄託與生命的歸宿，文學創作竟成為她們生命的救贖。如清初才女方維儀在丈夫過世後不久女兒亦相繼夭折，〔註154〕在茫然無依的景況下她賦下〈死別離〉詩，以悲苦交集的語言道出內心的孤獨與哀傷：

> 昔聞生別離，不言死別離。無論生與死，我獨身當之。北風吹枯桑，日夜為我悲。上視滄浪天，下無黃口兒。人生不如死，父母泣相持。黃鳥各東西，秋草亦參差。予生何所為，死亦何所辭？白日有如此，我心徒自知。〔註155〕

在失去生命的支持之後，女詩人感受到人生格外的孤苦；她想結束自我生命，但卻不忍父母的苦苦相勸。在痛苦無所傾訴的境況下，她只得將情感深埋於心中，並化為文字以尋求出口，試觀其〈傷懷〉詩言：

> 長年依父母，中懷多感傷。奄忽髮將變，空室獨徬徨，此生何寒劣，事事安可詳？十七喪其夫，十八孤女喪，舊居在東郭，新柳暗河梁。蕭條對霜雪，臺閣起荒涼。人事何不齊，天命何不常。孤身當自慰，且免催肝腸。鶺鴒樓一枝，故巢安可忘？〔註156〕

這樣深沉的傷痛，若不經由文字細細道出，怎能得到任何宣洩與慰藉呢？由「孤身當自慰，且免催肝腸」即可知道文學創作，在其生命中所扮演的重要地位。

在婦女經濟尚無法獨立的傳統社會中，孀居婦女還要面對獨力養兒育女的艱難負擔，在此種情況下，不但生計之難在詩中表露無遺，

〔註153〕孫康宜：《古典與現代的女性闡釋》（臺北：聯合文學出版社，1998年4月），頁87。

〔註154〕〔清〕朱彝尊《靜志居詩話・卷23》言：「方維儀，桐城人，大理卿大鎮之女。適姚孫棨，再期而天，遂請大歸守志，有《清芬閣集》。……十七喪其夫，十八孤女殤。」周駿富輯：《明代傳記叢刊》冊10，頁384～385。

〔註155〕〔清〕朱彝尊《靜志居詩話・卷23》，周駿富輯：《明代傳記叢刊》冊10，頁385。

〔註156〕方維儀〈傷懷〉，徐世昌編：《清詩匯・卷183》下冊，頁2979。

寫詩亦成爲其任勞任怨生活中，心靈最大的慰藉。如顧若璞〈感懷〉言：「不堪愁病強搔頭，二十三年感百憂。卻也不知方寸內，如何容得許多愁？」〔註157〕與湯慕雲言「典衣并及芙蓉帶，脫珥還增翡翠鈿」均可說明這樣的事實。〔註158〕

三、以文名傳世的追求

明清時期才女的大量湧現，是中國文學史上相當突出的現象之一。在明清兩朝中有史可考、曾出版過詩集的女詩人即有三千餘人，則未出版專集，或受傳統觀念影響，而將自我作品焚毀的才女更是不知凡幾。〔註159〕明清大家閨秀不但出現寫詩填詞、琴棋書畫、遊山玩水、談禪說道等「文人化」的傾向，表現生活的藝術化及對俗世的超越，且積極以「才女」自期，期能以文才而流芳後世。

如商景蘭一直不遺餘力地推動她所領導的女性社團成員間的詩藝技巧與各項才華，她曾跨越階級的藩籬，邀請中下階層社會中的才女黃媛介到家中作客一年，〔註160〕指導家中女眷們書畫技藝。她並且相信，博學的女性傳統是從來沒有間斷的，甚至在她這個時代是達到頂峰，且超越刻板的男/女與良家/交際的界限，〔註161〕且看其爲詩讚美黃媛介之才曰：

> 門鎖蓬萊十載居，何期千里覯雲裾。才華直接班姬後，風雅平欺左氏餘。八體臨池爭幼婦，千言作賦擬相如。今朝把臂憐同調，始信當年女校書。〔註162〕

〔註157〕　徐世昌編：《清詩匯》卷183，下冊，頁2982。

〔註158〕　〔清〕沈善寶《名媛詩話》卷3，杜松柏主編：《清詩話訪佚初編》冊9，頁136。

〔註159〕　孫康宜：《古典與現代的女性闡釋》，頁72。

〔註160〕　黃媛介，字皆令，浙江嘉興人，士人楊世功妻。關於其生平事蹟，詳參本論文第四章第五節。

〔註161〕　〔美〕高彥頤著、李志生譯：《閨塾師——明末清初江南的才女文化》，頁244。

〔註162〕　商景蘭《錦囊集·贈閨塾師黃媛介》，〔明〕祁彪佳：《祁彪佳集·附編》，頁274。

通過與歷史上著名作家的比較，商景蘭表達了她對黃媛介博學的贊賞。詩中同舉司馬相如與王羲之，正說明身爲藝術家兼閨塾師的黃媛介，除了有巾幗不讓鬚眉的才能外，也擁有著同男性般在社會流動的自如。而將班昭、左芬與薛濤相提並論，則是說明黃媛介如班昭與左芬一樣，是出身於良好教養的家中，但卻如名伎薛濤般，能夠自在地與文人雅士相互切磋才藝。從「今朝把臂憐同調，始信當年女校書」可以知道商景蘭相信跨出閨閣及與見聞的廣博，對創作源泉的重要，也由於這樣的認知，讓她能有著活躍的社交生活，與積極向上的思想。

再有〈西施山懷古‧代作〉詩亦流露出商景蘭不平凡的女性意識：

> 土城已作一荒丘，人去山存水自流。身事繁華終霸越，名垂史冊不封侯。鬚眉多少羞巾幗，松柏參差對敵讎。憑弔芳魂傳往什，愁雲黯淡送歸舟。〔註163〕

來到西施山，景蘭撫今追昔，她以爲春秋時代同爲會稽美女的西施之所以名垂史冊的原因，並非因其美麗的容顏，而是忍辱爲國，身侍吳王夫差，終於助越王句踐復國成功，並成就一代霸業。其中「鬚眉多少羞巾幗」更可看出商景蘭對巾幗英雄以功業流芳後世的嚮慕。既然無法如巾幗英雄般，以獻身國事而名垂千古，且須考量到現實人生的角色，商景蘭選擇以文名傳世，讓自己的生命擁有不朽的意義與價值。

在同時代中認爲女子才德不相妨的主張已見於前述，女作家亦勇於向「女子無才便是德」的俗見質疑，積極爭取女子在文壇應有的席次，並以爲女子可以因文采而千古流芳。如前述致力於追尋心靈寄託的吳琪在序鄒漪《紅蕉集》時即言：

> 古今女子之傳，豈必以詩哉？文章節義，俱屬不朽。然歷選人代，鬚眉丈夫，罕或兼擅，況吾儕閨閣笄縰乎？女子之正，無非無儀，苟綺句繪詞，與文士爭伎倆，抑非閨職所宜矣。然不可謂文辭遂妨於節行也。由來黃鵠鳴哀，青陵矢志，節行且彌增其光烈焉。然則女子又何不以詩著

〔註163〕　商景蘭《錦囊集‧西施山懷古——代作》，〔明〕祁彪佳：《祁彪佳集‧附編》，頁273。

　　乎？……自是文心既闢，逸響相繩，若皇娥、王母、唐山
　　夫人、班婕妤、卓文君、蔡文姬、甄后、左妃、道韞、令
　　暉輩，指不勝屈。…然則古今女子之不朽，又何必不以詩
　　哉？夫抱貞靜之姿者，儘不乏批風款月；具恍達之行者，
　　或不解賦草題花。彼有大節或渝，而藉口一字不踰閫外，
　　其視集中諸夫人，相去為何如也？〔註164〕

吳琪此序論點豪宕灑落，侃侃而談，以為鬚眉丈夫尚且難以文章節義
兼擅，則又怎能認為女子有才必妨於德行呢？細數留名青史的皇娥、
王母、唐山夫人、班婕妤……等淑媛，何者不是因文采而永垂不朽呢？
才德既不相妨，而女子欲以名傳世，則實須戮力於文采。在此信念的
引導下，自小受有良好教育的吳琪，在詩詞書畫上均有所成，吳琪之
夫管宇嘉從洪承疇軍而卒於官，吳琪即因自身的文藝修養而能在亂世
中不作兒女之態，慕錢塘山水之勝，並與才女周羽步為六橋三竺之
遊，後遁入空門，〔註165〕是明清之際女子因文藝而使生命層面獲得
提昇的一個典型實例。

　　而閨秀作家致力於寫作，自然希望能以文而傳名後世，如《列朝
詩集小傳》載有項蘭貞「學詩十餘年，著有《裁雲》、《月露》二草。
臨歿，書一詩與其夫黃卯錫訣別，曰：『吾於塵世，他無所戀，惟《雲》、
《露》小詩，得附名閨秀後足矣。』其自贊畫像亦云。」〔註166〕明
顯表達出其欲以文名傳世的強烈意願。

　　在以文傳名的信念積極引導之下，本即受有良好家庭教育的女
子，自是戮力於文藝創作，於是女詩人、女詞人遍布的繁榮盛景，自
是可以想見。

〔註164〕 吳琪〈紅蕉集序〉，《清代名媛文苑·序第2》，收入王文濡編：《清
　　　　　文匯》（臺北：世界書局，1961年3月）冊7，頁7～8。
〔註165〕 以上關於吳琪的生平乃參閱〔清〕施淑儀《清代閨閣詩人徵略·吳
　　　　　琪小傳》，周駿富輯：《清代傳紀叢刊》冊25，頁69～70。
〔註166〕 〔清〕錢謙益：《列朝詩集小傳·閏集·項氏蘭貞》，下冊11，頁753。

第三章 吳江午夢堂詞人

晚明眾多女詞人中，最引人注目的即是吳江午夢堂詞人。吳江葉紹袁與沈宜修所建構的文藝家庭，一門珠聯，日以唱和自娛。其中沈宜修是有明一朝存詞量最多的女詞人，無論質與量均稱一流。其女葉紈紈、葉小紈、葉小鸞與表妹張倩倩均擅填詞，其中尤以小鸞的成就最爲世人所津津樂道。另外紈紈的詞作詞評家亦有提及，但小紈的詞學成就，幾淹沒於其悼念早夭姊妹的雜劇《鴛鴦夢》之中，少爲世人所注意。而除以上諸人之外，其他家族女成員亦有善於填詞者。本章即以吳江午夢堂家族成員爲研究範圍，分節深入探討沈宜修、葉紈紈、葉小紈、葉小鸞、張倩倩與其他家族女詞人的生平與詞作、詞作內容、形式技巧、風格與內在意涵，希望能爲這群具睿敏心性的女性創作團體發微闡幽。

午夢堂詞人乃因其作品均見於《午夢堂全集》而得名。《午夢堂全集》最早的刻本是明崇禎 9 年（1636）葉紹袁爲其已逝的家人與自己所編的文集，包括沈宜修《鸝吹》、葉紈紈《愁言》、葉小鸞《返生香》、葉紹袁《窈聞》（含《續窈聞》）、《秦齋怨》、沈宜修編《伊人思》、葉紹袁輯《彤奩續些》（含卷上、卷下）、《呝雁哀》與葉世侶《百旻草》等，後又有曹學佺於崇禎 12 年（1639）作序之刊本與入清後葉紹顯、沈德潛等之序本，與葉燮的選輯本和葉德輝的重輯本。

　　《午夢堂集》現行的輯校本乃由冀勤輯校，包括葉紹袁夫人沈宜修及其子女的詩詞集七種：沈宜修《鸝吹》、葉紈紈《愁言》、葉小鸞《返生香》、葉小紈《鴛鴦夢》、葉世佺《百旻草》、葉世傛《靈護集》、葉小紈《存餘草》；其他選輯本兩種：沈宜修輯《伊人思》、葉紹袁輯《屺雁哀》；其餘爲葉氏本人之作：《秦齋怨》、《竊聞‧續竊聞》、《彤奩續些》、《瓊花鏡》，共保留了近百人的作品，對研究晚明社會、人情和習俗，是相當珍貴的資料。〔註1〕另外冀勤又輯得葉紹袁、沈宜修、葉小紈、葉小鸞等人佚詩 8 首 2 句，詞 21 首，詞話 2 則。輯得《伊人思》等所輯之女性作家 22 人之詩 45 首，詞 95 首，文 1 篇，編入補遺與續輯。附錄則蒐有葉紹袁之《葉天寥自撰年譜》、《年譜續纂》、《葉天寥年譜別記》、《甲行日注》、《湖隱外史》。鄧實《天寥年譜別記附錄》、鄒漪流《女仙傳》，除使得內容益加充實外，並於書末編製〈作者暨篇目索引〉，方便讀者尋找書中資料，本書在 1998 年由北京中華書局出版。〔註2〕

　　本章所引用的午夢堂詞人作品，除二姊葉小紈詞作因未收入《午夢堂集》內，且冀勤所補輯者亦有缺漏，故以《全明詞》冊 5 所收詞作去其誤收者，與冀勤《午夢堂集‧補遺》爲主要的討論依據外，其

〔註1〕　冀勤《午夢堂集‧前言》，〔明〕葉紹袁原編、冀勤輯校：《午夢堂集》上冊，頁 1。

〔註2〕　葉紹袁爲其妻、子女等人所精心編輯的詩文合集爲《午夢堂全集》。該書版本與流傳可參閱冀勤：〈《午夢堂集》的版本及其流傳〉，〔明〕葉紹袁原編、冀勤輯校：《午夢堂集‧前言》上冊，頁 7～9。冀勤重新整理該書時，不但詳加校勘，調整《午夢堂集》足本的編次，對幾則序跋更動、增補個別缺失之標題，並參校前人校訂之成果，改正明顯之訛、脫、衍、倒，又從《眾香詞》、《松陵詩徵前編》、《松陵絕妙詞選》、《笠澤詞徵》、《閨秀詞鈔》、《名媛詩歸》、《清詞綜》、《清詞綜續編》等書及本書附錄之若干資料中，對主要作者之作品，做了輯佚與續輯，在最後附錄，收有本集主要作者的資料和關於《午夢堂集》的序跋、題識等供研究者參考，並於書末附有〈作者暨篇名索引〉。是研究午夢堂家族文學作品相當完備的文本，並由北京中華書局在 1998 年 11 月出版。本研究所引用之午夢堂家族成員作品，概以該版本爲文本依據，爲免繁瑣，僅在文末註明頁次，不另外註明出處。

餘諸作概以冀勤所輯校的《午夢堂集》爲文本依據。爲免繁瑣，僅在文末註明頁次，不另外註明出處。

第一節　沈宜修

一、沈宜修的生平與詞集

　　沈宜修（1590～1635），字宛君，吳江（今屬江蘇）人。她是吳江派戲曲大家沈璟（1553～1610）的姪女，山東副使沈珫的女兒。吳江沈氏是當時江南的書香世家，宜修在這樣的環境下長大，所受的文化薰陶自是較一般女子豐富。

　　宜修從小就相當聰慧，四、五歲時即過目成誦，瞻對如成人，雖然幼無師承，只能從女輩問字，卻是得一知十，繼而遍通書史。十六歲嫁給同邑才子葉紹袁（1589～1648）爲妻。少年紹袁鵲起時髦，珠瑩玉秀，克稱王謝風儀；玉樹瓊枝交相輝映，令吳中人豔稱不已。雖然紹袁仕宦之途並不順遂，又不善營生，致使家道中落，但宜修勉力拮据，上事下育，在米鹽漿酒之暇，仍不廢吟詠。〔註3〕

　　紹袁與宜修夫婦帶領子女相互唱和，感情彌篤。二人共育有五女八男，俱有文采，尤其以次女葉小紈（1613～1657）、三女葉小鸞（1616～1632）及六子葉世偁（1627～1703，後更名燮）三人文名最爲顯赫。他們的家庭長幼和睦，猶如師友，充滿文藝與民主氣氛。〔註4〕在紈紈、小鸞死時，十三歲的世侗（1620～1656）、十四歲的世㤧（1619～1640）與十五歲的世俍（1618～1635）都有祭文，〔註5〕可見他們

〔註3〕 以上關於沈宜修的生平，乃參閱葉紹袁〈亡室沈安人傳〉、沈自徵〈鸝吹集序〉，見〔明〕葉紹袁原編、冀勤輯校：《午夢堂集》上冊，頁225～229，及頁17～19。錢謙益《列朝詩集小傳·沈氏宛君》下冊，頁753～754。

〔註4〕 冀勤《午夢堂集·前言》，〔明〕葉紹袁原編、冀勤輯校：《午夢堂集》上冊，頁2。

〔註5〕 以上各祭文均見於葉紹袁在崇禎九年（1636）爲其妻、子女等人所

兄弟姐妹間的手足情深，與家庭文藝氣息之濃厚。

　　長子世佺（1614～1658）在〈祭亡姐昭齊文〉中曾記錄姐弟間的學習經過道：

> 佺少時，父母命誦《毛詩》十五國風及二雅諸頌，無不與姐相對几席，朝夕吁吟。佺有未達，靡不悉爲指示。半世手足，兩年師友。情爲何如，寧忍復憶。時佺六歲，性魯好戲，所授書不能竟讀，則父母夏楚之，姐未有不垂涕者矣。又嘗以罪過閉佺一室中，不許飲食，姐必於穴隙間垂涕呼佺，告曰：「汝何不成人若此！奈何不服父母訓。且父母於汝實甚愛之，撻汝詈汝所以冀汝進益也。汝可不知耶？今勿再犯，我力勸父母出之。」（頁283）

可見葉氏夫婦是相當用心於子女教育，並爲他們奠定紮實的文學根基。而紹袁家庭雖因大家長的偃蹇仕宦，又不善治生，導致生活貧困，卻能以吟詩賦文爲樂，世佺在〈祭弟聲期文〉中曾述及其家庭的歡樂云：

> 我祖我父，世以宦貧，家無幾室，屋只數椽。諸人相聚，共一斗室。黃昏夜雨，夏簟冬缸。商搉古今，諧浪笑傲。情誼何如？樂可知也。（頁426～427）

在這樣的家庭氣氛下，自然有從事文學創作的優越條件。錢謙益在《列朝詩集小傳》中即盛讚紹袁家庭的文藝氣息：

> 生三女：長曰紈紈，次曰蕙綢，幼曰小鸞。蘭心蕙質，皆天人也。仲韶偃蹇仕宦，跌宕文史。宛君與三女相與題花賦草，鏤月裁雲。中庭之詠，不遜謝家；嬌女之篇，有逾左氏。於是諸姑伯姊，後先娣姒，靡不屏刀尺而事篇章，棄組紝而工紙墨。松陵之上，汾湖之濱，閨房之秀代興，形管之詒交作矣。〔註6〕

而葉紹袁本人在其《自撰年譜》中亦曾記錄家中父母子女相唱和之事實，並且心滿意足地言道：「一家之內有婦及子女如此，福固亦難享

精心編輯的詩文合集《午夢堂集》中。

〔註6〕〔清〕錢謙益《列朝詩集小傳》下冊，頁753。

矣。」(《午夢堂集》下冊，頁 847)

　　因爲沈、葉兩家世代通婚，他們的子女大多有遺傳上的缺陷，或是早夭，或是體質過於單薄。〔註7〕崇禎 5 年（1632）幼女小鸞臨嫁而夭，長女紈紈亦因返家哭妹，悲傷至極而卒，宛君在三個月內連續遽失兩愛女，再加上次子世偁（1618～1635）與婆婆馮氏均在三年內相繼過世，宜修神傷心死，幽憂憔損，亦隨之而亡，死時年僅 46 歲。

　　在宜修過世後的次年（崇禎 9 年，1636），葉紹袁爲其妻女精心編輯了詩文合集，名曰《午夢堂集》，紹袁在序中對妻女的不幸遭遇感慨言道：

　　　　我內人沈宛君，夙好文章，究心風雅，與諸女題花賦草，
　　　　鏤雲裁月，一時相賞，庶稱美譚。而長女昭齊，逾二十以
　　　　鬱死，季女瓊章，方破瓜以仙死；今宛君又以孝慈感悼，
　　　　短算長徂。流水無歸，彩雲去遠。遺文在篋，手澤空悲，
　　　　珠玉停輝，瓊瑤隕色，甚矣！才之累人矣。令宛君與兩女
　　　　未必才，才未必工，何至招妖造物，致忌彼蒼。(頁2)

深刻地傳達了內心深沉的悲痛。

　　《午夢堂集》所輯的第一種即爲沈宜修的《鸝吹》，其中收詩六百三十四首，詞一百九十闋，文七篇。趙尊嶽從集中析出其詞，題曰《鸝吹詞》，收入《明詞彙刊》，〔註8〕後《全明詞》亦收錄之。〔註9〕

　　沈宜修是明代女詞人中存詞量最多的作家，她的詞不論小令或長調，皆可稱是本色當行之作。〔註10〕她是當時吳江婦女詩壇的中心，在她周圍有幾十位女詩人、詞人環繞著。〔註11〕她不僅自己大量寫作文學作品，進而影響其週遭仕女。她還搜集了與自己時代相近的一些

〔註 7〕 鄧紅梅：《女性詞史》，頁 184。
〔註 8〕 沈宜修《鸝吹詞》，趙尊嶽：《明詞彙刊》上冊，頁 64～83。
〔註 9〕 沈宜修《鸝吹詞》，饒宗頤初纂、張璋總纂：《全明詞》冊 3，頁 1537
　　　　～1564。
〔註 10〕 張仲謀：《明詞史》，頁 252。
〔註 11〕 冀勤《午夢堂集・前言》，〔明〕葉紹袁原編、冀勤輯校：《午夢堂
　　　　集》上冊，頁 3。

女性詩詞作品,編成《伊人思》。〔註12〕從此可見她與前代女子多自毀其作的態度大不相同,這是女性文學意識逐漸覺醒的一個表徵。〔註13〕

　　本節擬以葉紹袁爲愛妻所編的《鸝吹》中的190首詞作爲研究範圍,除以詞作來詮釋沈宜修的人生遭遇與生命體驗外,並深入分析《鸝吹詞》的形式技巧與風格,盼能對此一明代存詞量最多的女詞人,進行忠實的闡述。

二、《鸝吹》詞的內容

　　細究《鸝吹》詞的內容,會發現除一般閨秀詞中常見的對風物節令的感觸之外,也有聰慧的宜修對生活與際遇的無常,所產生的知性哲理式體悟。宜修對紹袁外出爲宦,本即充滿相當的不捨,而連續喪子與失親的打擊,亦使宜修無法再對人生有任何的超越,最後只能以46歲的青壯之年,走向生命的終點,徒留道韞文釆供後人垂悼。

(一)風物節令的感觸

　　一如一般的閨秀詞,《鸝吹》詞主要的內容是對風物節令的敘寫和感悟。但因本身的性格與學養,宜修在處理這些尋常題材時,卻能化一般女性的尖穎輕倩爲典雅精緻,融和實際經驗與書卷經驗,從而展現出婉轉流美的特性。〔註14〕如其〈點絳唇・春閨〉云:

> 啼鳥嬌春,細風吹向愁邊近。斷腸難問。嫩籜含新粉。　　夢遠天涯,總是無憑準。黃昏信。落紅成陣。買盡東風恨。(頁148～149)

細風吹愁、落紅買盡春恨的語言意象,寫出了易感女子的巧思。而以「嫩籜含新粉」寫時光的流逝,以「落紅成陣」寫春逝的傷悲,都是以視覺意象具體表現心靈的感受,若不是有出色的工筆,是很難作此等描繪的。

〔註12〕沈宜修輯:《伊人思》,收入〔明〕葉紹袁原編、冀勤輯校:《午夢堂集》上冊,頁527～587。
〔註13〕鄧紅梅:《女性詞史》,頁185。
〔註14〕鄧紅梅:《女性詞史》,頁184～185。

　　宜修以她出色的工筆來描摹景物，故能予人圖畫般的具體印象。試以其在崇禎元年（1628）暮春時節，過西湖堤上所作的〈望江南·湖上曲十二闋〉爲例來說明。在這組詞前有小序云：

> 余自初笄時，隨姑大人往天竺禮大士，過西湖堤上，時值暮秋，疏柳環煙，嵐光淒碧，迴波清淺，掩映空山，恨不能週覽湖光山色，悵然別歸，徒然神往。至戊辰歲，已二十年矣。復隨姑大人再禮大士過此，時落紅將盡，餘綺翻風，細草茸青，鳥啼碧野，聊欲登覽。又已斜日銜山，暝煙籠樹，大人急問歸途，已月出矣。時正暮春十日，遙憶湖光泛影，山色浮嵐，此際不知是何景也。聊作〈望江南〉十二闋以紀其略。（頁171）

在前夢有憾、今終圓之的心神嚮往情境下，宜修終於在二十年後的暮春時節，親覽西湖美景。於是宜修以〈望江南〉爲調，分詠西湖的柳、山、女、酒、水、花、風、雲、月、雪、雨與草，一幅幅旖旎的山光水色圖，便如實地展現在讀者眼前，且以下列三例說明之：

> 涓上山，一抹鏡中彎。南北峰高青日日，東西塔鎖碧環環。淡掃作朓鬟。　　微雨過，滿袖翠紅斑。石磴半連煙景繞，蔓蘿深護澗潺湲。遙望四月間。（其二，頁171）

> 湖上水，流遠斷橋橫。渺渺泛連遙岫碧，溶溶浮向落花明。魚浪簇青萍。　　環曲岸，漪練浸雲平。棹引纖羅香拂拂，鏡窺嬌粉豔盈盈。歌管作波聲。（其五，頁172）

> 湖上雨，絲縷望朦朧。幾度花催春夢曉，數聲鳥喚畫船濛。芳徑灑流風。　　瑤草碧，望裏失山峰。裊裊飄來沾袂濕，霏霏散去沐枝濃。回首暮雲重。（其十一，頁173）

一口氣讀完，則微雨過後，雲霧繚繞、翠紅斑斑的西湖山景；湖中浮現溶溶落花、魚群簇擁，環繞曲岸，嬌女結伴戲水；與鳥語花香，煙雨迷濛，畫船點點的幅幅西湖晚春暮景圖，已如畫軸般逐一展開，各類美景，盡收眼簾。

　　宜修不僅善用小令來敘寫自然風韻，從而展現輕巧幽約，含蓄蘊

藉的本色風貌；更善用長調來對傳統題材加以鋪敘，從而反映她不凡的填詞功力。試看其〈滿庭芳・七夕〉，通過對牛郎織女七夕相會這樣古老的神話故事敘寫，來表現她執著的深情：

> 玉樹香浮，金波彩泛，細風輕送雲行。橋邊烏鵲，千古說多情。何事歡娛易散，空惆悵、玉鏡銀屏。堪憐處，年年芳草，青黛鎖秋橫。　　盈盈。增悵望，更更漏點，處處雞聲。看疏星漸曉，珠露飛英。腸斷鮫綃帕上，休回首、枉自魂驚。還須問，長河渺渺，流向幾時平。（頁183～184）

基本上，宜修仍是遵循傳統，以同情的筆調，來抒發對牛郎織女離散之日長，歡聚之時短的惋惜之情。開篇三句，為牛郎織女的相逢，布置了一個充滿柔情的藝術氛圍。然後用逆挽法，於重逢時回味所經歷的離別之苦，使情感倍增一層。下片則寫疏星漸曉，重又分手的依依之情；而「盈盈」、「更更」、「處處」、「渺渺」等疊字的運用，則增加了語言的流暢與節奏之美。此外，全詞按重逢與惜別的順序鋪寫，層次井然，結構縝密。將織女對牛郎的一往情深，寫得淒婉動人。

而其餘傳統題材的長調，亦是節奏清切，情韻彌漫。如其〈念奴嬌・閨情〉云：

> 鶯啼燕語，正芳菲時候，紅嬌翠小。日日東風吹細柳，縷縷似人煩惱。徑近花香，欄遮蝶夢，掩盡重門老。清明近也，隔簾愁遍芳草。　　枝上杜宇聲殘，紗窗向晚，天碧橫空杳。悄悄姮娥來伴我，沈水瓊綃共裊。繡帶垂裙，金釵墜枕，脈脈餘情遠。起來惟有，畫簷風馬敲曉。（頁186）

上片以鶯啼燕語、芳菲細柳、花香芳草等題材來表現閨女惜春與韶光不永之嘆，雖不出傳統閨怨敘寫的手法，但見寫景清新流暢。下片更是融合書卷經驗與實際場景，讀來婉轉流麗，別具巧思：姮娥相伴，使閨女不再坐困愁城，縱使天明後惟有畫簷風馬敲曉，但心情卻已是閒適自得。在此亦可看出宜修情感調適能力與生活品味的不凡。

身為大家閨秀，沈宜修在養成教育上自是不同於常人，再加上她敏睿的感受力和委婉細緻的表達能力，不受限於事物的題材與形式：

或用警語典故，或融情入景，或善用書卷意象，故能爲傳統的閨情風物等題材創作出優美的詞境，從而表現出典雅婉和的詞體本色。

（二）知性哲理的體悟

聰慧理性的沈宜修所塡的 190 首《鸝吹》詞中，除了少數如〈浣溪沙・侍女隨春善作嬌態，諸女詠之，余亦戲作二首〉與〈清平樂・爲侍女隨春作似仲韶二首〉是寫侍女隨春的燕婉之美外，少有如《花間》諸作般對女性體態美的刻畫，或是對愛情場景的流連，幾乎都是她在心靈有所感悟時，所留下的抒情文字。而沈宜修抒情的方式，除了上述寓情於景與藉景抒情之外，亦常見融合理性的思考：或用比興，或用隱喻，她總是盡量增加詞境的層次，從而賦予詞作深邃的內蘊空間。除將女詞人細緻的情思傳達得淋漓盡致之外，且留下不盡餘韻，以引人遐思。如其〈浣溪沙・偶成〉云：

> 日午庭皋一葉飛。世間莫問是何非。且看征雁傍雲低。
>
> 　苔上淺痕隨步緩，欄前閒影任花移。不須重論古今時。
>
> （頁 155）

看午後庭皋落葉隨風飛逝，引發宜修人生際遇不定，蹤跡無常的感慨，與蘇軾所言「人生到處知何似，應似飛鴻踏雪泥。泥上偶然留指爪，鴻飛那復計東西。」（〈和子由澠池懷舊〉）的感懷有異曲同工之妙。這種融合理性哲思與感性體驗的知性傳達，自有其難言之處，但沈宜修卻巧妙地用腳印被青苔取代，和隨意面對花影的移動，如此具體且獨造的優美意象，生動傳神地表現出來了，並賦予讀者無限省思的空間。

再如〈桃源憶故人・思倩倩表妹〉云：

> 故人別後空明月。倏忽清明時節。簾外子規啼徹。芳草春絲結。　盈盈一水同吳越。愁看東風吹歇。世事浮雲升滅。休問涼和熱。（頁 167～168）

張倩倩是宜修姑姑的次女，宜修弟沈自徵（字君庸）的元配。自徵因懷才不遇，故北遊塞上，留倩倩索居岑寂。〔註15〕宜修以此詞勸慰倩

〔註15〕關於張倩倩的生平，可參閱沈宜修〈表妹張倩倩傳〉，〔明〕葉紹袁

倩，其中有深摯的想念和同情的理解，且勸慰是在「世事浮雲升滅」的理性觀照下進行的。宜修要倩倩不妨一切隨緣，不必太在乎世情的涼與熱。細細讀來，竟有以理遣情而造成的深致。

而其餘寫春怨、秋思等傳統題材的詞作，亦因宜修巧妙的傳達，而使得可能流於平鋪直述的情感被延伸與曲折化，從而使語句饒富情味，並引起讀者豐富的感發與聯想。如其寫春怨的〈浣溪沙・春日〉云：

> 細雨庭皋濕翠苔。深紅淺碧綴良宵。東風惹得燕噴嬌。
>
> 　　楊柳絲搖春不定，梨花粉褪月無聊。年年空自鎖春饒。

（頁 153）

寫秋思的〈浣溪沙・秋思〉云：

> 束盡纖羅不禁秋。白蘋風浪幾時休。斷腸明月又如鉤。
>
> 　　露濕叢花三徑老，簾移疏影一庭幽。清砧久欲倚重樓。

（頁 151）

在上述二作中，前例的「楊柳絲搖」一句，搖動者本是柳絲，但又豈只是柳絲？粉褪無聊者是梨花與明月，但又僅是此二者？後例的「白蘋風浪」與「斷腸明月」二句，在自然的白蘋風浪外豈不別具心靈的風浪？而在因殘月而斷腸之外，豈是別無可令人傷心之事？這些興味深長，引人遐思的語句，在在都傳達出宜修對知性哲理的體悟。

沈宜修不僅透過小令來傳達她的知性巧約之美，更以巨幅的長調來表現她洞明世事的理性，與對自我存在的肯定，如其〈霜葉飛・題君善祝髮圖〉云：

> 悶懷難表。西風弄，愁人蹤跡顛倒。笑拼華髮付淒涼，露泣芙蓉老。夢破柳煙蝴蝶曉。沉吟擲鏡寒雲掃。世事總休休，但倩取、幽窗月影，夜半留照。　　憔悴動處非狂，愁時非醉，畫裏人應知道。遠崖黃葉正紛紛，好共哀猿嘯。落蕊楚江君莫惱。芳洲處處悲秋草。自有閒雲飛伴，松月山空，桂叢煙渺。（頁 190）

祝髮，斷髮也，即是削髮受戒為僧。此類題材在詩詞中少有人提及，

宜修卻從此著筆，更顯出其才識的不尋常。君善是宜修之兄沈自繼，因感憤時事而無可宣洩，故作祝髮圖以表現其棄世歸隱之志。〔註16〕祝髮棄世，遁入空門，一般人或許會以爲消極，但宜修因「賦性多愁，洞明禪理，不能自解免，雖一生境遇坎坷爲多，亦良由稟情特甚。」〔註17〕故對君善的遁入空門，非但無任何微詞，在關懷勸慰之外，反而流露出無限嚮往之意。

　　上片直接破題，從一「悶」字寫起，因祝髮之人大多因現實際遇的坎坷，方生遁入空門之念，故言「悶懷難表」。加上西風惹弄，更攪得人心神錯亂。而此刻攬鏡自照，但見滿頭華髮；淒然一笑之中，實飽含無限淒涼。接著以畫面上秋江芙蓉衰老，捧露如淚的描寫，來烘托畫面主人公冷落的心境。而以《莊子‧逍遙遊》中「莊周夢蝶」的典故，來表達人生如夢，虛幻非眞的慨嘆。「沉吟擲鏡」四字下得極重，說明在經過思考掙扎後，毅然割斷塵緣的決絕態度，而「寒雲掃」即指華髮削淨後恰似風掃殘雲，於是萬事皆休，徒留幽窗月影，在夜半獨照此萬念俱灰之人。

　　下片乃承上片「世事總休休」而來，說明狂與愁都是令人憔悴的原因，以「畫裏人應知道」傳遞與主人公之間的同情。接著以黃葉紛落、哀猿長嘯寫畫面氣氛的悲涼，而「落蕊楚江君莫惱，芳洲處處悲秋草」既是景語，又是情語，暗示人生無處不辛苦，無處不煩惱，能遁入空門，反而是另一種悠然自適。在桂香裊裊中與松月閒雲爲伴，自能忘卻塵世的得失，在柔和美好中也透露出詞人的悠然神往之情。

　　全詞既以畫面爲主，描摹畫面景物，又能不爲畫面所囿，委婉含蓄地道出了詞人與畫中人情感的共鳴，使畫裏畫外的描寫能作有機的結合。除了結構井然外，文思逐層深入，如剝蕉見心；而運筆更如盤

〔註16〕張仲謀：《明詞史》，頁255。
〔註17〕沈自徵〈鸝吹集序〉，〔明〕葉紹袁原編、冀勤輯校：《午夢堂集》上冊，頁18。

中走珠,極盡迴環跌宕之致。這樣的詞作,充分表現宜修慧心的不凡。〔註18〕

　　宜修這種透過理性思考來表達自我存在意義的抒情方式,代表著晚明婦女在逐漸開放思潮下的自我覺醒;而與明代前、中期通俗與口語化大不相同的蘊藉詞風,也說明了晚明詞壇已逐漸擺脫「曲化」的影響,而回歸到傳統「雅化」詞統的語境與情味。

（三）夫婦離別的不捨

　　沈宜修與葉紹袁的婚姻雖然令人稱羨,但紹袁迫於生計,必須北游,宜修則需留家侍奉婆婆與照顧子女,故無法同行。〔註19〕兩心相悅,兩情繾綣,卻不能共同快意於春風秋月與譜詩填詞之中。於此,宜修雖理解卻也不免幽恨,於是她寫下了怨情濃郁的小詞,寄予遠方的丈夫。《鸝吹》詞開卷首篇即是宜修思念遠游丈夫的〈憶王孫〉:

> 天涯有夢草青青。柳色遙遮長短亭。枝上黃鸝怨落英。遠山橫。不盡飛雲自在行。（其一,頁145）

此詞後有小注曰:「此詞夢中作,後繼九闋。」細細讀來,果真是夢中風味:綿延不盡的無邊春草、遮住長亭和短亭的依依柳色、被視覺柔化了的遠山和飄逸自在的行雲、還有巧囀的黃鸝,不但點綴著寂靜的暮春時節,且「春草」、「柳色」、「長短亭」、與「黃鸝」等景象無一不緊扣離情。除了使視覺意象與聽覺意象靜動相結合,組成了一幅如真似幻的圖畫外,亦傳神地寫出少婦思念遠行夫婿,孤寂傷春傷別的情思,含蓄婉轉,令人咀嚼不盡。

〔註18〕以上〈霜葉飛·題君善祝髮圖〉的評析,乃參閱程郁綴對此詞之鑒賞。收入王步高主編:《金元明清鑒賞辭典》(南京:南京大學出版社,1989年4月),頁393~394。

〔註19〕葉紹袁在〈亡室沈安人傳〉中如此記載:「乙丑,附芋南宮,交相藉幸矣。然秦淮石頭,隨宦冶城止五月,太宜人不卻入燕,余孤琴獨劍,往返高漸離市上二三載,君留事暮年高堂,曲盡勤瘁,既以鸞鏡無雙,錦衾空爛,不無天涯夢遠,他鄉萬砧之思。」〔明〕葉紹袁原編、冀勤輯校:《午夢堂集》上冊,頁227。

再看其中第四首言：

雲屏寂寂鎖殘春。錦瑟年華已半塵。芳草留香燕語新。繡
苔茵。金鈿瓊簫總殢人。（其四，頁146）

良人不在身旁，徒留雲屏鎖殘春。雖然依舊是芳草留香燕語新，閨中
人卻無心賞春。一句「繡苔茵」，委婉道出夫婿久滯遠方的事實，而
錦瑟年華已半塵，更具體說明佳人生活的孤寂。宜修對紹袁的深情，
由此可見一斑。

在《鸝吹》詞中，隨處可見宜修對夫婦離分的不捨。且再舉〈浣
溪沙‧和仲韶寄韻〉說明之：

春事闌珊可怨嗟。愁看柳絮逐風斜。碧雲天際正無涯。
　莫問燕臺曾落日，休憐吳地有飛花。春風總不屬儂家。

（頁153~154）

宜修的秀外慧中與通達事理，使她不像一般女子，將這股傷怨指向外
在環境因素，而是指向幽暗的命運本身。是命運使她與紹袁不得不分
離，故其言「莫問燕臺曾落日，休憐吳地有飛花。春風總不屬儂家。」
這樣的理性與聰慧，實在令人分外難捨與不忍。另外〈菩薩蠻‧送仲
韶北上迴文〉共有四首，除了抒發夫妻間傷離傷別的悲愁之外，也展
現了宜修在文字駕御方面不凡的功力。

宜修不僅用小令來抒發她對遠行夫婿的懷想，也用長調來鋪敘分
離的不捨與相思的纏綿，其〈花心動‧憶別〉所敘寫的就是過了上元
佳節，燃燈罷了之後悵然離別的無奈：

芳草含煙，送斜陽、枝頭鳥聲啼歇。弱柳弄條，輕碧分絲，
過了上元佳節。峭寒庭院簾櫳晚，燃燈罷、蟾光初缺。暗香
滿，東風影裏，歲華驚瞥。　欲恨無端薄劣。縈損盡、柔
腸百迴千折。曉色入幃，恨別匆匆，別語何曾共說。而今徒
有魂旋遶，爭知人心空切。祇贏得、悠悠黯然愁結。（頁189）

上片首先映入眼簾的是上元佳節過後鳥聲初歇、翠柳含煙、芳草碧連
天的黃昏美景，但接著詞人卻用「峭寒庭院」、「蟾光初缺」與「歲華
驚瞥」等強烈的字眼來暗示下片離別時的苦痛。聰慧明智如宜修者固

知對分別滿懷恨意是無端薄劣的行徑，但隨著天色漸曉，為人妻者仍不免為夫婿即將遠行，而感到柔腸寸斷，竟至無語相送，徒留相逢的期盼與黯然神傷的相思。

全詞按寫景、分離、憶別的順序來鋪寫，層次井然；在典雅婉和中流露出宜修的理性與對紹袁的深情，細細讀來，會覺縈繞其間，盡是夫妻間的相知相許，與對命運不得不然的無奈。

分別的日子，總是令人神傷，尤其在西風生起，砧聲敲動千門的秋夜。看秋雁年年飛去又飛回，而遠行的良人卻是連年未歸，徒留空房內青燈伴餘酒，怎不令人雙袖淚龍鍾？在落寞的幽居歲月裏，宜修曾用句讀參差的〈水龍吟〉，來鋪寫她滿心的悲淒，詞前有序云：「丁卯（按即 1627 年，時宜修 38 歲），余隨宦冶城，諸兄弟應秋試，俱得相晤。後仲韶遷北，獨赴燕中。余幽居忽忽，悅焉三載，賦此志慨。」（頁 187）其詞寫道：

> 西風昨夜吹來，閒愁喚起依然舊。苔錢繡澀，蓉姿粉淡，悴絲搖柳。煙裀餘香，露流初引，一番還又。想秦淮故跡，六朝遺恨，江山不堪回首。　　莫問當年秋色，瑣窗長自簾垂繡。淹留歲月，消殘今古，落花波皺。容夢初回，鐘聲半曙，雁飛歸候。便追尋錦字春綃，多付與寒筎奏。（其一，頁 187）

> 砧聲敲動千門，渡頭斜日疏煙逗。蓮歌又罷，莫房將採，愁凝翠岫。巫峽波平，蘅皋木脫，粉雲涼透。歎無端心緒，臺城柳色，難禁許多消瘦。　　古道長安漫說，小庭閒畫應憐否。紅綃雨細，碧欄天杳，三更銀漏。塞雁無書，清燈空蕊，但餘綠酒。想當年白傅青衫，還倩淚留雙袖。（其二，頁 187）

字裏行間，流露出宜修關懷遠方夫婿的殷切與不盡的思念，在西風驟起、砧聲敲動千門的初秋時分，宜修掛念的是遠在燕城的紹袁。身為人妻的她何嘗不想為良人縫製多衣，但又如何送達呢？只得將濃濃的思念化為文字，亦盼塞雁能捎來隻字片語，以解心頭不盡的牽掛。凡

此點點滴滴，均可看出宜修夫婦間情誼的深厚，故紹袁在宜修亡後悲不可抑，直云：「死生聚散之故，雖云天道之常，而如此其驟且猝，如此其遞加之而不一憫恤，則未有如我今日之甚者也。」〔註20〕愛妻的辭世，對紹袁而言，無疑是生命中最難以承受的巨慟。

（四）喪女失親的悲痛

崇禎 5 年（1632）愛女小鸞與紈紈的相繼亡故，是宜修生命中無法承受的巨創，《鸝吹》詞中如〈菩薩蠻・對雪憶亡女〉、〈憶秦娥・寒夜不寐憶亡女〉、〈踏莎行・寒食悼女〉、〈百字令・重午悼亡兼感懷〉、〈水龍吟・悼女二首〉及〈水龍吟・庚午秋日偶檢篋中扇，詞宛然。物是人非，因續舊韻二首〉等都是對此傷痛哀怨沉重的表達，字字血淚，令人幾乎不忍卒讀，如其中〈憶秦娥・寒夜不寐憶亡女〉云：

> 西風冽。竹聲敲雨淒寒切。淒寒切。寸心百折，迴腸千結。
> 瑤華早逗梨花雪。疏香人遠愁難說。愁難說。舊時歡笑，而今淚血。（頁165）

在淒風苦雨催人心碎的寒夜裏，想到愛女的早夭，怎不令慈母黯然神傷？三女小鸞自幼貌美聰慧，光彩耀眼，凡見者無不稱羨，是宜修夫婦最鍾愛的子女，年方十七卻臨嫁而夭。宜修曾為其作傳言道：

> 兒鬒髮素額，修眉玉頰，丹唇皓齒，端鼻媚靨，明眸善睞，秀色可餐，無妖豔之態，無脂粉之氣，比梅花，覺梅花太瘦，比海棠，覺海棠少清，故名為豐麗，實是逸韻風生，若謂有韻致人，不免輕佻，則又端嚴莊靚。總之王夫人林下之風，顧家婦閨房之秀，兼有之耳。〔註21〕

如此一位內外兼俱的亭亭玉女，卻在婿家行催粧禮至的夜晚病倒，且成不起之疾。而端莊玉潤的長女紈紈正為幼妹賦催妝詩，詩甫就卻是訃音至，其中的震撼自是不言可喻。紈紈返家哭妹，因過度哀傷亦發

〔註20〕葉紹袁〈百日祭亡室沈安人文〉，〔明〕葉紹袁原編、冀勤輯校：《午夢堂集》上冊，頁208。
〔註21〕沈宜修〈季女瓊章傳〉，〔明〕葉紹袁原編、冀勤輯校：《午夢堂集》上冊，頁202。

病而卒。頃刻之間,連失二位正值青春年華的愛女,宜修自是悲不可抑;尤其在落英繽紛的暮春時節,看到花兒雖然凋謝,卻仍有餘香在枝頭,而愛女的芳魂終是一去不復返,空令慈母夜夜迴腸而淚滿衣襟。宜修以哀婉的筆觸,賦下〈踏莎行・寒食悼女〉:

> 梅萼驚風,梨花謝雨。疏香點點猶如故。鶯啼燕語一番新,無言桃李朝還暮。　　春色三分,二分已過。算來總是愁難數。迴腸催盡淚空流,芳魂渺渺知何處。(頁178)

在祭亡的清明節前夕——寒食,想到愛女的不可復得,渺渺芳魂不知在何處,宜修幾是神傷心死;而在簫鼓連連、龍舟競渡的端午佳節,宜修更是難掩傷痛,其〈百字令・重午悼亡兼感懷〉曰:

> 傷心時候,又端陽景色,依然滿目。暗柳藏鶯千百轉,聲遠畫簾風竹。舊恨吟花,新愁泣夢,細雨凝蒲綠。淚殘芳草,斷魂何處難續。　　休說簫鼓年年,龍舟競渡,玉碗傾醽醁。今古興衰多少事,不盡沅湘萬曲。明月山空,青松露寂,煙水長飛鶩。落霞影裏,怎如數椽茅屋。(頁186)

上片所見的是傷心母親對亡女不盡的思念,而下片則見理性自持的宜修對此一悲傷的調適:莫再提從前共享佳節的和樂,自古何事沒有興衰?且將一切盡付萬曲流水;落霞中倏然即逝的飛鶩,怎如明月山空下的數椽茅屋來得真實而自在呢?

　　看到宜修如此的理智,實在令人分外不捨,三個月內連失二女的悲痛,〔註22〕實在不是任何身為人母者所能承受。更何況深情至性如宜修者,雖然極力要自己接受此一事實,但天人永隔的哀愴仍時時縈繞在心頭。想起昔日母女一起吟詠的情景已不可復得,而面對愛女舊作,睹物思人,更令慈母愁腸千轉。

〔註22〕據葉紹袁〈祭亡女小鸞文〉言:「維崇禎五年,歲次壬申,十月十有一日,余第三女小鸞卒」;〈祭亡女昭齊文〉言:「維崇禎五年十二月二十二日。余長女紈紈哭妹來歸,卒於母寢。死以繼之,慘深痛盈。」以上二文皆見〔明〕葉紹袁原編、冀勤輯校:《午夢堂集》上冊,頁366;頁277。可見小鸞及紈紈是在三個月內相繼亡故。

　　沈宜修在〈水龍吟〉前有小序云：「庚午秋日，余作〈水龍吟〉二闋，兒輩俱屬和，書之扇頭。今又經三載，偶檢篋中，扇上之詞宛然，二女已物是人非矣，可勝腸斷，不禁淚沾衫袖，因續舊韻賦此。」其詞云：

> 空明擊碎流光，迴腸一霎難尋舊。芳華消盡，涼蟾何意，半垂疏柳。飛葉恨驚，凝雲愁結，重重還又。愴愁霄寥廓，夜蟲悽楚，傷心幾回低首。　　盼望音容永絕，斷腸祇剩文如繡。橫煙拂漢，征鴻將度，月寒花皺。斜日啣江，圍山欹陌，昔年時候。痛而今淚與江流，總向西風同奏。（頁189）

首句以「空明擊碎流光」這樣精煉的文字，強而有力地為不堪回首的往事揭開了序幕，而「飛葉恨驚，凝雲愁結」更是具體地道出哀怨的深沉。下片睹物思人，如繡之文尚在，母女卻已是天人永隔，昔日扇面上夕陽西下，征鴻渡江的美好景色，如今看來，卻是西風奏悲，淚與江流。

　　這樣的文字，巧妙地結合扇面景致與內心情感，寫來真是蕩氣迴腸，真情摯意感動天地。在現實命運的磨難下，宜修詞的抒情風格，亦趨向激蕩頓挫。宜修在三年內連續失去長女紈紈、三女小鸞、次子世偁與婆婆馮氏，〔註23〕終因哀痛過度，於崇禎八年（1635）病逝，徒留秀外慧中的品德與明朗耀眼的文才，熠熠閃爍於晚明江南才女之中。

三、《鸝吹》詞的形式技巧

　　讀沈宜修《鸝吹》詞，會發現女詞人對詞調探索並有太大的興趣，她喜歡使用熟悉的詞調，以確保情思表現的優美流暢。而在豐厚的文藝修養下，宜修不但善用修辭技巧，且擅長融合書卷經驗。總體言之，她的抒情技巧是超卓不凡的。

〔註23〕據葉紹袁〈百日祭亡室沈安人文〉言：「昔年兩女殤矣，未及三載而次子殀亡，未及一月而萱闈捐背。烈女奔喪以矢誓，幼子嬰痾而遽殤。歷諸奇哀，備嘗異慘。」〔明〕葉紹袁原編、冀勤輯校：《午夢堂集》上冊，頁208。

（一）大量使用熟悉的詞調

筆者統計沈宜修《鸝吹》詞 190 首詞調使用的情形，整理出下表：

詞調名稱	闋數	詞調名稱	闋數	詞調名稱	闋數
〈浣溪沙〉	35	〈菩薩蠻〉	31	〈望江南〉	20
〈蝶戀花〉	12	〈憶王孫〉	11	〈烏夜啼〉	10
〈如夢令〉	7	〈踏莎行〉	7	〈水龍吟〉	7
〈清平樂〉	5	〈點絳唇〉	4	〈憶秦娥〉	4
〈虞美人〉	4	〈滿庭芳〉	4	〈長相思〉	2
〈桃源憶故人〉	2	〈瑤池燕〉	2	〈鵲橋仙〉	2
〈江城子〉	2	〈鳳凰臺上憶吹簫〉	2	〈更漏子〉	1
〈三字令〉	1	〈柳梢青〉	1	〈南鄉子〉	1
〈臨江仙〉	1	〈繫裙腰〉	1	〈風中柳〉	1
〈風入松〉	1	〈聲聲慢〉	1	〈金菊對芙蓉〉	1
〈玉蝴蝶〉	1	〈念奴嬌〉	1	〈百字令〉	1
〈絳都春〉	1	〈憶舊遊〉	1	〈花心動〉	1
〈霜葉飛〉	1				

發現《鸝吹》詞 190 首詞共使用 37 調，且多集中在〈浣溪沙〉、〈菩薩蠻〉、〈望江南〉、〈蝶戀花〉、〈憶王孫〉、〈烏夜啼〉、〈如夢令〉、〈踏莎行〉、〈水龍吟〉、〈清平樂〉等常用的詞調，〔註24〕以上諸調共有 145 首，佔全部詞作的百分之七十五以上；尤其是〈浣溪沙〉與〈菩薩蠻〉，各有 35 首與 31 首之多。這說明了沈宜修對詞調的使用並沒有形成探索的興趣，相對地，她喜歡用自己熟悉的詞調來保證情感表現的優美與流暢。今試以此二調來對《鸝吹》詞的這一特色作說明。

〈浣溪沙〉體製短小，句式簡單，適於抒寫片斷情懷，點滴感受。

〔註24〕王兆鵬曾據《全宋詞》計算機檢索系統，統計宋詞常用調，即使用頻率最高的詞調依次為〈浣溪沙〉、〈水調歌頭〉、〈鷓鴣天〉……等 38 調。王兆鵬：《唐宋詞史論》（北京：人民文學出版社，2000 年 1 月），頁 253～254。而據此檢視沈宜修常用的詞調，即有〈浣溪沙〉、〈菩薩蠻〉、〈蝶戀花〉、〈清平樂〉、〈踏莎行〉、〈如夢令〉等詞調屬於使用頻率高之詞調。

〔註25〕宜修的 35 首〈浣溪沙〉，幾乎都是含思宛轉，清輕流麗的佳作。
除了前述的多首之外，試再以其中二首來說明之：

　　　芳草連天不耐芟。柳絲無力繫征帆。垂條空折手纖纖。

　　　　人去河梁生寂寞，燕歸簾謝自呢喃。可堪對酒濕青衫。

　　（〈浣溪沙·暮春感別〉，頁 149）

　　　淡薄輕陰拾翠天。細腰柔似柳飛綿。吹簫閑向畫屏前。

　　　　詩句半緣芳草斷，鳥啼多為杏花殘。夜寒紅露濕鞦韆。

　　（〈浣溪沙·春情〉，頁 150）

欲作好〈浣溪沙〉之調，須處理好起句、過片與結句三個環結，與詞
律、句法、章法等方面的因素，立意新奇，造境獨特者方是佳作。〔註
26〕細觀宜修此二詞均以芳草碧連天之景起句，前首在寂寞中自見高
境，而後闋乍讀之下稍覺冶豔，但有過片「詩句」的書卷氣及結句「夜
寒紅露」相襯，則使全詞在閑靜中不傷品格。二詞總體說來，均表現
出沈宜修詞空靈婉約，韻致修潔的典型風味。

　　而詞史上〈菩薩蠻〉的經典之作當推溫庭筠所填的十四首，溫詞
的特出之處，就在透過客觀景物的描寫，來營造豐富的意象，並體現
其中所隱含的幽微情愫，從而達到「深美閎約」的詞境。〔註27〕細玩
宜修的 31 首〈菩薩蠻〉，扣除其中表現寫作技巧的 17 首迴文詞之外，
亦多見深美閎約之作，試舉例說明之：

　　　紅飄滿路春風撲。柳絲煙繞雲連閣。香裊篆霏浮。簾移影
　　月流。　　　更隨塵暗去。人散飛霞處。春露滴花來。寒枝
　　一半開。（〈菩薩蠻·元夕其二〉，頁 162）

　　　秦箏瀟灑輕籠撥。淒淒楚楚行雲過。喚起暗愁生。花寒無
　　限情。　　　小庭霜月白。佇立蒼苔碧。往事不堪提，空餘

〔註25〕竺金藏選注：《分調好詞——浣溪沙》（北京：東方出版社，2001 年
　　　　1 月），頁 2。

〔註26〕竺金藏選注：《分調好詞——浣溪沙》，頁 3。

〔註27〕胡國瑞〈溫庭筠〈菩薩蠻〉（杏花含露團香雪）賞析〉，唐圭璋等：《唐
　　　　宋詞鑑賞集成》（臺北：五南圖書出版有限公司，1998 年 7 月）上冊，
　　　　頁 53。

舊跡迷。(〈菩薩蠻‧月夜聞箏有感〉，頁 164)

前詞寫的是元宵節夜晚，皓月當空、輕煙裊繞、春露滴枝花半開的景象；後詞則寫詞人月夜佇立小庭，忽聞得秦箏輕撥，喚起不堪回首的悵然往事。前者在寫景中流露詞人蘊藉的情感；後者則在抒情中展現景物的典雅與精緻，凡此皆可看出宜修詞的情景交融與深美精約。

再看宜修所填的長調中，使用最多的詞牌──〈水龍吟〉，《康熙詞譜》言：「此調最參差，並列體 25 種。」〔註28〕可見其體格之紛繁。審視宜修所填的 7 首〈水龍吟〉，或思夫，或和夫作，或悼女，雖然體格亦不盡相同，卻均是蘊藉含蓄之作，有悠悠不盡之情味在其中，且看以下二闋不同體格，亦不同題之作：

> 碧天清暑涼生，流鶯啼徹閒庭院。又逢佳景，誰家遊冶，芰裳蘭釧。當岸扶疏，遙山晼映，鉛華勻遍。看盈盈無數，簾鉤畫舫，煙渚落霞千片。　　一望臙脂簇錦，怳當年、館娃遺鈿。朱顏既醉，妝窺水鏡，珠翻團扇。露濕雲凝，六郎何似。比將花面。還羨取十里香風，皓月素波見。(〈水龍吟‧六月二十四日和仲韶〉，頁 188)

> 綠陰慘結閒庭，捲簾不耐看風雨。竹深煙徑，柳鋪雲影，淡然秋浦。小閣淒涼，畫屏寂寞，恨知何許。聽杜鵑啼罷，落紅吹散，祇剩愁如縷。　　一自楚些賦後，又嬋娟幾番三五。琴書晝永，衣香猶在，綺窗無語。雪絮吟殘，梨花夢杳，傷心千古。倚欄杆，只有芊綿芳草，碧絲難數。(〈水龍吟‧悼女〉，頁 188)

前詞雖題為和作，其實是紹袁和宜修「秋懷感舊」之作，宜修再和之。〔註29〕翻葉家諸女皆有和母韻的〈水龍吟〉之作，〔註30〕更可藉此說

〔註28〕〔清〕陳廷敬主編：《康熙詞譜》（長沙：嶽麓書社，2000 年 10 月）下冊，頁 903～916。

〔註29〕葉紹袁之作收入《秦齋怨》內，並題為「內人有此調二闋，秋懷感舊之作也。丙子除夕，和韻作之。」〔明〕葉紹袁原編、冀勤輯校：《午夢堂集》下冊，頁 635。

〔註30〕葉紈紈有和作 2 首，收入《愁言》；葉小紈有 1 首，為冀勤補遺所編

明午夢堂家族在大家長葉紹袁的帶領之下，「屏跡汾湖，長幼內外，悉以歌詠酬唱爲家庭樂」的事實。後詞則是慈母悼念愛女的悲涼之作，景物依舊在，人事卻已皆非。字裏行間，盡是傷心母親對天人永隔的無奈悲嘆。

　　檢視宜修《鸝吹》中共有 4 首以〈水龍吟〉爲調的悼女詞、10首思念遠行夫婿的〈憶王孫〉、12 首以〈望江南〉爲調的詠西湖之作、與多首以〈浣溪沙〉爲調，分寫不同題材的組詞，均可清楚說明沈宜修喜用熟悉詞調創作的事實。

（二）善用修辭的寫作技巧

　　沈宜修因有豐厚的文學素養，又專力於寫作，所以讀她的詞，會發現不論小令或長調，她均善用各種修辭技巧，恰如其分地表現眼中所見景物，與心中的所思所感，且看其刻畫春日閨情的〈菩薩蠻‧春思其二〉言道：

> 濛濛細雨絲紅落。亂鶯啼樹春愁惡。風絮舞閒庭。花寒鎖畫清。　　雕欄憑獨遍。飛入雙雙燕。春色與歸期。歸遲春去遲。（頁 163）

寫春思，卻以春景表現之。開篇用視覺與聽覺摹寫，一幅細雨吹花落，啼鶯惱人愁的暮春景象，已鮮明地呈現眼前。接著連用「舞」與「鎖」二個動詞，更是生動地具體刻畫在春寒料峭時節，落花、柳絮滿庭飛舞的情景。下片由景入情，佳人倚欄獨眺，卻飛入雙雙燕，在「單」與「雙」鮮明的對比下更突顯伊人的落寞。而結語二句以「春」、「歸」、「遲」類疊重出，則春景示歸期，良人遲未歸的「春思」主題已不言可喻。全詞不但融情入景，使得「一切景語皆情語」，〔註31〕且因詞人的善用修辭，使得以我觀物，物皆著我色彩的「有我之境」更顯情景交融。〔註32〕

　　入：葉小鸞則有次父韻 1 首與次母憶舊之作 2 首，收入《返生香》。分見〔明〕葉紹袁原編、冀勤輯校：《午夢堂集》上冊，頁 271～272、下冊，頁 774～775、上冊，頁 347～348。
〔註31〕王國維《人間詞話‧刪稿》，唐圭璋編：《詞話叢編》冊 5，頁 4257。
〔註32〕王國維《人間詞話》言：「有有我之境，有無我之境。……有我之境，

　　再看其長調〈玉蝴蝶‧思張倩倩表妹〉言：

　　　篤地流光驚換，畫欄一帶，煙柳初齊。乍暖輕寒，庭院盡日
　　　簾垂。送愁來、數聲啼鳥。牽夢去、幾樹遊絲。憶當年。情
　　　含寶帳，未解春思。　　堪悲。盈盈極目，幾多江水，隔若
　　　天涯。恨結丁香，也應還自怪香篆。漫思量、花前舊約，空惆
　　　悵、虛負芳期。又誰知。夜窗魂斷，曉夢低眉。（頁185～186）

開篇以誇飾法強調時光匆匆，接著以視覺摹寫狀眼前之景，然後以「送
愁來、數聲啼鳥。牽夢去、幾樹遊絲。」的長句對將情景拉至與表妹
同遊共處的時空，尤其「送」與「牽」二個動詞的使用，不但形象化
了愁與夢，且在一來一去之間，已讓讀者深深感受到詞人與倩倩的眞
摯情誼，與對表妹不盡的思念。

　　過片以「堪悲」二字引領，已預告情緒的走向。接著仍以誇飾法
極力描述二人分隔的遙遠，且間以「盈盈」的疊字形容詞與「隔若天涯」
的譬喻法，更是強化了文字的張力。果然接以「恨結丁香」，具體形象
化了心中的遺憾，也讓情緒達到最高點。然而自持的宜修，終究知道這
一切實在是命運的捉弄，不能怪任何人，以「漫思量、花前舊約，空惆
悵、虛負芳期。」的映襯句說明她的理性，卻又結以「夜窗魂斷，曉夢
低眉。」的具象化文字，讓詞人因相思而輾轉難眠，直至破曉時分，只
得對鏡蹙眉的哀怨身影，盈繞在讀者眼前而低迴不已。

　　清代詞論家沈祥龍論及詞之作法時曾言：「詞有三要：日情、日
韻、日氣。情欲其纏綿，其失也靡。欲其飄逸，其失也輕。氣欲其動
宕，其失也放。」〔註33〕細玩沈宜修諸作，不論是「數語曲折含蓄，
有言外不盡之致」的小令，或「須前後貫串，神來氣來，而中有山重
水複之致」的長調，〔註34〕因其善用修辭，故兼有情、韻、氣之美。

　　　以我觀物，故物皆著我色彩。無我之境，以物觀物，故不知何者爲
　　　我，何者爲物。」唐圭璋編：《詞話叢編》冊5，頁4239。
〔註33〕〔清〕沈祥龍《論詞隨筆》，唐圭璋編：《詞話叢編》冊5，頁4050。
〔註34〕以上關於小令與長調的要求，乃沈祥龍《論詞隨筆》論「小令作法」
　　　與「長調作法」所言。唐圭璋編：《詞話叢編》冊5，頁4050。

昔周濟評溫庭筠詞時曾言「神理超越，不復可以跡象求。然細繹之，正字字有脈絡。」〔註35〕移之以論沈宜修詞，雖不中亦不遠矣。

　　沈宜修《鸝吹》詞還有一個相當大的修辭特色，就是迴文詞的寫作。迴文詩的起源相當早，劉勰《文心雕龍・明詩》即云：「回文所興，則道原爲始。」〔註36〕而蘇軾是第一位將回文引進詞體領域的作家，曾以〈菩薩蠻〉塡製七首迴文詞。〔註37〕蘇軾所創的迴文詞是以兩句爲一組，先由上而下，再由下而上，讀皆可通。雖然歷來詞評家對迴文詞的評價並不甚高，〔註38〕但吾人亦可從迴文詞的產生，瞭解到文人從詞的音樂聽覺之美到文字視覺之美的追求。

　　因爲〈菩薩蠻〉雙調上下片各四句的句式特別適合迴文詞的寫作，沈宜修《鸝吹》詞中的17首迴文詞，亦全是按〈菩薩蠻〉調來塡製的，計有春閨迴文三首、送仲韶北上迴文四首與秋思迴文十首，均是藉景物來表現對遠行夫婿不捨的情感，如〈菩薩蠻・春閨迴文其二〉言：

　　碧煙淒影疏梅白。白梅疏影淒煙碧。春早又傷人。人傷又早春。　　亂魂隨夢斷。斷夢隨魂亂。愁寄暮雲流。流雲暮寄愁。（頁157）

在白梅疏影、薄霧瀰漫的早春清晨，女詞人因思念遠方的夫婿而從夢中驚醒。自此終日抑鬱寡歡，至黃昏時刻，只得將滿腹的思念，寄予天上的暮雲，盼能爲伊傳送給良人。因宜修用字的精準，故全詞未見忸怩造作之態，讓人在春日美景的視覺饗宴外，別有一股深層閨怨的共鳴。

　　而其〈菩薩蠻・送仲韶北上迴文〉云：

〔註35〕〔清〕周濟《介存齋論詞雜著》，唐圭璋編：《詞話叢編》冊2，頁1631。
〔註36〕〔梁〕劉勰著、黃淑琳校注：《文心雕龍校注》（臺北：世界書局，1972年6月），頁35。
〔註37〕黃文吉：《北宋十大詞家研究》（臺北：文史哲出版社，1996年3月），頁182。
〔註38〕如〔明〕謝章鋌《賭棋山莊詞話》卷11即云：「詞之回文體，有一句者，有通闋者，有一調回作兩調者，雖極巧思，終鮮美制。魏善伯（祥）曰：『詩之有回文，猶梅之有臘梅，種類不入品格。』（《伯子文集》）詩猶然已，而況詞乎。」唐圭璋編：《詞話叢編》冊4，頁3456。

> 碧煙淒遠愁行客。客行愁遠淒煙碧。腸斷隔山長。長山隔
> 斷腸。　　曉風淒月小。小月淒風曉。樓倚奈人愁。愁人
> 奈倚樓。（頁158）

全詞不但符合〈菩薩蠻〉上下片各四句二仄韻二平韻，和仄平遞轉，共易四韻的正體格式，〔註39〕且情景交融，詞境層層遞進，委婉道出有情人不得不離分的淒楚，絲毫不見刻意拼湊文字的鑿痕。

再如〈菩薩蠻・秋思迴文其十〉云：

> 落紅催雨平陰薄。薄陰平雨催紅落。煙樹藹長川。川長藹
> 樹煙。　　擣衣驚夢悄。悄夢驚衣擣。哀雁暮歸來。來歸暮
> 雁哀。（頁161）

在細雨紛飛的秋天向晚時節，分不清是落紅催雨，還是雨催紅落？只見長川上煙樹迷濛，美景當前，令詞人不禁跌入昔日與夫婿同遊共賞的美夢之中。驀然傳來的擣衣聲，驚醒了夢中之人，想起無法為夫婿準備冬衣，故覺擣衣聲格外令人驚懾。抬望眼，鴻雁且歸來，而良人的來歸，卻是遙遙無期，怎不令人神傷？

三組迴文詞皆是宜修款款道出對紹袁的思念，除在風格上仍保持其一貫的典雅與和婉之外；兩句一迴文，更令人有綿密迴旋之感，從而見情感的真摯。凡此皆可見宜修對紹袁的一往情深，與文學造詣的不凡。

（三）擅長融合書卷經驗

因宜修擅長將前人的詩句或典故融入作品之中，使書卷經驗與真實情感相合無間，所以讀她的詞，會令人在熟悉與陌生的碰撞中，產生典雅和精緻的感受。如〈踏莎行〉云：

> 粉籜初成，薔薇欲褪。斷腸池草年年恨。東風忽把夢吹來，
> 醒時添得千重悶。　　驛路迢迢，離情寸寸。雙魚幾度無
> 真信。不如休想再相逢，此生拚卻愁消盡。（頁177）

此詞前有小序云：「君庸屢約，歸期無定，忽爾夢歸，覺後不勝悲感，賦此寄情。」（頁177）故知此是宜修思念胞弟，抒發手足之情的作

〔註39〕〔清〕陳廷敬主編：《康熙詞譜》上冊，頁132。

品。上片作者選用「粉籜」與「薔薇」兩種富含季節特徵的植物，以表明春天已近，則池邊綠草自是生機無限。但春草年年新綠，卻帶給詞人無限的惱恨；在此宜修巧妙化用了《楚辭·招隱士》中「王孫遊兮不歸，春草生兮萋萋。」〔註40〕的詩意，令人更感此恨的綿綿無絕期，故下言「東風忽把夢吹來，醒時添得千重悶」。「忽」字看似夢來得突然，其實乃是作者日夕縈懷所致；而現實與夢境的落差，故令詞人醒來倍添「千重」的煩悶。

　　下片則是繼「千重悶」之後的思想軌跡，迢迢驛路與寸寸離情相對比，更顯出離情的深致。而「雙魚幾度無真信」中的「雙魚」是指「信函」，此乃化用漢樂府〈飲馬長城窟行〉中「客從遠方來，遺我雙鯉魚。呼兒烹鯉魚，中有尺素書。」〔註41〕的典故。詞人牽掛遠遊在外的胞弟，希望能夠來信，但君庸的信雖是盼到了，卻是屢屢爽約，故只能抱怨「雙魚」為何不能帶來真信了。此句看似敘述，卻飽含抒情，雖是怨語，卻更顯手足之情的真摯深切。最後言「不如休想再相逢，此生拚卻消愁盡」乃是以反語來表情達意，有深沈的哀痛在其中。

　　再看其〈蝶戀花·元夕〉云：

　　　　疏影橫簾煙影暮。萬樹銀花，一夜東風吐。粉片落梅吹繡戶。畫堂香縷飄香霧。　　人約黃昏明月妒。何似芸籤，綠袖題三五。莫問沉沉壺涇度。夜深還草鶺鴒賦。（頁180）

元夕即今稱之元宵節。開篇即寫千燈鬧夜之情景，其中「萬樹銀花，一夜東風吐。」乃化自蘇味道「火樹銀花合，星橋鐵鎖開」，〔註42〕而「疏影橫簾煙影暮」與「人約黃昏明月妒」，則分別化自北宋初年隱逸詩人林逋「疏影橫斜水清淺，暗香浮動月黃昏」，〔註43〕與歐陽

〔註40〕淮南小山〈招隱士〉，〔宋〕洪興祖補注：《楚辭補注》（南京：鳳凰出版社，2007年1月），頁209。

〔註41〕〔宋〕郭茂倩編撰：《樂府詩集》（上海：上海古籍出版社，1998年11月）卷38，頁437。

〔註42〕〔清〕聖祖御製、王全點校：《全唐詩》卷65，冊3，頁753。

〔註43〕范之麟主編：《全宋詞典故辭典》（武漢：湖北辭書出版社，2001年5月）下冊，頁1931。

修〈生查子〉所言：「月上柳梢頭，人約黃昏後」〔註44〕之名句。乍
讀之下，會覺得與辛棄疾〈青玉案・元夕〉所言：「東風夜放花千樹，
更吹星如雨。……眾裏尋他千百度，驀然回首，那人卻在，燈火闌
珊處。」〔註45〕有幾分神似，但聰慧的宜修除融合這些書卷經驗外，
又巧妙地結合自己的生活經驗，故能別出新意，尤其末句以「夜深
還草鷦鷯賦」作結，除表現作者的習慣外，亦有張華〈鷦鷯賦〉所
言「動翼而逸，投足而安，委命順理，與物無患。」〔註46〕的寓意
在其中，則在融合書卷經驗與生活實例中，亦增加了詞作的深度與
廣度。

　　以上所舉均是含蓄委婉的小令，再看宜修如何將前人的詩句、典
故用在著重鋪敘的長調中，且舉其〈滿庭芳・端午〉爲例說明之：

> 團扇裁冰，宮盤射粉，畫簾不上銀鉤。繡符艾虎，雙繞玉
> 搔頭。皓腕輕籠綵縷，蒲英泛、蟻綠金甌。雕欄外，桐花
> 低映，紅袖賞扶留。　　　香浮。風淡淡，迴廊轉午，人倚
> 重樓。問當年菰黍，誰爲飄流。楊柳斜陽歸晚，人去後、
> 曲散梁州。空餘下，暮雲淒靄，長遶楚江秋。（頁 183）

上片所描述的正是端午佳節家家戶戶門前掛菖蒲、艾草，共喝雄黃
酒，庭院裏桐花綻放，佳人共賞的歡愉場景，宜修巧用「團扇」、「宮
盤」、「繡符艾虎」、「蟻綠金甌」等典故，使字裏行間流露出典雅的
氣息。下片乃化用吳文英〈澡蘭香・淮安重午〉下片之「莫唱江南
古調，怨抑難招，楚江沈魄。薰風燕乳，暗雨梅黃，午鏡澡蘭簾幕。
念秦樓、也擬人歸，應翦菖蒲自酌。但悵望、一縷新蟾，隨人天角。」
〔註47〕之句意，既以詠屈原沉江事以切端午節，又巧妙點出詞人在

〔註44〕唐圭璋編：《全宋詞》冊 1，頁 124。

〔註45〕辛棄疾〈青玉案・元夕〉（東風夜放花千樹），唐圭璋編：《全宋詞》
　　　　冊 3，頁 1884。

〔註46〕〔梁〕蕭統編、〔唐〕李善注：《文選》（臺北：華正書局，1987 年
　　　　9 月），頁 202。

〔註47〕吳文英〈澡蘭香・淮安重午〉（盤絲繫腕），唐圭璋編：《全宋詞》冊
　　　　4，頁 2901。

端午佳節裏卻與家人分離，期待再聚首的事實，讓全詞在優美的情境中籠上一層淡淡的哀愁，更切合「每逢佳節倍思親」的主題訴求。

宜修因擅長化用前人詩意典故，故寫來別有一番風味，令人咀嚼再三。再如其〈浣溪沙·早春感悼〉（休問樓前柳色勻）中的「草欲妒裙還似舊」，即是化用牛希濟〈生查子〉（春山煙欲收）下片「語已多，情未了，回首猶道：『記得綠羅裙，處處憐芳草。』」〔註48〕的詞意，巧妙地在離情與芳草結合的傳統意象外，再生出佳人念遠的新意，而使全詞饒富情味。

又因宋代以後的才女多以李清照為偶像，〔註49〕所以在沈宜修的詞中亦處處可見對李清照精煉詞句的化用。如其〈如夢令·月夜〉云：

> 明月影斜花縐。故向畫屏寒透。雲鬢幾勝情，脈脈斷魂時候。知否。知否。今夜綠窗紅袖。（頁147）

讀來會覺乃李清照〈如夢令〉（昨夜雨疏風驟）中的「知否。知否。應是綠肥紅瘦。」〔註50〕與韋莊〈菩薩蠻〉（紅樓別夜堪惆悵）之「勸我早歸家，綠窗人似花」〔註51〕的融合之作。另外如〈鳳凰臺上憶吹簫·步月〉中的「畫欄芳徑苔肥」、〈憶舊遊·感懷，思張倩倩表妹〉言「畫欄幾曲慵倚，清露半煙肥」與〈浣溪沙·時往金陵，贈別張倩倩表妹〉中的「楓葉無愁綠正肥」的「肥」，皆從清照「綠肥紅瘦」而來。可見沈宜修對李清照的詞確是心嚮手摹之至。

正因沈宜修的善於化用前人詩句、典故，使書卷經驗與真實情感相結合，故《鸝吹》詞在傳統閨秀詞的婉轉流暢之外，更別有一股文雅的氣息。

〔註48〕曾昭岷、曹濟平等編：《全唐五代詞》（北京：中華書局，1999年12月）上冊，頁545。

〔註49〕張仲謀：《明詞史》，頁253。

〔註50〕李清照〈如夢令〉，唐圭璋編：《全宋詞》冊2，頁927。

〔註51〕韋莊〈菩薩蠻〉（紅樓別夜堪惆悵），曾昭岷、曹濟平等編：《全唐五代詞》上冊，頁152。

（四）超卓不凡的抒情技巧

多愁善感的沈宜修，在傳達情感上有其相當過人的技巧，她總能以出色的筆法，將抽象的情感改扮成具體的形象，從而予人鮮明的感受。今試以〈蝶戀花・感懷〉來說明：

> 猶見寒梅枝上小。昨夜東風，又向前庭繞。夢破紗窗啼曙鳥。無端不斷閒煩惱。　　卻恨疏簾簾外渺。愁裏光陰，脈脈誰知道。心緒一砧空自擣。沿階依舊生芳草。（頁 180）

這是傳統詩詞中表現閨情的作品，由多情的宜修以細膩的筆觸，娓娓道出自己的內心世界，卻別有一番深刻的韻味在其中。上片由景及情，女詞人白天在庭院閒步，看見梅花在寒風中尚未長大，但東風卻在夜裏不知不覺地來了。以「猶」字與「又」字相對舉，令人不得不生光陰似箭之嘆。沈浸在春風中的夢必是與良人相會的美夢，在清晨卻被紗窗外的啼鳥喚破了，一個「破」字，道出了夢境與現實的落差，欲有好夢，必須再等到天黑。而寂寞空閨，獨自怎生得黑？漫長難熬的白晝，竟是無端而起的不斷閒愁。上片至此結束，但濃濃的閨怨，卻是不絕如縷地纏繞在詞人的筆端，也盤旋在讀者的心頭。

下片由情再回到景，「恨」、「愁」與「脈脈」等字直接道出詞人的心緒：夫君若是返家，必會循簾外之路回來，但幾回隔簾相望，卻總是渺渺的空路。光陰愁度，卻無人可訴，脈脈不得語，怎不令人生恨？詞人心繫遠游的丈夫，卻只能以心作砧，空自擣衣，但即使擣練已就，也無處投寄。放眼望去，只見沿階依舊是芳草萋萋，顯然是因為無人走動的緣故。荒涼冷落的景況，一如女詞人的內心世界。最後兩句是全詞的精華，不但表現女詞人深沈的無奈與憂鬱，也顯示了她過人的情感表達技巧。

再如其長調〈鳳凰臺上憶吹簫・代人恨別〉云：

> 好事多磨，重雲掩月，曉風驚夢難留。又一番春色，惱亂枝頭。湘浦珮沉波冷，花影裏、枉自凝眸。添惆悵，燕來

鴻去，鎖盡閒愁。　　休休。楚臺已遠，生惹得情深，何處望憂。歎幽懷幾許，總付東流。那更欄前芳草，縈人思、恨滿銀鉤。空回首，從今風月，兩地悠悠。（頁 184）

上片先營造出曉風驚夢、春色惱人的氛圍，然後以「湘浦珮沉波冷」的意象，點出閨女的孤寂：在花影裏，只能空自凝眸；看年年燕來鴻去，卻是平添惘然。一個「添」字與一個「鎖」字，使惆悵與閒愁盈滿紙面。下片連用疊字「休休」，深刻表現了女主人翁從悵惘中驚醒與自我慰藉的意圖：畢竟相隔已遠，又何須自作愁人？且將滿腹憂懷盡付東流。一個「縈」字與一個「滿」字，將相思別恨帶至最高潮，但既已離別，又何須牽掛？緊接著的「空回首，從今風月，兩地悠悠」則清楚明白地宣示不再自作愁人；從今以後，風月兩地各自相宜。

從離別氣氛的營造、相思的繾綣到瀟灑的釋懷，均可看出宜修獨運的匠心與功力。雖是代人恨別，卻是融合作者慧心與理智的細膩情感傳達。

再看另一首佳人感傷生離死別的長調，其〈滿庭芳・春怨〉言道：

簾月光微，屏山畫寂，斷魂長遶離亭。小窗人靜，無語正傷情。獨對殘燈明滅，空憔悴、難問寒英。熏籠倚，香銷鏤枕，愁極不聞更。　　清清。聽寒雁，天邊嘹，往事頻驚。歎薇花夢杳，翠黛凝橫。漫說流黃錦字，何處寄、天上瑤京。多少恨，憑風去，飛遶鳳凰城。（頁 183）

鳳凰城即今之南京市，〔註 52〕據葉紹袁《葉天寥自撰年譜》「七年丁卯（1627），39 歲」所言：「三月，入都上疏，願就教職。四月，改除南京武學教授。五月六日，南帆。六月，抵家。七月，太宜人、內人，同諸子女偕往，遏舟江干，候風良久，取道龍潭，方得到任蒞事。……家有人來，始知張妗倩倩於十月駕返瑤京，瓊章悲泣。」

〔註 52〕因南京城內有鳳凰臺，故以鳳凰城稱之。如李白〈登金陵鳳凰臺〉言：「鳳凰臺上鳳凰遊，鳳去臺空江自流。」〔清〕聖祖御製、王全點校：《全唐詩・卷 180》冊 6，頁 1836。

（《午夢堂集》下冊，頁 837〜838）可知此詞應作於宜修陪紹袁同往南京赴任，卻收到表妹倩倩往生的惡耗，在簾月光微的春夜裏，難抑滿腔傷怨所作。

開篇即以冷月寂屏勾勒出閨房內淒清的場景，接以「斷魂長遶離亭」，更是直訴天人永隔的哀怨。而「小窗人靜」、「獨對殘燈」與「香銷鏤枕」等場景的鋪敘，均令人深刻感受到閨中人悲怨的心緒。下片詞人將場景拉至閨閣外，並聚焦在塞雁嘹嚦，徒惹人空自嗟嘆的情景描繪。如今表妹已在天上瑤京，滿紙思念與憤懣又如何寄達？結以「多少恨，憑風去，飛遶鳳凰城。」將抽象的情感具體化，則盈滿天地之間的，盡是詞人綿綿不絕的遺憾。

而其餘如〈菩薩蠻‧仲春望前夜景〉云：「橫碧掛星稀，閒雲寂不飛」（頁 163）、〈憶秦娥‧曉起〉云：「斷雲依約巫山色。鉤簾待燕無消息，無消息。一江秋怨，亂煙愁織。」（頁 164）與〈金菊對芙蓉‧暮秋〉中的「芙蓉寂寞澄江晚，問姮娥、乍耐淒其。」（頁 185）等或寫景、或抒情，都是巧妙地使內心情感與外在景物融合為一，從而達到自然渾成的高妙詞境。總之，沈宜修以其出色的工筆來傳達深刻細膩的感受，在情感的表現上，是相當成功的。

四、《鸝吹》詞的風格：典雅流麗

沈宜修的《鸝吹》詞在內容與題材上雖然不脫一般閨閣之作，在形式上仍以小令為主，[註53] 且喜用熟悉的詞調來歌詠相同的題材，故後人評之為「題材狹窄」，[註54] 但這實在是因為身為晚明閨秀的沈宜修，她的生活經驗與格局和前代閨秀並沒有太大的不同，故要求她在題材內容上要有所突破，實是近乎苛求。但細讀《鸝吹》詞，會發現宜修在處理或為自然風光的吟詠，或為對愛的傷怨

〔註53〕筆者統計沈宜修《鸝吹詞》中的 37 調 190 首詞，其中小令共 168 首，長調 22 首，則小令占其詞作的 89.47%。

〔註54〕馬興榮《元明清詞鑒賞詞典‧序》（上海：上海辭書出版社，2002 年12 月），頁 7。

等閨閣常見的題材時，因深厚的文藝素養與理性的觀照，不僅善用各種寫作技巧，以工筆化抽象的情感爲具體的表述，從而賦予詞作深刻的內涵意蘊，且善於融化前人的詩詞典故與實際生活經驗，故她的詞作在濃厚的書卷味外，亦展現成熟的氣息。整體而言，典雅流麗是《鸝吹》詞的主體風格。

且看她如此描述閨中的閒愁：

> 泛水浮紅自在流。花前花落思悠悠。堤邊楊柳弄輕柔。
>
> 　細雨淡煙芳樹寂，輕香淺夢畫屏幽。寸腸禁得許多愁。

〈浣溪沙・閨情〉其一，頁151～152）

> 新月桐簾影上鉤。露寒庭院一天秋。金風颯颯夜悠悠。
>
> 　砧杵帶愁敲遠夢，雁聲唧恨落高樓。碧雲流斷暮江幽。

〈浣溪沙・秋閨〉，頁152）

前詞以落花、楊柳、細雨、芳煙等常見的春天意象，勾勒出賞心悅目的春景，但「思悠悠」、「寂」、「淺」、「幽」等語碼已透露些許不安的氣息，果然結以「寸腸禁得許多愁」，則閨女春日念遠，悲傷韶華難留的主題，已是昭然若揭，爲美麗的暮春之景籠上淡淡的哀愁。

後詞與前詞亦有異曲同工之妙：「梧桐新月」、「金風颯颯」、「砧杵聲動」與「暮江流斷」亦常見於前代秋思之詩詞，宜修將之化用到自己的作品中，確實予人文雅精緻之感。另外在明確的書卷意象外亦別見宜修獨具的慧心，如「細雨淡煙芳樹寂，輕香淺夢畫屏幽」、「砧杵帶愁敲遠夢，雁聲唧恨落高樓」，若不是有非凡的感受能力與出色的工筆，是很難將抽象的情感改扮爲如此優美的意象。書卷經驗與真實感受渾然無間，從而在美感上釀成較一般閨秀詞更耐人品味的內涵，確實是宜修詞重要的特色。

再看其詠月的長調〈鳳凰臺上憶吹簫・步月〉言：

> 簾影橫階，翠綃垂幌，畫欄芳徑苔肥。看小庭煙醉，白月澄漪。簾外將舒玉蕊，尋荳夢、雪汗凝蕤。金壺送，迴廊靜稍，墨灑花篩。　微微。羅衣耐冷，雙繞向輕陰，夜漸闌時。想夕陽初下，雲樹參差。又是嬋娟千里，長相見、

澹景霏霏。還待去，濃香軟疊，繡幰重幃。(頁184)

上片詞人以極其細緻的工筆，敘寫庭院內花好月圓、月色如水的美景。下片由景入情，並化用古典詩詞中長用長新，永保藝術生命的基本抒情模式——月下懷人念遠，〔註55〕一句「嬋娟千里」，已寄寓佳人對「但願人長久」，與有情人終成眷屬的美好想望。

即使是代人之作，宜修亦能保持其詞作一貫的典雅流麗之風，且看下列同題的小令與長調之作：

> 滿目秋光，厭聽反舌啼聲惱。淚流多少。回望巫山杳。　幾度思量，落得空煩懊。須知道。斷腸難告。總付平波渺。(〈點絳唇‧代人寫恨其一〉，頁149)

> 好事多磨，重雲掩月，曉風驚夢難留。又一番春色，惱亂枝頭。湘浦珮沉波冷，花影裏、枉自凝眸。添惆悵，燕來鴻去。鎖盡閒愁。　休休。楚臺已遠，生惹得情深，何處望憂。歎幽懷幾許，總付東流。那更欄前芳草，縈人思、恨滿銀鉤。空回首，從今風月，兩地悠悠。(〈鳳凰臺上憶吹簫‧代人別恨〉，頁184)

同是代人寫恨之作，前詞上片結以「回望巫山杳」，下片結以「總付平波渺」，融情入景，加深了小令的內蘊與抒情層次，但覺盈滿天地之間的，盡是閨女在颯冷秋光裏綿綿的別恨。而後詞則在敘事寫景與書卷意象中，滲入濃郁的情感，「燕來鴻去。鎖盡閒愁」所表述的豈非閨女不堪無盡的守候，與年華日漸衰老的傷悲？而下片的「楚臺已遠」則化用自巫山神女之夢，暗喻閨女已難有繾綣春夢，〔註56〕欄前的萋萋芳草則是以詩詞中常見的「春草」意象來寄寓閨女的思念與傷別，〔註57〕而「縈人思、恨滿銀鉤」則是將此離愁別恨具象化，並以「空回首，從今風月，兩地悠悠。」總結全文，融情入景，

〔註55〕嚴雲受：《詩詞意象的魅力》(合肥：安徽教育出版社，2003年2月)，頁143。

〔註56〕范之麟主編：《全宋詞典故辭典》下冊，頁1962。

〔註57〕關於「春草」的現成意象，可參閱嚴雲受：《詩詞意象的魅力》，頁118～121。

意餘言外，恰符合張炎所言：「離情當作如此，全在情景交煉，得言外意。」〔註58〕宜修將心比心，將自我體驗與深刻感受融入其中，故雖是代人之作，卻亦是寫得情眞意切，絲毫不見忸怩做作之態。

小令與長調雖然句式容量各不相同，寫法亦各自相異，但宜修卻能以其寫作技巧，盡量賦予小令豐富的抒情層次，與長調委婉細膩的抒情內蘊，故同樣展現其詞作言婉思深的主體風格。以同題不同調的例子來說明，最能說明宜修詞典雅流麗的主要特色。

宋代詞學論詞體之美，得力於藝術表現的委婉含蓄，強調情感表現的委曲深長細膩，及情思意蘊的多層次性和豐富性，〔註59〕如李之儀言：「長短句於遣詞中最爲難工，自有一種風格，稍不如格，便覺齟齬。」〔註60〕沈義父論作詞之法亦言：「作詞與詩不同，縱是花卉之類，亦須用情意，或要入閨房之意。然多流淫豔之語，當自斟酌。如只詠花卉，而不著些豔語，又不似詞家體例，所以爲難。又有直爲情賦曲者，尤宜宛轉回互可也。」〔註61〕

細玩宜修《鸝吹》詞，因其善於增加詞體情感內涵的豐富性和多層次性，且使書卷經驗與實際生活體驗融合無間，所以不論小令或長調，均呈現典雅流麗的審美特質，符合言婉思深的詞體本色之美。

雖然宜修的詞在題材內容上，並未超越以往女性詞人所關注的題材，所表現的情感也沒有太大的不同，但宜修卻能以她醇正的情思、典雅的意境與流麗婉轉的詞風，爲她午夢堂家族的女性詞人，立下了基本的範式。其閨門的後繼者如長女葉紈紈、次女葉小紈、三女葉小鸞與表妹張倩倩等人塡詞，都是受其影響而變化出新的。

〔註58〕〔宋〕張炎《詞源》，唐圭璋編：《詞話叢編》冊1，頁264。
〔註59〕張惠民：《宋代詞學審美理想》（北京：人民文學出版社，1995年4月），頁105。
〔註60〕李之儀〈跋吳思道小詞〉，金啓華、張惠民編：《唐宋詞集序跋匯編》，頁36。
〔註61〕〔宋〕沈義父《樂府指迷》，唐圭璋編：《詞話叢編》冊1，頁281。

第二節　葉紈紈

一、葉紈紈的生平與詞集

　　葉紈紈（1610～1632），字昭齊，吳江（今屬江蘇）人，是葉紹袁與沈宜修的長女。紈紈在父母婚後五年，方才在眾人殷殷期盼下出生，加上相貌端妍，天資穎悟，故備受寵愛。紈紈自小即受到父母親良好的家庭教育與文學薰陶，年方三歲時，父親教讀〈長恨歌〉，不四五遍，即能朗誦，眾人皆驚為奇慧；十三四歲學為詩詞，文彩斐然可觀；工書法，小楷尤精，遒勁有晉人之風。

　　紈紈出生時，即許字紹袁嗣兄袁儼（字若思）第三子，十七歲成婚，本以為世執契雅，又締潘楊，必能成就一代佳話。不料紈紈七年的婚姻生活，竟是日坐愁城：紈紈婚後一年即隨翁姑長途跋涉，赴官嶺西，先是其夫婿因不堪長途顛簸，至浙江青溪即獨自返家，〔註62〕隨後其翁袁儼又死於任所，而家道自此中衰。紈紈幾乎遭其夫婿冷落了七年，葉紹袁〈祭長女昭齊文〉言「豈意榮盛變為衰落，多福更為薄命，眉案空嗟，熊虺夢杳，致汝終年悶悶，悒鬱而死。」〔註63〕即清楚地點出紈紈不幸的婚姻，對她短暫生命所造成的斲傷。而紈紈夫婿的薄行與無情，從紹袁在〈昭齊三週祭文〉所言或可窺知一二：

> 汝夫婦緣慳，不但生前可怨，而身後更為可傷矣。自壬申臘盡，汝辭人世，越歲寒食中元，不見汝婿來麥飯村酤一奠汝也。一期再週，不見汝婿來紙錢梵唄一薦汝也。蕭然一櫬，塵然總冷于父母之家，不見汝婿來一迎汝歸，或新阡，或舊壟謀入土也。一年如是，三年亦如是也。〔註64〕

〔註62〕對於紈紈夫婿獨自返家，紹袁相當地不滿，言道：「我又道汝婿忍二人之長征，一身恝然，獨駕歸節，何無屺岵之戀。」見葉紹袁〈祭長女昭齊文〉，〔明〕葉紹袁原編、冀勤輯校：《午夢堂集》上冊，頁279。

〔註63〕葉紹袁〈祭長女昭齊文〉，〔明〕葉紹袁原編、冀勤輯校：《午夢堂集》上冊，頁278。

〔註64〕葉紹袁《彤奩續些·卷下》，〔明〕葉紹袁原編、冀勤輯校：《午夢

一位才德兼備的大家閨秀，竟遭夫婿如此的對待，看在一手促成女兒姻緣的老父眼中，是何等的神傷與悔恨？而這樣的結局，豈是當初許諾婚約時所能想像得到的呢？

　　崇禎五年（1632）秋天，三妹小鸞將嫁，紈紈為妹作催妝詩，不知是否因自身姻婚坷坎的遭遇，在紈紈的〈送瓊章妹于歸〉詩中，竟看不到半點「之子于歸」的喜悅，取而代之的是姐妹離分的無限感傷，〔註65〕詩甫就，竟然接獲小鸞魂歸離恨天的訃音，紈紈魂飛色驚，拊心雨泣，返家哭妹，容顏枯槁，肌澤憔悴，七十日後，即與小鸞相逢於九泉之下，留下哀痛逾恆的雙親。父親紹袁在〈送瓊章妹于歸〉詩後批註曰：「詩成而妹死，妹死而身隨死，豈知一首催妝，竟作兩邊鬼話。天壤之間，如何有此慘事異事」！〔註66〕母親宜修作〈哭女詩〉十首，前有序云：「余遭三女之變，哀莫能伸，豈意七十日間又加此禍，何昊天不仁，至斯毒也」。〔註67〕七十日內連喪二女，是紹袁夫婦平生最大的悲痛。〔註68〕

　　紈紈死後，父親葉紹袁匯編所遺詩詞，或許是對她那溢滿紙面的愁怨印象太深的緣故，他為紈紈的詩詞集題名曰《愁言》，〔註69〕後來收入《午夢堂集》第二種，集中共收有詞十三調四十八首，〔註70〕

　　　　堂集》下冊，頁 723。

〔註65〕葉紈紈〈送瓊章妹于歸〉詩，收在葉紈紈《愁言》，〔明〕葉紹袁原編、冀勤輯校：《午夢堂集》上冊，頁 241～242。

〔註66〕〔明〕葉紹袁原編、冀勤輯校：《午夢堂集》上冊，頁 242。

〔註67〕〔明〕葉紹袁原編、冀勤輯校：《午夢堂集》上冊，頁 273。

〔註68〕以上關於葉紈紈的生平，乃參閱葉紹袁〈祭長女昭齊文〉，〔明〕葉紹袁原編、冀勤輯校：《午夢堂集》上冊，頁 277～282；〔清〕錢謙益《列朝詩集小傳》下冊，頁 755；馬興榮、吳熊和、曹濟平主編：《中國詞學大詞典‧葉紈紈小傳》，頁 179。

〔註69〕葉紹袁在《愁言‧序》中言道：「我女自十七結禍，今二十有三歲而殀，七年之中，愁城為家，……而閨房幃屏之間，獨無以寄其欷歔鬱抑之致乎哉？此愁之所由寓乎言也。」〔明〕葉紹袁原編、冀勤輯校：《午夢堂集》上冊，頁 237～238。

〔註70〕原編有詞 47 首，在付梓後，紹袁又從母親處得〈壽祖母七秩〉詩一首，與寫在白帨上的〈無題〉詩二首與〈菩薩蠻〉詞一首，故紈紈

趙尊嶽從集中析出其詞，題曰《芳雪軒詞》，〔註71〕收入《明詞彙刊》。
〔註72〕紈紈的詞作藝術水準相當高，周銘《林下詞選》引《名媛集》
稱其詩詞之作「俊逸蕭永，如新桐初引，青山照人。」〔註73〕趙尊嶽
在〈惜陰堂明詞叢書敘錄〉中亦稱午夢堂姐妹「卷帙雖不繁留，稚音
廣奪前席。」〔註74〕清王弈清編《歷代詞話》提及葉氏一門能詞，即
言：「吳江葉仲韶之配沈宜修，字宛君。一女名紈紈，字昭齊，有《愁
言集》，一女名小鸞，字瓊章，有《返生香集》。……塡詞甚富，盡稱
令暉、道韞萃於一門，惜乎天靳之以年也。」〔註75〕的確，小鸞十七
歲而夭，紈紈二十三歲而卒，皆是年輕生命正在展露耀眼光芒的刹那
即香消玉殞，徒留滿是幽怨悱惻的詞句供後人垂念。

二、《愁言》詞的內容

　　一如父親爲她的遺作所題的名稱，讀葉紈紈的《愁言》詞，所感
受到的盡是正值青春華年的紈紈，對坎坷命運沉重淒切的嗟嘆，其中
當然亦有一般閨秀詞常見的對節令景物的描繪。另外在紈紈詞作中，
亦可見她與母親及妹妹間的中庭之詠與唱和。而在無情的婚姻桎梏
下，更見她以彩筆尋求心靈的慰藉，期盼能早日羽化成仙，脫離這幾
令她窒息的塵世凡間。

　　　所遺詞共 48 首。〔明〕葉紹袁原編、冀勤輯校：《午夢堂集》上冊，
　　　頁 272。
〔註71〕紈紈在其七律〈梨花〉前有序曰：「家有舊室，敝甚，余稍葺之，求
　　　一齋名於老父，父曰：『汝庭外梨花數樹，今如此老幹蒼枝，皆汝太
　　　翁手植也。我昔與汝翁嚼花醉月其下，今杳不可得矣。王融〈梨花〉
　　　詩有『芳春照流雪』之句，可名『芳雪軒』。〔明〕葉紹袁原編、冀
　　　勤輯校：《午夢堂集》上冊，頁 245。或因是故，趙尊嶽在編《明詞
　　　彙刊》時即將紈紈的詞析出，並題之曰《芳雪軒詞》。
〔註72〕葉紈紈《芳雪軒詞》，趙尊嶽輯：《明詞彙刊》上冊，頁 528～533。
〔註73〕〔清〕周銘《林下詞選》，趙尊嶽輯：《明詞彙刊》下冊，頁 1608。
〔註74〕趙尊嶽〈惜陰堂明詞叢書敘錄〉，趙尊嶽輯：《明詞彙刊》下冊，頁 6。
〔註75〕〔清〕王弈清《歷代詞話·卷十》，唐圭璋編：《詞話叢編》冊 2，頁
　　　1320。

（一）沉重淒切的嗟嘆

葉紹袁在《愁言・序》中總述集中的題材云：

> 睹飛花之辭樹，對芳草之成茵，聽一葉之驚秋，照半床之
> 落月，歎春風之入戶，愴夜雨之敲燈，悲塞雁之南書，悽
> 霜砧之北夢，泫芙蓉之墮露，怨楊柳之啼鶯，悵金爐之夕
> 暖，泣錦字之晨題，愁止一端，感生萬族。（頁 237）

這雖是對紈紈詩詞全部內容的概述，但因其詩詞總體抒情風格的相似
性，故亦可視爲對其詞內容的描述。讀紈紈詞，映入眼簾的盡是「憔
悴」、「悽愴」、「斷腸」、「殘病」、「含顰」、「恨」、「悶」、「惱」、「寥落」、
「悲涼」等語詞，令人頓感生命無限的悲情，如集中開卷首闋即是〈點
絳唇・早春有感〉：

> 小院黃昏，一庭淡月人聲悄。梅花開了，春信知多少？
> 　　又是一番，芳草天涯道。傷懷抱，年年憔悴，不似春
> 歸早。（頁 258）

一般而言，大地重現生機的早春時節，正象徵無限的希望。但新綠的
芳草在紈紈眼中，卻充滿感傷。雖然作爲一個守禮的閨秀，紈紈不曾
在任何詩文中，吐露自己對婚姻的失望。但從其父葉紹袁的諸多文
字，如《愁言・序》所言：「七年之中，愁城爲家。」（頁 237）與《自
撰年譜》所言：「初生之女，寶於夜光，即許字若思第三子。咸謂世
執契雅，復締潘楊，爲一時美譚，詎知天壤之恨，自斯隕玉也。」（頁
829）均可看出紈紈婚姻生活的坎坷。芳草年年猶有新綠，而自己卻
是年年獨守空閨，逐年憔悴，這教紈紈如何不觸景生情而黯然神傷？

再看其〈浣溪沙・春恨〉其中二首言道：

> 幾日輕寒懶上樓，重簾低控小銀鉤，東風深鎖一窗幽。
> 　　晝永半消春寂寂，夢殘獨語思悠悠。近來長自只知愁。
> （之二，頁 259）

> 風雨閒庭鎖寂寥，又看春色一分消。翠屏斜倚思無聊。
> 　　夢覺情蹤無處問，悶來心緒最難描。孱人殘病恨今朝。
> （之三，頁 259）

在紃紃孤寂的世界裏，看不到任何春天的希望，有的盡是滿腔的幽怨，故其言「東風深鎖一窗幽」、「夢殘獨語思悠悠」，這種愁悶的心緒，在夢中也無法宣洩，故其又言「夢覺情蹤無處問，悶來心緒最難描。」日日夜夜如此坐困愁城，令人寄予無限同情。紃紃以〈浣溪沙〉為調，敘寫春恨之詞共有十四首，將近其全部詞作的七分之二，可見其內心苦悶的程度，其中第十二首甚而言道：

> 日日枝頭墮粉香，東君何事苦匆忙？鳥啼花落送韶光。
> 淚蹙翠山情杳杳，悶連青海思茫茫。含顰無語立斜陽。（頁
> 262）

看著東君匆忙，鳥啼花落送韶光，詞人感慨自己日復一日，全無所穫。滿腔抑鬱無處傾洩，只得在夕陽下含顰無語而立，思緒茫然。其父在整理紃紃遺作時，看到如此苦悶的文字，感傷至極，批註道：「『悶連青海』，何等悶法，那得不死，傷哉！」（頁 262）也間接地道出了老父對早年為女兒締結婚約的內疚和悔恨。

紃紃不但以小令來敘寫她的哀怨，也用長調盡情地刻畫與宣洩這種悲愴的感受，如其〈滿江紅·秋思之一〉言道：

> 桂苑香消，芙蓉老、白蘋浪起。又漸是、寒煙古木，夕陽
> 流水。玉笛悲涼秋旅怨，金砧淒楚關山思。看斷霞明月照
> 涼輝，黯凝倚。　　詩酒興，消殘矣。愁與悶，偏無已。
> 念啼鶯別後，水雲煙瀰。惆悵不通天際信，江南風景空如
> 此。聽秋聲蕭瑟夜蛩清，心如死。（頁 267）

在明媚春光中的紃紃是悶連青海，傷心無限；而在西風寥落的秋天裏，她更是惆悵不已。眼看桂苑香消，芙蓉漸老，耳畔又傳來陣陣悲涼的玉笛聲，引發詞人斷腸人在天涯的淒楚；倚樓獨望，直到斷霞明月為大地撒下涼輝，她仍是愁腸暗結，無法自己。從夕陽殘照到斷霞明月照涼輝，紃紃所營造的悲涼氛圍，更甚於馬致遠的「古道、西風、瘦馬」，[註76] 因遊子尚有弱馬可繫，歸家終究有望；而這位終日坐

〔註76〕馬致遠〈天淨沙〉，傅麗英、馬恒君校注：《馬致遠全集校注》（北京：
　　　　語文出版社，2002 年 1 月），頁 212。

困愁城的少婦，卻不知何年何日才能重享出嫁前全家和樂的歡愉？下
闋紈紈不再矜持，她再也無法藉酒澆愁、無法藉詩歌來撫慰內心的愴
痛，於是她盡情地宣洩心中的悲苦。看著朦朧月光下，江南水煙瀰漫
的美麗景象，她竟有著此生無法再與家人團聚的感知，在寂寥秋夜裏
聽著落寞蛩音，甚至讓紈紈感到她的人生已不復見任何希望。末句的
「心如死」令人看得膽顫心驚，真的很難想像，秋日凝妝上樓的閨中
少婦，心中有著如此深沉的悲痛。紈紈哀怨悱惻的詞筆，也道出昔日
婚姻無法自主，一切聽任宿命的中國舊社會婦女的悲歌。

再看其〈玉蝴蝶・感春之四〉言：

> 窗外曉鶯初囀，柳黃條上，聲過西樓。好夢驚回深院，簾捲
> 蝦鉤。霧濛濛、杏花無語，人寂寂、芳草如羞。恨綢繆，謝
> 娘慵懶，斜倚箜篌。　　薰篝。新妝鏡裏，東風無計，吹破
> 春愁。粉褪香消，長門花月半沉浮。問年年、惱人紅綠，看
> 日日、伴我幃幬。鎖眉頭，黃昏雨後，勝似悲秋。（頁269）

在柳綠鶯啼的美好春日裏，紈紈仍是愁悶的，這位文才媲美謝道韞的
女子只能斜倚箜篌，望春長嘆。她試圖為自己點上新妝，展現生氣與
活力，無奈粉褪香消之後，陪伴詞人的仍然只有淒冷的幃幬。看芳草
年年尚有新綠，鮮花逢春必會轉紅，唯有自己，日日月月，年復一年，
孤寂依舊。想到這兒，伊人又蛾眉深蹙，落入無限的哀怨之中。

其父葉紹袁在詞末感傷地批註道：「『芳草如羞』、『東風無計』，
一腔悶懷，那得說盡，有死而已。傷哉！」（頁270）一個端妍玉潤、
才德兼備的女子，對生活竟是如此的絕望，這樣深沉的嗟嘆，任誰看
了都要心生我見猶憐的不捨。

（二）節令景物的描繪

在紈紈的詞作中，還有不少篇章是對節令景物的描繪。不同於前
述婚後沉重淒切的嗟嘆，紈紈部分詠物詞呈現娟娟可人的歡愉氣氛，
正如其婚前和樂融融的家庭生活，如其〈浣溪沙・新竹〉言：

> 百尺高抽出畫墻，娟娟含粉秀冰霜，靜臨深院日初長。

　　　　翠靄濛空籠曙色，清陰搖月照宵涼，南薰池館占風光。
（頁 263）

這盈盈百尺，娟娟含粉，靜臨深院，占盡池館風光的修竹，就像紈紈寬和善良的氣度，與出眾不凡的氣質。其父在〈祭長女昭齊文〉中曾經如此盛讚道：「汝德性儉勤，識見超曠，辭氣和洽，禮數端詳，御下以寬，待人必恕，事姑姒間，尤愉顏怡色，委曲調持，靡不尊卑敦睦，共得歡心。高情逸致，與三妹伯仲，老成諳達，似又過之。」（頁 278～279）

　　而其〈踏莎行·秋海棠〉縱有些許感傷，也是少女懷春的淡淡輕愁，充滿含羞帶怯的如詩風韻：

　　媚暈輕妝，芳姿映砌，檀心一點清香細。對人無語似凝羞，嫣然風韻多流麗。　　酒意將酣，柔情欲繫，盈盈泣向西風閉。只愁人夢月寒時，斷腸無那燈前睇。（頁 267）

上片詞人以輕柔的筆調來寫海棠的嬌怯，下片則是寫海棠小小的心願：懇請西風稍加減弱強度，讓滿懷深情的花兒在月寒人夢時，仍能長伴佳人。這樣的詞作，如實反映了午夢堂家族多愁善感的敏睿情思。

　　結婚之後，紈紈眉憐自鎖，怨恐人知，終日抑鬱寡歡，自然她筆下的景物也籠罩上悲淒的情調，試看其〈玉蝴蝶·詠柳〉言：

　　拂地含顰寫黛，無端贈折，綠遍郵亭。縱有風流萬種，都是離情。恨攀枝、渭城客淚，空送別、灞岸歌聲。舞腰傾，年年弱力，無限銷凝。　　春晴。樓前憑望，東風老去，不耐柔縈。淡碧輕黃，酒旗村舍半橋橫。向園中、但傷鬱鬱，看陌上、莫怨盈盈。黯心驚，千絲萬縷，總是愁生。（頁 270）

楊柳迎風搖曳，丰姿綽約，但在紈紈眼中，卻盡是離情。在此詞人化用王維〈渭城曲〉「渭城朝雨浥清塵，客舍青青柳色新；勸君更進一杯酒，西出陽關無故人。」〔註 77〕與漢、唐時長安人送客東行，常在灞橋折柳送別的典故，強化了《詩經·小雅·采薇》「昔我往矣，楊柳依依」的傳統意象，〔註 78〕為全詞鋪上濃重的離愁別緒。下片詞人

〔註 77〕〔清〕聖祖御製、王全點校：《全唐詩》卷 128，冊 4，頁 1307。
〔註 78〕〔清〕阮元《詩經注疏》，《十三經注疏》（臺北：藝文印書館，1973

將自己與弱柳做了聯結，在美好春日中登樓憑望，卻瞥見碧柳已不堪東風摧殘而逐漸轉黃，而這逐漸凋零的弱柳，不正似自己因抑鬱寡歡而日漸憔悴的容顏？想到這兒，紈紈再也無法控制自我情感，只覺放眼望去，不論酒旗、村郭、園中或陌上，只要有楊柳處，就有愁恨，千絲萬縷，縈繞心頭。

在新春鳥語花香，大地充滿蓬勃朝氣的美麗時刻，風情萬種的青青楊柳在紈紈筆下，尚且化為千絲萬縷的哀愁，那麼在西風蕭瑟，萬物逐漸凋零的清秋時節，乍見征雁南翔，又會引發紈紈什麼樣的心緒呢？其〈滿江紅・聞雁〉如此言道：

> 梧葉飄翻，花陰轉、露華明月。風正起、深閨乍冷，羅衣寒怯。絡緯啼寒催短夢，怨蛩聲咽悲長別。歎可憐回首又關情，新鵑鴂。　　憔悴盡，清秋節。增悵望，腸如結。見幾行征雁，錦書周折。唳落西樓飛不定，音傳塞北渾難說。問天涯歸去是何時，情淒切。（頁268）

上片開始紈紈所鋪設的是一個相當華美的情境：在明月掩映下花影移動，露珠閃爍，梧桐葉兒隨風飄落。但接著詞人筆鋒一轉，伴隨秋風而至的，卻是乍冷的深閨，與因羅衣太薄而怯寒的閨中人。「冷」與「寒」，讓詞情由華美轉為淒清，在這淒冷的寒夜裏，聽到的是絡緯啼寒與蛩聲悲咽，詞人輾轉反側，再也無法成眠，回首前塵往事，縈繞心頭的仍是濃烈的哀愁。鵑鴂即杜鵑，在此暗用《離騷》「恐鵜鴂之先鳴兮，使夫百草為之不芳。」〔註79〕之句意，以興起下片苦恨的情感。

下片所見的是愁腸百結的深閨怨婦。換頭四句，直訴憔悴與惆悵，突出情感的著力處。詞人正徬徨無助時，瞥見征雁南翔，想將滿腹悽苦化為文字，託鴻雁寄予遠方的親人，又擔心雁兒行蹤不易掌握，致使錦書周折。想到這兒，詞人已是意興闌珊，只得以淒切之情無語問蒼天，何時才是女兒的歸鄉之日。

年5月）冊1，頁331。
〔註79〕屈原《離騷》，〔宋〕洪興祖補注：《楚辭補注》，頁34。

　　婚姻的枷鎖如此深沉地桎梏著紈紈，她以慧黠之心默默承受，從不輕易說出，〔註80〕只在夜半無人或獨自靜默之時，才以長調慢詞來盡情抒發內心的感念，而這樣悲苦的情感與文字，也代表在知識陶冶下的晚明女性，對自我存在意義的逐漸覺醒。

（三）母女姐妹間的唱和

　　紈紈姐妹在父母的薰陶之下，皆善文墨，影響所及，家族姐妹姑嫂皆戮力於創作，於是形成中國婦女文學史上相當罕見的奇觀。沈德潛重訂《午夢堂集八種》時即序曰：

> 而橫山（按即葉燮）則出自虞部（按即葉紹袁），爲余所事師。師門群從類長吟詠，雖閨閣中亦工風雅，群志所載《午夢堂集》，婦姑姊娣，更唱迭和，久膾炙人口。師嘗出示，心竊契之，以爲《關雎》、《樛木》而外，克繼元音者歟！〔註81〕

賦詩填詞既是午夢堂家族最大的生活情趣，則紈紈詞作中必有與母親和妹妹間的唱和寄贈。宛君之婢女隨春，窈窕可人，善解人意，閒暇時三姐妹圍定隨春，以「隨春」爲題賦詞以決勝負，是平日家居生活中的一大歡快，紈紈有〈綄溪沙・同二妹戲贈母婢隨春〉爲證：

> 楊柳風初縷縷輕，曉妝無力倚雲屏，簾前草色最關情。
> 　欲折花枝嗔舞蝶，半回春夢惱啼鶯，日長深院理秦箏。

（頁263）

短短六句，卻寫盡隨春的嬌媚姿態。但姐妹間的勝負可不是隨便定的，除以同調同題爲賦外，尚且要不同韻，方能力避雷同以決高下，紈紈此闋詞即因與三妹小鸞同韻，且同寫隨春在春日彈箏的媚態，〔註82〕

〔註80〕葉紹袁在〈祭長女昭齊文〉如此言道：「我常見汝於弟妹間，言論歡浹，語笑恬怡，……豈知汝口無言而心結，貌不悴而神傷，半世情蹤，七年心緒，眉憐自鎖，怨恐人知。繡窗伴妹，未嘗偶話憂懷，清宵對母，並不輕題恨字。」〔明〕葉紹袁原編、冀勤輯校：《午夢堂集》上冊，頁280。

〔註81〕〔明〕葉紹袁原編、冀勤輯校：《午夢堂集》下冊，附錄二，頁1094。

〔註82〕小鸞亦有〈浣溪沙・同兩姐戲贈母婢隨春〉，其詞曰：「欲人飛化態更輕，低回紅頰背銀屏，半嬌斜倚似含情。　　嗔帶淡霞籠白雪，語偷

所以小妹以大姐之作為未盡,而紈紈也從善如流地再作一闋云:

> 翠黛輕描桂葉新,柳腰嬝娜襪生塵,風前斜立不勝春。

> 細語嬌聲羞覓婿,清臚粉面慣嗔人,無端長自惱芳心。

（〈浣溪沙・前闋與妹同韻。妹以未盡,更作再贈〉,頁 263）

平心而論,此詞全偏重在隨春姿態的描摹,並無深刻的內涵,不過由
此也可印證前述錢謙益所謂「中庭之詠,不遜謝家」的言論。

除了姐妹間的吟詠之外,紈紈姐妹與母親沈宜修之間也有唱和之
作。如葉父紹袁曾為家計,獨自北游仕宦達三年之久,在砧聲初動的
早秋時節,妻子與女兒們對他必是充滿了思念,在看過母親以〈水龍
吟〉為調,款款地道出對遠行夫婿的深情之後,女兒們也深受感動,
於是均次母韻,寫下她們對父親的想望。唯當時紈紈業已身困不如意
的婚姻之中,故二首次母韻早秋感舊之詞均有著濃厚的感傷,與前述
姐妹間的戲贈隨春之詞有著迥然不同的風格:

> 秋來憶別江頭,依稀如昨皆成舊。羅巾滴淚,魂消古渡,折
> 殘煙柳。砧冷蛩悲,月寒風嘯,幾驚秋又,歎人生世上,無
> 端忽忽,空題往事搔首。　猶記當初曾約,石城淮水山如
> 繡。追遊難許,空嗟兩地,一番眉皺。枕簟涼生,天涯夢破,
> 斷腸時候。願從今但向花前,莫問流光如奏。（其一,頁 271）

> 蕭蕭風雨江天,淒涼一片秋聲逗。香消菡萏,綠摧蕙草,
> 煙迷遠岫。浪捲長空,雲輕碧漢,薄羅涼透。恨西風吹起,
> 一腔悶悶,那勝鏡中消瘦。　寂寞文園秋色,這情懷,
> 問天知否?簷鈴敲鐵,琅玕折玉,聽殘更漏。淡月疏簾,
> 小庭曲檻,且還斟酒。算從來千古堪悲,何用空沾衫袖。（其
> 二,頁 271）

前詞上片重在秋日江邊送別場景的描繪,此詞約作於崇禎二、三年左
右,〔註83〕距父親北上宦游已有三年之久,故言:「幾驚秋又,歎人

新燕怯黃鶯,不勝力弱懶調箏。」果與紈紈之作有極大的雷同之處。
〔明〕葉紹袁原編、冀勤輯校:《午夢堂集》上冊,頁 329～330。

〔註83〕沈宜修〈水龍吟〉前有序云:「丁卯,余隨宦冶城,諸兄弟應秋試,
俱得相晤。後仲韶遷北,獨赴燕中。余幽居忽忽,恍焉三載,賦此

生在世，無端忽忽，空題往事搔首。」紹袁在赴北京任國子監助教前，曾先至南京任武學教授，母親、妻子與諸子女均隨其前往，〔註84〕但紈紈彼時已結婚，且隨姑翁赴官嶺西，故並未同行。南京是個美麗的城市，諸如明孝陵、雨花臺、燕子磯、莫愁湖等名勝古蹟甚多，紹袁本約紈紈秋日同遊，與兩妹共攬長干桃葉之勝、同弔莫愁子夜之遺，然後同作錦箋佳句以香閨閣。可惜紈紈之翁（按即紹袁嗣兄）竟於到任所後不久即病逝，而紈紈與家人在石頭城的美麗之約，當然也不能兌現，〔註85〕故紈紈下片即言：「猶記當初曾約，石城淮水山如繡。追遊難許，空嗟兩地，一番眉皺。」而身處婚姻的枷鎖之中，父親又遠赴燕中，紈紈不知何年何月才能與家人共享天倫，故其傷心地賦道：「天涯夢破，斷腸時候。」但末句的「願從今但向花前，莫問流光如奏。」則表現了紈紈堅強的韌性，她相信人生終究會有希望，柳暗終能見到花明，一切的不順遂，終是會雨過天青的。

但或許是命運的捉弄，紈紈的冀盼終是沒能實現，她日日夜夜，仍是坐困愁城。看著鏡中日漸消瘦的容顏，再對照滿園寂寞的秋色，滿腔抑鬱無處宣洩，於是她傷心地泣訴：「這情懷，問天知否？」全詞充滿了濃厚的悲情，尤其詞末所言「算從來千古堪悲，何用空沾衫袖。」這樣沈重的文字，真的很難令人想像是出自正值雙十年華的少婦之手，既是感舊，更是自傷。果然在賦畢此詞後的三年，紈紈即因返家哭妹，哀傷過度而隨小鸞共赴黃泉，自沈重的枷鎖中永遠地解脫，只留下與母相和且書之扇頭的詞句，徒令慈愛父母觸景傷情而不

志慨。」可知紈紈姐妹次母韻之作約在崇禎二、三年間。〔明〕葉紹袁原編、冀勤輯校：《午夢堂集》上冊，頁 187。

〔註84〕此事在《葉天寥自撰年譜‧天啓七年丁卯》中有詳細的記載，〔明〕葉紹袁原編、冀勤輯校：《午夢堂集》下冊，頁 837～838。

〔註85〕葉紹袁〈祭長女昭齊文〉有言：「是年（按即天啓七年丁卯），余絳帳武席，約秋間待汝於秣陵蓿館，攬長干桃葉之勝，弔莫愁子夜之遺，與汝兩妹當必有箋佳句，芬芳閨閣，而竟不果。迨玄枵指柄，我從石頭掛帆，纔抵里門，汝翁海上之訃音至矣。」〔明〕葉紹袁原編、冀勤輯校：《午夢堂集》上冊，頁 279。

勝慨嘆欷歔。〔註86〕

（四）向佛望仙的企盼

　　長期浸染文藝的午夢堂家族，對人生的諸多煩憂本就有著較一般人更爲敏感的體會，再加上婚姻的失志，更讓紈紈覺得人生的痛苦是無法擺脫的。她甚至曾寫過一首七律〈初秋感懷〉，直訴這種舊事難忘，壯懷灰去的痛苦：

> 忽忽悠悠日倚樓，不堪蕭索又逢秋。流年冉冉侵雙鬢，長夜漫漫起四愁。舊事經心空染淚，壯懷灰去謾凝眸。唾壺擊碎還搔頭，泣向西風恨幾休。（頁246）

其中不僅明借張衡〈四愁詩〉以抒發「路遠莫致，心爲煩憂」的抑鬱，〔註87〕還直訴以舊事經心，壯懷灰去的痛苦，柔弱的紈紈甚至因此情懷激烈到要將「唾壺擊碎」，可見她內心悲憤的程度。雖然作爲一個守禮的閨秀，紈紈無法明說究竟這難忘的「舊事」是什麼？竟然有如此強大的滲透力，令她覺得眼前的生活面目全非，而在當時的語境中，恐怕也不須明說。總之，這舊事不諧且婚姻也不如人意的痛苦，正無情地剝蝕著紈紈的生命。誠如葉父紹袁在詩末所評：「『壯懷灰去』，情可知矣，豈無天際想者。看得事事都休，那得不恨。」（頁246）

　　爲了減輕痛苦的份量，紈紈選擇皈依佛法，日誦《金剛》、《楞嚴》諸經，大悲神咒幾千萬幾遍，〔註88〕有詞可以爲證，其〈踏莎行·暮春〉曰：

〔註86〕沈宜修〈水龍吟〉前有序云：「庚午秋日，余作〈水龍吟〉二闋，兒輩俱屬和，書之扇頭。今又經三載，偶簡篋中，扇上之詞宛然，二女已物是人非矣，可勝斷腸，不禁淚沾袖，因續舊韻賦此。」〔明〕葉紹袁原編、冀勤輯校：《午夢堂集》上冊，頁189。

〔註87〕〔漢〕張衡〈四愁詩〉，〔梁〕蕭統編、〔唐〕李善注：《文選》，頁414～415。

〔註88〕葉紹袁〈祭長女昭齊文〉言：「汝現女人身說法，故日誦《金剛》、《楞嚴》諸經，大悲神咒幾千萬遍。」〔明〕葉紹袁原編、冀勤輯校：《午夢堂集》上冊，頁281。

花落閒庭，春歸小院。沉沉嫩綠鶯初囀。晝長人盡掩重門，
《楞嚴》讀罷花陰轉。　　清思幽然，塵情盡遣。一簾幽
靄東風晚。數聲啼鳥欲黃昏，滿階月影澄澄見。（頁266）

在花落閒庭，黃鶯初囀的暮春時節，紉紉即是藉讀《楞嚴》經來消磨
漫漫白晝。十卷經書讀畢，已是日暮黃昏，果然感到清思幽然，塵情
盡遣。但紉紉終究是正處於朝氣勃蓬的年輕生命，以萬緣皆滅、萬法
歸空的寂滅之道，來消解心靈的顫動，這樣的參悟有時會帶來更大的
痛苦，因為她從佛經書卷中抬起頭來，發覺現實生活的苦痛依然存
在，她便會想要逃遁，她期盼能逃離這充滿痛苦的塵世，而遁入沒有
煩憂的仙境。這樣的想法，就使紉紉寫出了前代女性詞中少見的遺世
望仙之作，如其〈菩薩蠻・感懷〉言：

茫茫春夢誰知道。綠楊一霎東風老。自恨枉多情。浮塵長
苦憎。　　草堂青嶂繞。曲岸溪聲小，何日遂平生。相攜
上玉京。（頁264～265）

難耐人間渾濁之恨，而具有厭世傾向的她，所嚮往的是青山環繞，綠
水長流的草堂。如果能遇見徜徉山林，相期同游的素心人，那真就是
玉京——神仙的居住地了。這樣的思想，也反映出晚明女性在時代思
潮的衝激下，〔註89〕已不再盲目遵循呆板的社會化傳統。

當然聰慧理智的紉紉也知道這樣的仙境只是空想，根本不可能存
在，於是她在〈菩薩蠻・其二〉中又自解道：

憑君莫問煙霞路。悠悠總是無心處。人世自顛狂。空驚日
月忙。　　萋萋階下草。日日階前遠。切莫繫閒愁。閒愁
無盡頭。（頁265）

她向內尋求，發現煙霞路（即往玉京之路）就在人的「無心處」，即
無心忘機的情境之中，只要不像一般人顛狂地為名利而忙碌，也不被
春草意象惹起愛情閒愁，則內能定之外能清之，此心悠悠，煙霞之路

〔註89〕晚明的時代思潮主要是以王學左派和李贄等人提出的肯定物欲，強
　　　　調個性、反對封建束縛的理論為基礎。馬美信：《晚明文學新探》，
　　　　頁35～61。

正在其中。在此她否定對生活與情感的追求，而她所肯定的煙霞路，正如其母沈宜修在眾多理趣詞中所體悟的一樣，是在洞明世事的理性之後，對自我存在意義的肯定，〔註90〕但年輕的紈紈，最後終是無法超越世俗的煩擾而含恨以終。〔註91〕

三、《愁言》詞的形式技巧

因為葉紈紈如實地寫下心中的所思所悟，所以不論小令或長調，皆可以明顯感受到女詞人在情眞意摯下，所呈現的情景交融之筆。而自小即浸染文藝氣息的紈紈，自有其來自大家閨秀的典雅高華之寫作技巧。

（一）小令長調皆善

筆者統計沈宜修與葉紈紈、葉小鸞母女三人在《午夢堂集》詞作中（含冀勤所補遺的佚詞）的詞調使用的情形，整理出下表：

作者與詞集名	總調數	總闋數	小令	長調	長調比例
沈宜修《鸝吹》詞	37	190	168	22	11.58%
葉紈紈《愁言》詞	13	48	35	13	27.08%
葉小鸞《返生香》詞	36	91	85	6	6.66%

可知紈紈較母親宜修在詞調上有著更大的探索興趣，且在長調慢詞的整體比例上亦較母親與妹妹突出，這是因為慢詞的容量大，結構又較有彈性，使紈紈能盡情地敘寫點滴的感受；而這也說明了在詞的寫作

〔註90〕 蘇菁媛：〈休憐吳地有飛花——沈宜修《鸝吹詞》研究〉，《中學教育學報》（臺中：教育部臺灣中等學校教師研習會，2005 年 6 月）第十二期，頁 311～313。

〔註91〕 葉紹袁在〈祭長女昭齊文〉有言：「但見汝煙霞痼疾，泉石膏肓，每思買山築塢，逃虛絕俗，招朋松桂，撫懷猿鶴，若必不欲見世態紛紜者。偶一夕間，挑燈連榻，汝與兩妹競耽隱癖，汝料入山無緣，流涕被枕，我時聞之，深笑汝癡，隱豈兒女子事，又何至如霰之泣也。由今追想，殆汝胸中固已逆揣終身，了無佳境，故以憂愁憤懣之衷，托之沉光鏟影之談，明知理之必無，自寓其情之至鬱已矣。」
　　〔明〕葉紹袁原編、冀勤輯校：《午夢堂集》上冊，頁 280。

上，紈紈已尋獲「以吾言寫吾詞」〔註92〕的最佳表現形式。茲以其〈玉蝴蝶·感春之一〉為例來說明：

> 滿目韶光明麗，東風拂拂，花影悠悠。簾捲重樓十二，禁火初收。草青青、遊人金勒，春寂寂、深院銀鉤。暗香浮，誰家陌上，幾處津頭。　　凝眸。天涯信斷，王孫何處，閨夢多愁。雙燕無憑，日長憑遍小紅樓。對鶯花、滿懷幽怨，臨寶鏡、幾許情柔。空消受，月寒錦帳，香冷衣篝。（頁269）

上片前半部分，詞人所鋪敘的是登樓所見，令人心曠神怡的綺麗世界：此時禁火初收，在這春滿人間的清明時節，東風沁人心脾，花影碧絲與陌上出遊的紅男綠女，相映成趣。但接著一句「春寂寂」，卻將全詞帶進了淒冷的境界，原來這種「紅杏枝頭春意鬧」〔註93〕的場景是屬於別人的；從韶光明麗到銀鉤高掛，陪伴詞人的，終究只有滿院的空寂。下片詞人娓娓傾訴滿心的無奈：終日凝眸遠望，卻是天涯信斷，王孫不知在何處。從這裡吾人亦清楚地了解到，為何紈紈七年的婚姻生活是「眉案空嗟，熊虺夢杳。」（葉紹袁〈祭長女昭齊文〉語，頁278）：她滿懷款款的深情根本無從寄託，白天憑欄獨倚，聽黃鶯啼曉，看雙燕比翼，紈紈是滿懷幽怨；捱過漫長白晝回到閨房，詞人所見的仍然只是冷清，薰衣的衣篝幾乎從未暖過，只有多情明月伴人幽索。

「以意為主」和「詞中有我」正是閨情雅詞的本質性特徵，〔註94〕紈紈不僅以詞作為表現才華的工具，並且傾注了內心全部的真誠，深刻地刻畫了自己對坎坷婚姻的點滴感受。馮煦《蒿庵論詞》曾如此論述秦觀之詞：

> 少游以絕塵之才，早與勝流，不可一世，而一謫南荒，遽喪靈寶。故所為詞，寄慨身世，閑雅有情思，酒邊花下，一往而深，而怨悱不亂，稍乎得《小雅》之遺，後主而後，

〔註92〕〔清〕況周頤《蕙風詞話》卷1，唐圭璋編：《詞話叢編》冊5，頁4411。

〔註93〕「紅杏枝頭春意鬧」，語出宋祁〈玉樓春·春景〉（東城漸覺風光好），唐圭璋編：《全宋詞》冊1，頁116。

〔註94〕張惠民：《宋詞的審美理想》，頁72。

一人而已。〔註95〕

以此來看紈紈詞，雖然紈紈所寄慨的格局或許不及秦觀深遠，但亦有著同樣的深情與傷心：紈紈本是生長在溫馨和諧的文藝之家，父母弟妹終日相與賦詩為樂，在眾人祝福中進入滿懷期待的婚姻，不料卻是如此地事與願違，滿腹辛酸以詞筆細細道出，但覺往事如煙，紛亂不可理，而幸福終是遙不可及。末句的「月寒錦帳，香冷衣籌」融情入景，流露出無限淒婉悲涼的情思，使人體會出凝聚其中的，不僅是紈紈對不如意婚姻的悲嘆，更是對自我存在意義的深刻反省，正是「一往而深，怨悱不亂」閨情雅詞本質。

　　紈紈不僅長調寫得深刻細膩，小令亦是饒富韻致，耐人咀嚼，表現其高超的詞藝水準，如下列二詞云：

往事堪傷，舊遊綠遍池塘上。閒愁千丈，暗逐庭蕉長。　　自古多情，傷惹多惆悵。添悽愴，寒宵淡月，一片淒涼況。（〈點絳唇・早春有感之二〉，頁258）

燕子初來壘故巢，曉鶯啼恨更添嬌，一春都是等閒拋。　　不怨滿庭風雨惡，只教終日夢魂消，東風空鎖綠楊腰。（〈浣溪沙・春恨之十〉，頁261）

細玩詞意，這漸長的庭蕉豈非心中與日俱增的憂愁？而終日等閒拋的春天，莫非詞人的人生之春？在寒宵淡月中，淒涼的又豈僅是眼前的景況？而遭東風空鎖的綠楊腰，不正是詞人自我的寫照嗎？短短數語，卻是發人深省。其父紹袁在紈紈過世後整理遺作，讀出了詞中深刻的意涵，深解女兒心中百般的無奈，故在〈浣溪沙・春恨之十〉後批註道：「風雨作惡，歸于不怨，有《小雅》風人之致矣，然怨正自深。」（頁261）正因感受的真切，故才能為此動人心絃的深刻之作。

　　綜上所論，《愁言》詞就內容而言，大多是紈紈對其不幸婚姻的悲悼：或哀嘆時光易逝，或感慨好景不常，或借外景的描繪以呈現內心世界，甚至想像遁入空門，以求自我精神的超脫。自幼深受良好家教薰陶

〔註95〕〔清〕馮煦《蒿庵論詞》，唐圭璋編：《詞話叢編》冊4，頁3586。

的紉紉，從不輕易道出內心的悲苦，表現在詞作上亦是力求委婉迷離，
閑雅溫厚，以纏綿蘊藉的詞句，傳達讓年輕生命幾乎無法承受的情傷，
從而形成幽怨悱惻的基調，亦符合閨情雅詞風流且高格調的基本範式。

（二）情景交融的詞筆

以言情為主的詞，若想成為「別是一家」，則需表現自我情感的
特殊性，即表現出自我對人生的體驗與對社會的觀察和思考。〔註96〕
紉紉自幼即受到父母良好的文藝教養，深諳此理，再加上本身對不如
意婚姻和坎坷人生的深切體認，故其詞作在表現自我感受上是相當成
功的。紉紉不僅寄意於外在景物，更擅長藉外在景物來呈現內心世
界，從而凝聚出她對人生的悲劇體驗。

她以〈玉蝴蝶〉為調，傾訴春天傷感的長調共有四首，其中第三
首言道：

> 景色穠芳清晝，游絲無力，嫋嫋輕柔。卻挽春光同住，堪笑
> 難留，碧煙侵、舊時羅袖，紅香淡、獨自妝樓。繡簾幽，弄
> 晴啼鳥，喚雨鳴鳩。　　多憂。憑高一望，江南春色，千古
> 揚州。回首繁華，斷腸都付水東流。黯魂消、一番懷古，空
> 目斷、萬縷新愁。幾時休，綠楊芳草，春夢如秋。（頁269）

乍看之下，此詞不過融合了傷春惜逝、懷古和自傷孤獨的複雜情緒，但
細玩之後，卻可發現其中豐富的意涵：這是古城揚州的春天，有個獨對
揚州春色的閨女，為古城，也為自己感到無比的惆悵。城市雖是在春天，
但卻已是在游絲嫋嫋的暮春之中，令傷春人有著如夢似幻的感受，恰似
這曾經繁華的古城，如今已不復見興榮。詞人以大量的筆墨來描繪褪色
古城的暮春境況，試圖喚起讀者哀傷的情緒，而其內心對自然與自我的
惆悵，也因此獲得映襯和烘托。因為對她而言，此三種不同的對象：揚
州古城、春天和自我之間存在著微妙的相關性，都是處在不由自主且無
法挽回的「褪色」之中。如此不但使其哀怨悱惻的內心世界，藉由對外
界的描繪而獲得呈現，並強烈地撼動讀者。葉父紹袁在此詞後即無限感

〔註96〕王兆鵬：《唐宋詞史論》，頁161。

傷地批註道：「『春夢如秋』，秋夢又當如何？傷情怨語。」（頁 269），
紈紈情感的真切與詞筆高度的渲染性由此可見一斑。

　　紈紈詞中所表現的，是其個人獨特的感受和切身經驗，再看其敘
寫天倫夢斷情感的〈鎖窗寒・憶妹〉言：

> 蕭瑟西風，啼螿滿院，轆轤聲歇。流螢暗照，歸思頓添淒
> 切。更那堪、近來音稀，盈盈一水如迢遞。想當初相聚，
> 而今難再，愁腸空結。　　從別，數更節。念契闊情悰，
> 驚心歲月。舊遊夢斷，此恨憑誰堪說。漸江天香老蘋洲，
> 征鴻不向愁時缺。待聽殘暮雨梧桐，一夜啼紅血。（頁 268）

詞中所鋪敘的是一個蕭瑟孤寂的秋夜，只有點點螢光閃爍。想起昔日
家人共聚一室，相與賦詩吟唱的歡樂場景，再對照現今滿室的淒冷，
詞人不禁興起思鄉情懷；再加上近來不知何故，少接獲小妹所寫傳報
平安的家書，所有孤單、戀家與驚疑、懼怯的情緒齊湧心頭，幾乎讓
詞人無法承受。望見窗外征鴻絲毫不受任何影響，依舊向南翱翔，紈
紈以「待聽殘暮雨梧桐，一夜啼紅血」這樣幾近純粹摹景的詞句，來
傳達自己此時此刻的心情，若非本身曾有過刻骨銘心的悲劇體驗，又
怎能感受到暮雨梧桐所造成的悲涼滋味呢？其中「殘暮」豈非詞人早
已感知的人生之暮？而怨鳥所啼之血，莫非亦是詞人在對人生極度感
傷失望後，心頭所淌的悲恨之血？

　　再如「蒹葭一望碧連天，蘼蕪消盡傷心色，孤雁正橫空，夕陽更
又紅」（〈菩薩蠻・秋思〉，頁 265）、「風弄竹聲幽，蕭蕭卻似秋」（〈菩
薩蠻・早春日暮，共兩妹坐小閣中，時風竹蕭蕭，怳如秋夜，慨焉賦
此之一〉，頁 264）、「西風燕去幾時歸，秋夢芙蓉江上水」（〈玉樓春・
立秋〉，頁 265）……等寫景的語句，都表現出紈紈內心世界的哀怨
與纏綿。這樣深刻淒切的詞筆，蘊含詞人對人生的深刻感受，真不是
一般所謂「為賦新詞強說愁」的無知少年所能道出的，[註97] 清末詞

〔註97〕 「為賦新詞強說愁」語出辛棄疾〈醜奴兒・書博山道中壁〉（少年不
　　　　識愁滋味），唐圭璋編：《全宋詞》冊 3，頁 1920。

評家況周頤言：「吾聽風雨，吾覽江山，常覺風雨江山外有萬不得已者在。此萬不得已者，即詞心也。」〔註98〕紈紈詞的動人處，正是來自那一分在風雨江山之外，蘊藏在詞人靈魂最深處的詞心。

（三）典雅高華的寫作技巧

內蘊的深化和語言風格的雅化是晚明女性詞的重要特色，〔註99〕而自小身受良好文學薰陶的紈紈更是其中的佼佼者，試看其〈菩薩蠻・代閨人春怨〉言：

> 羅巾拭遍傷春淚，夜長香冷人無寐。獨坐小窗前，孤燈照黯然。　　關情雙紫燕，腸斷鴛鴦伴。無奈武陵迷，恨如芳草萋。（頁263）

上片紈紈以長夜香冷與孤燈黯然的意象，營造出少婦空閨獨守的淒涼場景；下片則以「關情雙紫燕」與「腸斷鴛鴦伴」含蓄點出閨人心中的期盼。而這樣的期盼終究是要落空的，因為浪子已如武陵人般沉迷在另一個桃花源裏，教少婦心中之恨恰如春草，更行更遠還生。

這樣的題材雖是傳統，但卻明顯地創造出雅化的語境，用事用典如溶鹽在水而無跡可尋，這是在深厚文化醞釀與家學薰陶中孕育出來的天然韻致，從而表現出不同於小家碧玉的閨秀風範。再如其〈玉蝴蝶・感春之二〉言：

> 天氣困人時節，寒輕暖淺，煙嫋雲流。十里春風消瘦，酒殢花憂。倚橫欄、斷魂難續，問錦帶、春去誰留？鎖閒愁，重門晝永，花落庭幽。　　風流。凝妝挈伴，尋香拾翠，何處堪遊。一片閒情，無端都上兩眉頭。恨庭花、飛成黯黯，隨去蝶、夢冷悠悠。縱休休，韶華易老，好景難酬。（頁269）

上片前三句描繪乍暖還寒，雲霧繚繞的暮春天候，接著則化用杜牧〈贈別〉中「春風十里揚州路，捲上珠簾總不如」〔註100〕與馮延巳〈鵲踏

〔註98〕〔清〕況周頤《蕙風詞話・卷一》，唐圭璋編：《詞話叢編》冊5，頁4411。

〔註99〕鄧紅梅：《女性詞史》，頁182。

〔註100〕〔清〕聖祖御製、王全點校：《全唐詩》冊16，頁5988。

枝〉（庭院深深幾許）中「淚眼問花花不語，亂紅飛過鞦韆去」〔註101〕
的書卷經驗，雖是寫景，但「一切景語，皆是情語也。」〔註102〕在深
深庭院中，人們彷彿看到女詞人禁錮已久的心靈。「問錦帶，春去誰
留？」何嘗不是佳人對自我有限青春年華的悼念？而一個「鎖」字，
更是道出了滿心的抑鬱。下片則寫詞人的憐春惜春之情：想尋香拾翠，
為青春留下些許印記，卻不知該從何處著手？只能任庭花隨去蝶凋
零，徒留無盡凄冷孤單的殘夢長伴佳人。而這日漸凋零的庭花，不正
是詞人自我的寫照嗎？王國維《人間詞話》言：「以我觀物，則物皆著
我之色彩。」〔註103〕細玩全詞，錦帶不語，花落庭幽，正反映了詞人
難言的苦痛，而尋香拾翠與蝶去夢冷，更是烘托詞人終無同情之侶的
悵然若失神態。

　　除情思的綿邈令人咀嚼不盡之外，善用修辭以營造雅致的情韻更
是紈紈詞的一大特色，茲以前詞為例說明，其中句中對即有「寒輕暖
淺」、「煙嫋雲流」、「酒殘花憂」、「花落庭幽」、「尋香拾翠」等五句，
無論名詞、動詞或形容詞，均是字字斟酌，以精巧的文字勾勒出閑雅
的意境。而從「問」錦帶、「鎖」閑愁到「恨」庭花，則是層層深入
地傳達女詞人幽微的心緒。末句以「黯黯」狀庭花殞落，以「悠悠」
寫殘夢凄冷，最後以「休休」傾洩滿心的無奈，並以對比式的工整對
句點出「韶華易老，好景難酬」的主題，讓人在賞玩典雅文字之餘對
獨守空閨，日坐婚姻愁城的紈紈，更有著無限的憐惜。

　　雅致流暢的文辭在紈紈詞中隨處可見，有以簡鍊文字勾勒精美幽
約意象者，如「剪剪輕寒生繡戶，霏霏細雨著庭花。」（〈浣溪沙・春
恨之四〉，頁 259）、「紅淚滴殘清夜月，夢魂長繞淡梨花。」（〈浣溪
沙・春恨之六〉，頁 260）、「秋光瀟灑，正清江收潦，芙蕖寫煩。」（〈百
字令・秋懷〉，頁 271）；有善用轉化修辭使形象生動鮮明者，如「霧

<hr />

〔註101〕　曾昭岷、曹濟平等編：《全唐五代詞》上冊，頁 656。
〔註102〕　王國維《人間詞話・刪稿》，唐圭璋編：《詞話叢編》冊 5，頁 4257。
〔註103〕　王國維《人間詞話》，唐圭璋編：《詞話叢編》冊 5，頁 4239。

濛濛、杏花無語，人寂寂，芳草如羞。」（〈玉蝴蝶・感春其四〉，頁
269）、「檀心一點清香細，對人無語似凝羞，嫣然風韻多流麗。」（〈踏
莎行・秋海棠〉，頁 266），更有融典入詞而不著痕跡者，如「恨攀枝、
渭城客淚，空送別、灞岸歌聲。」（〈玉蝴蝶・詠柳〉，頁 270）、「萋
萋階下草，日日階前遍。」（〈菩薩蠻・感懷之二〉，頁 265）、「蒹葭
一望連天碧，靡蕪消盡傷心色。孤雁正橫空，夕陽更又紅。」（〈菩薩
蠻・秋思〉，頁 265）等，凡此均可看出紈紈文學修養的深厚與文字
駕御能力的不平凡。

四、《愁言》詞的風格：幽怨悱惻

　　一如其詞作的主要內容，紈紈《愁言》詞所呈現的是幽怨悱惻的
基調。因受到家庭文藝氛圍的薰陶，紈紈本即有著多愁善感的心靈，再
加上成年後婚姻生活的不如意，使得她幾乎日日坐困愁城。雖然她也想
藉由皈依佛法的方式，來消解心靈的顫動，但釋家的寂滅之道，和本應
充滿活力的年輕生命畢竟是相對立的。當紈紈從佛經中抬頭，驚然發現
傷痛並未減輕，反而如影隨形般地環繞心頭，她甚至無從知曉這樣的苦
悶從何而來，真實內涵究竟為何？她只好提筆為詞，或直述心情，或將
滿腹愁緒寄情於外在景物，融情入景。無此一來，不但使得她的詞抒情
真摯動人，並且具有幽怨悱惻的總體風格，如其〈踏莎行・暮春之二〉
言：

> 粉絮吹綿，紅英飄綺，又看一度春歸矣。子規啼破夢初醒，
> 憑欄目斷傷千里。　　塵世堪嗟，流光難倚，浮生冉冉知
> 何似？舊遊回首總休題，斷腸只有愁如此。（頁266）

在粉絮吹綿，紅英飄綺的暮春時節，詞人在杜鵑的啼聲中幽然醒來，
步向樓臺憑欄遠望，這落英繽紛的美麗世界，並沒有為詞人帶來任何
喜悅；相對地，縈繞心頭的盡是無奈，她對塵世甚至不再抱有任何憧
憬，也不想回顧過往，故言「浮生冉冉知何似，舊遊回首總休題。」
相形之下，這綺麗的暮春景色是多麼諷刺！這樣沈重無望的文字竟是

出現在二十餘歲的青春之手，著實令人震撼與不解。

　　紈紈試圖在心靈營建皈依之所，爲苦悶的人生尋求解脫。但瑤臺本是無路，短暫的寄託終是夢幻，尤其在西風颯颯的秋夜，獨自面對滿室的孤寂，詞人更是感到無限的徬徨，且看其〈玉蝴蝶・秋思〉所言：

　　惆悵別來歲換，清秋風月，幾度悲傷。極目蒹葭煙水，一片微茫。黯魂飛、閒愁空斷，還悵望、孤悶偏長。對池塘，紅消殘碧，綠怨初長。　　淒涼。蛩吟小院，露寒金井，月遶迴廊。詩酒瀟疏，舊遊新恨最難忘。掩重門、臥殘清畫，理瑤瑟、燒盡爐香。數流光，秋燈閃淡，無限徬徨。（頁270）

紈紈眞誠地刻畫自己在清秋時節，面對坎坷命運的點滴感受：她對人生本是充滿期待的，而現在卻是惘然無所著落，這讓她何適何從呢？只有惆悵與淒涼罷了。全詞既以「空斷」、「偏長」、甚至「無限」等直陳，句句撼動人心；又以蕭瑟冷淡的秋日光景來婉說，從而使得抒情籠上朦朧與纏綿，兩者交互作用，使得全詞充滿哀怨悱惻的色彩。尤其最末句紈紈以閃淡秋燈作爲回憶她流光歲月的背景，具有促使全境逐漸黯淡的效果。紈紈將淒涼的心境外化爲悲涼的詞境，寄情於有意無意之間，情感既得以自然流露，詞意更是耐人尋味，恰如黃又華在《古今詞論》中引毛稚黃詞論所言：「詞家意欲層深，語欲渾成。」〔註104〕

　　紈紈將其滿腹的欷歔抑鬱化爲文字，寄意於外在景物的詞句，在《愁言》詞中更是信手拈來，隨處可見：如「自古多情，偏惹多惆悵。添悽愴，寒宵淡月，一片淒涼況。」（〈點絳唇・早春有感之二〉，頁258）、「羅巾拭遍傷春淚，夜長香冷人無寐。獨坐小窗前，孤燈照黯然。」（〈菩薩蠻・代閨人春怨〉，頁 263）、「對鶯花、滿懷幽怨，臨寶鏡、幾許情柔。空消瘦，月寒錦帳，香冷衣篝。」（〈玉蝴蝶・感春之一〉，頁 269）……等等。這種直訴怨情與委婉寄意交互並陳，使得詞面藝術形象與作者主觀情思交融爲一，從而形成幽怨悱惻的審美情調，即是紈紈《愁言》詞的主體風格。

〔註104〕〔清〕黃又華《古今詞論》，唐圭璋編：《詞話叢編》冊1，頁608。

第三節　葉小紈

一、葉小紈的生平與詞作

　　葉小紈（1613～1655），字蕙綢，吳江（今屬江蘇）人。葉紹袁與沈宜修的次女，曲壇盟主沈璟（1553～1610）孫媳，諸生沈永楨（字翼生，1611～1648）妻。小紈自幼即聰慧端妍，與姊紈紈，妹小鸞在文藝家風的薰陶下均工詩詞，常互相唱和，風雅一時。後姊妹相繼夭殁，小紈在傷痛之餘作《鴛鴦夢》雜劇以寄託哀情。但歷來詞評家只注意到沈宜修、葉紈紈與葉小鸞的詞學成就，[註105] 葉小紈的詞才，幾淹沒於其雜劇《鴛鴦夢》中。舅父沈自徵曾為《鴛鴦夢》作序曰：

> 若夫詞曲一派，最盛於金元，未聞擅能閨秀者。……綢甥獨
> 出俊才，補從來閨秀所未有。……其俊語韻腳，不讓酸齋、
> 夢符諸君，即其下里，尚猶是周憲王金梁橋下之聲。[註106]

葉小紈因懷念姊妹情誼，故在姊妹過世後的四年內，即未滿 24 歲時，即創作了中國女性文學史上第一齣雜劇《鴛鴦夢》，[註107] 舅父並以為有貫酸齋（雲石）、喬夢符之風。這與她自小身受父母濃厚文藝教養的薰陶，與嫁給吳江派曲壇盟主沈璟為孫媳，耳濡目染的環境教育

〔註105〕　如〔清〕王弈清編《歷代詞話》提及葉氏一門能詞，即言道：「吳江葉仲韶之配沈宜修，字宛君。一女名紈紈，字昭齊，有《愁言集》，一女名小鸞，字瓊章，有《返生香集》。……填詞甚富，盡稱令暉、道韞萃於一門，惜乎天靳之以年也。」王弈清《歷代詞話‧卷十》，唐圭璋編：《詞話叢編》冊 2，頁 1320。周銘編《林下詞選》則選小鸞詞達 66 首，並評之曰：「昔黃山谷稱晏小山詞為〈高堂〉、〈洛神〉之流，其下者亦〈桃葉〉、〈團扇〉。今讀《返生香》諸詞，全是〈高堂〉、〈洛神〉，非復〈桃葉〉、〈團扇〉可彷彿也。」趙尊嶽輯：《明詞彙刊》下冊，頁 1612。

〔註106〕　沈自徵〈鴛鴦夢小序〉，收入〔明〕葉紹袁原編、冀勤輯校：《午夢堂集》上冊，頁 387。

〔註107〕　雖然《鴛鴦夢》內無明確的時間記載，但從沈自徵作〈鴛鴦夢小序〉的時間為崇禎九年（1636）可以斷定小紈作《鴛鴦夢》時間至晚不會晚於此時，而小鸞與紈紈亡於崇禎五年（1632），故據此可以判斷《鴛鴦夢》的寫作時間。

應有相當直接的關係。

清順治三年丙戌（1648），小紈夫婿沈永禎過世，家貧無以爲繼，故與孤女沈樹榮依舅母李玉照，僑居呂山橋。〔註108〕葉小紈曾爲詩言「哀雁孤飛煙水迷，渭陽情重一枝棲」、「家園零落休惆悵，繡斷金鍼好挈提」對舅母表達深切的感激之情。〔註109〕

小紈現存詩集爲《存餘草》，乃女婿葉學山在小紈過世後，簡其遺稿所得。後於六弟葉世伀（後更名爲燮，乃清初著名文論家）重編《午夢堂詩鈔》時編入，內容計收有七言古詩 3 首，五言律詩 11 首，七言律詩 10 首，七言絕句 27 首，並無任何詞作。〔註110〕1998 年冀勤重新輯校《午夢堂集》，分別從《眾香詞》、《閨秀詞鈔》與《笠澤詞徵》補得詞作 12 首，另從《松陵詩徵前編》補入五絕 1 首；〔註111〕但其中從《眾香詞》所選的〈蝶戀花・立秋〉（屈指西風秋已到）、〈蝶戀花・詠蘭〉（碧玉裁成瓊作蕊）與〈疏簾淡月・秋夜〉（窗紗欲暮）三詞應是三妹小鸞所作，均收入《返生香》集中，〔註112〕而王昶《明詞綜》與陳廷焯《詞則》所收的〈浣溪沙・爲侍女隨春作〉卻不在冀勤的補遺中，〔註113〕可見冀勤的補輯仍有所缺漏。2004 年出版的《全明詞》則從《笠澤詞徵》、《女子絕妙好詞》與《今詞苑》輯得 15 首詞，〔註114〕2006

〔註108〕據葉紹袁《甲行日注・卷三》言：「沈婿翼生卒，貧無四壁，依沈君庸家，僑居呂山橋，含殮之具，一無所出。」〔明〕葉紹袁原編、冀勤輯校：《午夢堂集》下冊，頁 960。按此時沈君庸（1591～1641）已過世，故知小紈母女依舅母李玉照。

〔註109〕〈歲暮上六舅母李玉照〉，葉小紈《存餘草》，收入〔明〕葉紹袁原編、冀勤輯校：《午夢堂集》下冊，頁 750。

〔註110〕葉小紈《存餘草》，收入〔明〕葉紹袁原編、冀勤輯校：《午夢堂集》下冊，頁 739～758。

〔註111〕冀勤編《午夢堂集・補遺》，收入〔明〕葉紹袁原編、冀勤輯校：《午夢堂集》下冊，頁 771～774。

〔註112〕葉小鸞《返生香》，收入〔明〕葉紹袁原編、冀勤輯校：《午夢堂集》上冊，頁 3455、347。

〔註113〕〔清〕王昶《明詞綜》・卷 11，頁 4；〔清〕陳廷焯《詞則・閑情集卷 2》（上海：上海古籍出版社，1984 年 5 月）下冊，頁 947。

〔註114〕饒宗頤初纂、張璋總纂：《全明詞》冊 5，頁 2255～2257。

年關春燕則言葉小紈現存詞作有十首。〔註 115〕比對此二版本與一說法，發現《全明詞》中所輯的〈浣溪沙·爲侍女隨春作〉、〈菩薩蠻·別妹〉與〈虞美人·秋宮怨〉等 3 首詞是冀勤補遺所闕漏的，但輯校本《午夢堂集》與《全明詞》二者均誤收小鸞的〈蝶戀花·立秋〉（屈指西風秋已到）、〈蝶戀花·詠蘭〉（碧玉裁成瓊作蕊）與〈疏簾淡月·秋夜〉（窗紗欲暮）3 詞；而關春燕則因只依據李眞瑜之說進行考察，未參考《全明詞》，雖又補充了〈臨江仙·經東園故居〉1 詞，但仍遺漏了原本收入《今詞苑》的〈菩薩蠻·別妹〉、〈虞美人·秋宮苑〉2 詞，故小紈現存詞作應爲 12 首。

據葉變〈存餘草述略〉言：「因簡其遺稿，有詩若干首，自題曰《存餘草》，蓋其生平所存僅二十分之一。」（《午夢堂集》下冊，頁 743），《吳江縣志》亦言小紈「詩極多，晚歲汰存二十分之一，名曰《存餘草》。」（收入《午夢堂集·附錄》下冊，頁 1086）雖然《存餘草》內並沒有收任何詞作，但可推想小紈詞作的情況必亦是如此。

關於葉小紈的文學才華，除前述論者對其所著雜劇《鴛鴦夢》的推崇之外，《吳江縣志》卷 34〈文學〉篇並以爲其「情辭黯淡，過于姊妹二人。」（收入《午夢堂集·附錄》下冊，頁 1086），史籍亦多言紹袁與宜修之三女（按即指紈紈、小紈與小鸞）俱能詩文。〔註 116〕但歷來對小紈作品的討論多爲《鴛鴦夢》，〔註 117〕少有論及其詩詞創

〔註 115〕 關春燕〈葉小紈生平及作品小考〉，《江南大學學報》（人文社會科學版）第 5 卷第 3 期（2006 年 6 月），頁 53～54。

〔註 116〕 如〔清〕錢謙益《列朝詩集小傳·沈氏宛君》稱：「生三女：長曰紈紈，次曰蕙綢，幼曰小鸞。皆人也。……宛君與三女相與題花賦草，鏤月裁雲。中庭之詠，不遜謝家；嬌女之篇，有逾左氏。」參見氏著：《列朝詩集小傳》下冊，頁 753。《眾香詞》言：「沈宜修字宛君，吳江人。明憲副懋所公女，水部葉仲韶室。三女俱能詞。」收入〔明〕葉紹袁原編、冀勤輯校：《午夢堂集·附錄》下冊，頁 1086。

〔註 117〕 因葉小紈《鴛鴦夢》是我國文學史上第一齣由女性所創作的雜劇，故歷來即受到學界熱切的關注與不同角度的探討。以近年來的相關之論述爲例，即有劉召明〈鴛鴦驚散，人琴痛深──葉小紈《鴛鴦夢》賞析〉，《文史知識》，2008 年第 1 期，頁 46～50；陳雪〈人世

作者。或有注意到小紈的詞學成就，但卻未能深入探討。〔註118〕

　　為使小紈的填詞才能不被湮沒於《鴛鴦夢》的熱潮與歷史的塵埃之中，筆者擬以《全明詞》冊5中所收得的小紈詞作，並去其誤收者為研究範圍，分別從內容、形式技巧與風格特色來深入探討葉小紈的詞作，除據此以印證史籍所言是否真確之外，亦希望能為小紈詞作析得客觀的意義與價值。為免繁瑣，僅在所引詞作之後註明頁碼，不另外註明出處。

二、葉小紈詞的內容

　　因小鸞晚歲的自汰作品，故現僅存12首吉光片羽之詞作。在現存作品中，常見於閨秀詞作的節令風物題詠詞只有2首，〔註119〕其中〈菩薩蠻‧暮春‧迴文〉一詞又是以表現寫作技巧為主的迴文詞，故此類題材將併入形式技巧討論之。來自文藝之家的小紈，詞作中自有與家人的寄贈唱和之作；而姊妹與家庭的不幸，讓小紈終身抑鬱寡歡，竟以憂卒焉。〔註120〕故在詞作中亦可看出她對滄桑人世的追悼。

（一）文藝之家的寄贈唱和

　　誠如〈蘇州府志文苑傳〉中所言：

<hr>

　　　　不稱意，多向夢中求——論葉小紈《鴛鴦夢》的主題傾向與藝術特
　　　　色〉，《古代戲曲研究叢刊》第三輯，2005年，頁274～279；華瑋
　　　　〈姊妹情誼的悼念追思與性別轉換的模糊意識——葉小紈的雜劇
　　　　《鴛鴦夢》〉，收入氏著：《明清婦女之戲曲創作與批評》（臺北：中
　　　　央研究院中國文哲研究所，2004年12月），頁102～109。

〔註118〕　如張仲謀言：「其存詞雖少，卻多可讀之作。……小紈存詞雖少，
　　　　而工力甚深。若以其存詞少而略之不顧，是不應該的。」但張氏在
　　　　書中僅以2頁左右的篇幅，並舉〈浣溪沙‧為侍女隨春作〉、〈臨江
　　　　仙‧經東園故居〉、〈水龍吟‧秋思和母韻〉三詞為例簡述之。詳參
　　　　氏著：《明詞史》，頁256～258。

〔註119〕　此2首詞名為〈浣溪沙‧新月〉與〈菩薩蠻‧暮春‧迴文〉。

〔註120〕　此從葉燮〈午夢堂詩鈔述略〉言：「余伯仲季三姊氏，自幼閨中相
　　　　倡和，迨伯季兩姊氏早亡，仲姊終身如失左右手，且頻年哭母、哭
　　　　諸弟，無日不鬱鬱悲傷，竟以憂卒焉。」可知。收入〔明〕葉紹袁
　　　　原編、冀勤輯校：《午夢堂集‧附錄》下冊，頁1093。

> 葉紹袁字仲韶，吳江人。父重第，進士，仕至貴州僉事。
> 紹袁少有藻思，工詩賦。天啓五年舉進士，選南京武學教
> 授，遷國子助教、虞衡主事。念母在家，又不耐吏職，遂
> 乞終養歸。居汾湖之濱，與妻子沈宜修䳍水邀親歡。宜修
> 字宛君，副使珫女。工詩。五子三女，並有文藻，一門之
> 中，更相倡和以自娛。（《午夢堂集・附錄》下冊，頁 906）

紹袁與宜修所組成的文藝家庭，雖因大家長葉紹袁的耿介不阿，絕意仕
進，亦不善治生，致使家道日益中衰，經濟生活日漸困窘，〔註 121〕但
他們仍然安貧樂道，日夕以吟詠賦詩爲樂。葉紹袁在其《葉天寥自撰年
譜》中即曾言：「（崇禎四年辛未），四十三歲。……八月，倣李滄溟〈秋
日村居〉詩八首，即其原韻，宛君和之。三女昭齊、蕙綢、瓊章、暨長
兒世佺，俱屬和焉。……皆麗語、雅語、奇語也。一家之內，有婦及子
女如此，福固亦難享矣。」（《午夢堂集・附錄》下冊，頁 846～847）

在葉小紈詞作中，亦可見文藝家庭的寄贈或唱和之作。先以〈水
龍吟・秋思，和母韻〉爲例說明之：

> 西風一夜涼生，小院秋色還依舊。井梧聲碎，驚回殘夢，
> 鴉啼衰柳。竹粉美消，荷香初散，韶光難又。看階前細草，
> 凝愁凝怨，無語懨懨低首。　　幽徑湖山徙倚，〔註122〕雨
> 方收、苔痕如繡。萍蕪飄盡，曲池清淺，照人眉皺。野寺

〔註121〕 此從紹袁六子葉世佺（1627～1703，後更名葉燮）〈西華阡表〉言
「府君幼孤，外侮疊至，備歷艱阻，勤學自奮以成立。天啓甲子舉
於鄉，明年乙丑成進士。時大學士秉謙爲魏璫私人，遣人招府君苟
來謁，庶常可得，府君辭絕之，笟仕改授教職，陞工部虞衡司主事。
一年，以馮太宜人春秋高，陳情歸終養。府君在朝日淺，且位散寮
趣官守清苦，自矢嚴一介之取。既歸，益甘澹泊，視榮利若浼己。
太宜人卒，終喪，遂絕意仕進，家居杜門，一榻書卷，蕭然生平，
口不言錢，手未嘗一持鍰，如畏執熱，性嗜儉約，常食疏，間日一
肉，裏衣必以布，無寸絲，自幼至居官不易也。」可知。〔明〕葉
紹袁原編、冀勤輯校：《午夢堂集・附錄》下冊，頁 1083。
〔註122〕 「徙倚」一詞《全明詞》本作「徒倚」，今據冀勤輯校之《午夢堂
集・補遺》改之。〔明〕葉紹袁原編、冀勤輯校：《午夢堂集遺》
下冊，頁 774。

疏鐘，長江殘月，去年時候。謾追思、付與東流，聽取夕
陽蟬奏。（頁 2256）

從詞題可知此詞乃爲和母韻而作，翻閱母親沈宜修《鸝吹》詞，〔註
123〕果見〈水龍吟〉（西風昨夜吹來）與（砧聲敲動千門）」兩首，且
前有序曰：「丁卯（按即 1627 年，時宜修 38 歲），余隨宦冶城，諸兄
弟應秋試，俱得相晤。後仲韶遷北，獨赴燕中。余幽居忽忽，悅焉三
載，賦此志慨。」（《午夢堂集》上冊，頁 187）故可知宜修〈水龍吟〉
所述乃是在西風驟起，萬戶擣衣聲響的秋夜裏，對隻身赴燕爲官的夫
婿不盡的思念。在看過母親對父親的款款深情後，姐妹們亦深受感
動，皆有和韻之作，大姐紈紈題爲「次母韻早秋感舊，同兩妹作」，
有兩首，（《午夢堂集》上冊，頁 271），三妹小鸞亦有兩首，題爲「秋
思。次母憶舊之作，時父在都門。」（《午夢堂集》上冊，頁 347～348），
小紈則是此作。

　　從母親的序中可知此和母之作，主要表達的是對遠行父親的思
念。上片重在寫小院秋色，在井桐、鴉啼、衰柳等清秋之景的烘托下，
凄冷之情已悄然而生。果然女主人翁低頭看階前細草，亦是凝愁帶
怨，低首慊然無語。下片則放眼遠處湖山，在秋雨初霽的黃昏時分，
美麗景色依然如舊。小紈將她對父親的懷念，有請秋蟬爲證，盡隨野
寺疏鐘，付與長江殘月之中。全詞用筆精鍊，寓情於景，雖不明言相
思，但深情已在清麗之景的描繪中。

　　再看其〈浣溪沙・贈女婢隨春〉言：
孃孃隨風通體輕。臨風無語暗傷情。疑來洛浦不分明。
　　慣把白團兜粉蝶，戲將紅豆彈流鶯。見人故意反生嗔。
　　（頁 2256）

隨春是母親沈宜修隨身的女婢，姊妹閨中閑來無事，見其嬌媚可愛，
竟興起以〈浣溪沙〉爲調，隨春爲題，填詞一較高下的念頭。檢閱大

〔註123〕沈宜修《鸝吹》詞，收入〔明〕葉紹袁原編、冀勤輯校：《午夢堂
集》上冊，頁 145～190。

姊紈紈《愁言》詞中有兩闋〈浣溪沙〉（楊柳風初縷縷輕）、（翠黛輕描桂葉新），分題為「同兩妹戲贈婢隨春」與「前闋與妹同韻。以未盡，更作再贈。」（《午夢堂集》上冊，頁 263），而小鸞之作亦收入《返生香》詞中，題為「同兩姊戲贈母婢隨春」（欲比飛花態更輕）。（《午夢堂集》上冊，頁 329～330），小紈之作則如前述，將隨春少女的娉婷姿態與嬌俏行止，由外而內，進行細膩的描繪。

從這些唱和寄贈之作中，可窺得午夢堂家庭生活的樂趣，無事、無物不可賦，錢謙益《列朝詩集小傳》所言「宛君與三女相與題花賦草，鏤月裁雲。中庭之詠，不遜謝家；嬌女之篇，有逾左氏。」的記載，〔註124〕誠不虛妄。

（二）滄桑人世的追悼

宜修與紹袁的婚姻雖為當世所稱羨，〔註125〕但由於沈葉兩族世代通婚，致使他們的子孫大多具有遺傳上的缺陷，或是早夭，或是留下體質過於單薄的特點。〔註126〕崇禎 5 年（1632），三女小鸞臨嫁而卒，三個月內長女紈紈返家哭妹又成徂謝，3 年後（1635）次子世偁卒，得年 18，同年紹袁之母馮太宜人因愛孫過世，悲痛而亡，八子世儴亦亡於 5 歲，妻子沈宜修因不堪子女、婆婆接連亡故，憂傷憔悴，終亦撒手人寰，〔註127〕獨留惝恍茫然的大家長葉紹袁與二女小紈、長子世佺與其他均未成年的子女。

當家族遭遇一連串重大變故時，不過 23 歲的小紈是除父親之外

〔註124〕 〔清〕錢謙益《列朝詩集小傳・沈氏宛君》，收入氏著：《列朝詩集小傳》下冊，頁 753。

〔註125〕 如〔清〕錢謙益《列朝詩集小傳・沈氏宛君》載曰：「仲韶少而韶令，有衛洗馬、潘散騎之目。宛君十六來歸，璚枝玉樹，交相映帶，吳中人豔稱之。」見氏著《列朝詩集小傳》下冊，頁 753。

〔註126〕 鄧紅梅：《女性詞史》，頁 184。

〔註127〕 關於午夢堂家族的變故，大家長葉紹袁在其《葉天寮自撰年譜》中詳盡的說明。〔明〕葉紹袁原編、冀勤輯校：《午夢堂集》下冊，頁 848～851。

最年長的家庭成員，回顧往昔和樂的家庭生活，已嫁爲曲壇盟主沈璟孫媳的小紈自是悲不可抑──〔註128〕「迨伯季兩姊氏早亡，仲姊終其身，如失左右手，且頻年哭母、哭諸弟，無日不鬱鬱悲傷，竟以憂卒焉。」〔註129〕在她僅存的十餘首詞作中，亦可看到她對滄桑人世的悼念之作，且看其〈踏莎行‧過芳雪軒憶昭齊先姊〉云：

> 芳草雨乾，垂楊煙結。鵑聲又過清明節。空梁燕子不歸來，梨花零落如殘雪。　　春事闌珊，春愁重疊。篆煙一縷銷金鴨。憑闌寂寂對東風，十年離恨和天說。（頁2256）

芳雪軒是大姊紈紈于歸後的住處，〔註130〕小紈在大姊過世後十年的清明節經過此處，追憶往事，當是百感交集，於是賦下了這首詞。上片主要是寫景，以「芳草」、「垂楊」與「杜鵑」等特別能代表暮春時節的景物入詞，並直接道以「清明」這一歲時節令，以寄寓「悼亡」的內蘊：早該是燕子歸來的時節，可是卻不見燕影，莫非因主人的亡逝，讓善體人意的燕子不忍觸景生情，所以乾脆不再回來；而屋前的梨花年年自開自謝，又到了梨花飄落如雪的賞花季節，但當時那個憐花愛花，惜花吟花的可人兒，如今又在何處呢？在寫景中，已隱含深沉的感傷。

　　下片由景達情，以「春事闌珊」貫通上下，接以「春愁重疊」，則詞人身影立即浮現眼前：一個愁容滿面的嬌弱女子，獨自來到芳雪軒前，焚香點燭祭拜先姊芳魂。看著縷縷輕煙冉冉迴繞在物是人非的屋內，其中所承載的悲傷已是不言可喻。默哀完畢，小紈孤寂地轉身

〔註128〕　從葉紹袁《葉天寮自撰年譜‧崇禎3年庚午》言：「次女蕙綢，初歌蘩寔。」可知小紈在年17歲時于歸。〔明〕葉紹袁原編、冀勤輯校：《午夢堂集》下冊，頁846。

〔註129〕　葉燮〈存餘草述略〉，〔明〕葉紹袁原編、冀勤輯校：《午夢堂集》下冊，頁743。

〔註130〕　葉紈紈〈梨花〉詩前有序曰：「家有舊室，敝甚，余稍修葺之，求一齋名於老父，父曰：『汝庭外梨花數樹，今如此者幹蒼枝，皆汝太翁手植也。我昔與汝翁嚼花醉月其下，今杳不可得矣。王融〈梨花〉詩有『芳春照流雪』之句，可名「芳雪軒」。』故可知「芳雪軒」乃紈紈居室名。〔明〕葉紹袁原編、冀勤輯校：《午夢堂集》上冊，頁245。

憑欄，想到姊妹天人永隔已十載，十年來家庭遭遇諸多不幸，昔日姊妹聯吟，家人共樂的歡愉場景已不復可得，滿腹的辛酸不知要向誰訴說，只能無語問蒼天。如此的詞作，情感眞摯動人，透過文字連繫到吳江午夢堂葉氏姊妹美麗卻奇慘的人生，令讀之者均爲之動容。

再看其寄調〈浣溪沙〉的「春日憶家」言道：

剪剪春寒逼絳綃。幾番風雨送花朝。黃昏時節轉無聊。

夢裏家鄉和夢遠，愁中尺素與愁消。夢魂書信兩難招。

（頁 2255）

雖然從詞作中看不出寫作的時間，但從篇末的「夢魂書信兩難招」可知此時小紈必已出閣。在料峭春寒的天候裏，鎮日看著窗外的風雨和落花，到了黃昏，詞人不免覺得無聊，但卻不知要如何排遣這分寂寥。

在眾多家人均與世長辭之後，小紈雖多活了二十餘年，但卻因家庭的不幸而抑鬱終身，〔註 131〕前引〈浣溪沙・春日憶家〉足資證明。

三、葉小紈詞的形式技巧：情景相稱，長於修辭

因葉紹袁與沈宜修對子女的教育極爲重視，自小即奠定深厚的寫作基礎。小紈後嫁入同爲文藝世家的吳江曲壇盟主沈璟家族，雖然生活貧苦，〔註 132〕但在環境的薰陶與不幸遭遇的交互影響下，其詞作在形式技巧上亦有情景相稱，長於修辭的可觀之處。

清代詞論家馮煦曾將秦觀與晏幾道並提，稱其爲「眞古之傷心人

〔註131〕 此在六弟葉燮〈存餘草述略〉中有詳盡的敘明：「仲姊蕙綢，歸于沈。其沒也，後我母二十餘年。然余伯仲季三姊氏，自幼閨中相唱和。迨伯季兩姊氏早亡，仲姊如失左右手，且頻年哭母、哭諸弟，無日不鬱鬱悲傷，竟以憂卒焉。」〔明〕葉紹袁原編、冀勤輯校：《午夢堂集》下冊，頁 743。

〔註132〕 此從葉紹袁《葉天寥自撰年譜・崇禎 4 年辛未》言：「蕙綢隨夫邊居江干，貧不可言。」之記載可知。〔明〕葉紹袁原編、冀勤輯校：《午夢堂集》下冊，頁 874。

也」，並以爲「其淡語皆有味，淺語皆有致。」〔註133〕楊海明則認爲晏幾道的傷心主要是個人的貧窮和愛情的悲劇；秦觀的傷心則含有政治厄運的打擊。〔註134〕細審葉小紈的一生，雖僅是一位閨中女子，卻同時遭遇家庭零落與朝代更迭的悲劇，終身在抑鬱寡歡中度過，故稱其爲「傷心人」應不爲過。在其詞作中，時時可見她對滄桑人世的追悼。而在情眞意切的前提下，會覺「一切景語皆情語」，〔註135〕不僅情景相稱，修辭技巧更在其中展露無遺。且以〈臨江仙‧經東園故居〉爲例說明之：

> 舊日園林殘夢裏，空庭閒步徘徊。雨乾新綠遍蒼苔。落花驚鳥去，飛絮滾愁來。　　探得春回春已暮，枝頭纍纍青梅。年光一瞬最堪哀。浮雲隨逝水，殘照上荒臺。（頁2257）

在家人相繼亡故的情況下，昔日「菽水邀親歡，閨門之內，歌詠以爲樂。」的情景本已不復可得，〔註136〕而弘光元年（1645）清兵南下，葉紹袁在國愁家恨的夾擊下，率子東行至杭州爲僧，〔註137〕「中原陸沈，蹄跡交錯，國亡家破，披緇入山，身世之悲，殆無倫已。」〔註138〕小紈此詞題爲「經東園故居」，想必是在出嫁後隨夫漂泊十餘年，重返已成寥落蕭索的故園，有感而發而作。〔註139〕

〔註133〕〔清〕馮煦《蒿庵論詞》，唐圭璋編：《詞話叢編》冊4，頁3587。

〔註134〕楊海明：《唐宋詞史》（天津：天津古籍出版社，1998年12月），頁376。

〔註135〕王國維《人間詞話》語，唐圭璋編：《詞話叢編》冊5，頁4257。

〔註136〕《吳江縣志‧節義》卷31，收入〔明〕葉紹袁原編、冀勤輯校：《午夢堂集‧附錄》下冊，頁1085。

〔註137〕葉紹袁《葉天寥自撰年譜‧弘光元年乙酉》言：「二十日，吳日生大敗於梅家柵，敵遂紛紛下，薙髮之令如束溼薪，余於二十五日率諸子行，遯爲僧矣。」〔明〕葉紹袁原編、冀勤輯校：《午夢堂集‧附錄》下冊，頁872。

〔註138〕陳去病〈歌泣集〉，收入〔明〕葉紹袁原編、冀勤輯校：《午夢堂集‧附錄》下冊，頁908。

〔註139〕據葉紹袁同邑陳去病〈歌泣集〉所言：「天寥家本殷裕，有池亭竹石之勝，又閨門之內悉工詞翰，下迨臧獲，莫不俊雅。故當無事之日，左對孺人，右弄稚子，此倡彼和，備極風流。」可略知葉家庭

　　開篇兩句溝通思念與重見：魂牽夢縈的舊日庭園，如今竟能在此閑步徘徊，教小紈如何不百感交集？映入眼前的景象是遍地的蒼苔，可證明已許久沒有人居住。女詞人觸景生情，悲傷與惆悵頓時齊湧心頭。「落花驚鳥去，飛絮滾愁來」不但對偶工整，且形象化了故居的空寂帶給自己的深沈悲痛，恰似杜甫〈春望〉所言：「感時花濺淚，恨別鳥驚心」，〔註140〕而「花鳥平時可娛之物，見之而泣，聞之而悲，則時可知矣。」〔註141〕寫落花、鳥語與飛絮，更添詞人的淒楚之情。

　　再看詞的下片，詞人途經故居，本想「探得春回」，即與家人重逢，重覓舊時閨中的記憶，不料所探得的竟是「春已暮」，不但故園已是景物、人事皆非，自己亦已是嬌女之母。〔註142〕「探得春回春已暮，枝頭纍纍青梅」既是狀眼前之景，亦是喻己之情，不僅景象愈形鮮明，情感亦更深邃含蓄。就在詞人感慨時光如逝水般的流逝時，夕陽已悄悄地照上荒蕪的高臺。在空庭獨自徘徊，直至殘照上荒臺，才使詞人不忍離去，這是何等的眷戀。小紈將今昔的滄桑寓於所寫的景物之中，委婉地抒發她真摯的情懷，頗能引起讀者懷舊之情的共鳴。《中國詞學大辭典》稱本詞為「傳世佳作，《瑤華集》、《閨秀詞鈔》、《詞雅》均選入。」〔註143〕可見其在歷代選家心目中的分量。

　　另外在小紈存量不多的詞作中尚有〈菩薩蠻・暮春・迴文〉一詞，亦可作為其善於駕馭文字的證明：

　　　柳絲迷碧凝煙瘦。瘦煙凝碧迷絲柳。春暮屬愁人。人愁屬

　　　園的風貌。〔明〕葉紹袁原編、冀勤輯校：《午夢堂集・附錄》下冊，頁910。

〔註140〕　杜甫〈春望〉，〔清〕聖祖御製、王全點校：《全唐詩》卷224，冊7，頁2404。

〔註141〕　〔宋〕司馬光《溫公續詩話》，〔清〕何文煥輯：《歷代詩話》上冊278。

〔註142〕　據陳去病〈五石脂〉言：「小紈有女素嘉名樹榮，適天家長孫學山，才慧如其母。」〔明〕葉紹袁原編、冀勤輯校：《午夢堂集・附錄》下冊，頁913。

〔註143〕　馬興榮、吳熊和等編：《中國詞學大辭典》，頁179。

　　　　暮春。　　　雨晴飛舞絮。絮舞飛晴雨。腸斷欲昏黃。黃昏
欲斷腸。（頁 2255）

一如蘇軾所創的迴文詞，葉小紈的迴文詞亦是以兩句爲一組迴文構成，
〔註 144〕敘寫其在暮春時節的所見所感。雖是常見的閨怨題材，卻是情
景相稱，長於修辭的佳篇，閨女在細雨乍歇、煙柳迷碧的暮春黃昏裏，
感傷莫名的形象躍然呈現眼前，尤其「瘦」、「飛」等動詞的運用，不但
活化了暮春的景象，亦是融情於景的關鍵。值得提出的是在母親《鸝吹》
詞中亦見七首以〈菩薩蠻〉爲調，分題爲「春閨」與「送仲韶北上」的
迴文詞，〔註 145〕雖不能證明是否爲小紈學母親而作，卻是紹袁與宜修
「其女甥四人，惟季襁褓，孟曰昭齊，仲曰蕙綢，叔曰瓊章，皆美慧英
才，幽閒貞淑。居恆賡和篇章，閨範頓成學圃。」的有力證明。〔註 146〕

　　再如〈浣溪沙·新月〉言：

　　　纖影黃昏到小樓。弱雲扶住柳梢頭。捲簾依約見銀鈎。

　　　　　　妝鏡試開微露匣，蛾眉學畫半含愁。清光先自映波流。

　　（頁 2255）

上片寫新月初升時分，閨女捲簾所見月上柳梢頭的景象；下片則寫在
月華掩映下的閨中人，或因觸景生情，或因多愁善感，竟在妝鏡前獨
自含愁。雖題爲新月，但卻藉若隱若現的新月，抒發一己難以明言的
幽微情緒，恰符合詞體「要眇宜修」的文體特質，〔註 147〕亦明顯表

〔註 144〕　據黃文吉所言：「迴文詩的起源甚早，從晉到宋，即有不少作家從
　　　　　事迴文詩的創作。宋代的大詩人王安石、蘇軾、黃庭堅等都有迴文
　　　　　詩。而蘇軾是第一位將迴文引入詞體的詞人，曾以〈菩薩蠻〉填製
　　　　　了七首迴文詞。……蘇軾首創的迴文詞，是以兩句爲一組構成。」
　　　　　詳參氏著《北宋十大詞家研究》，頁 226。

〔註 145〕　沈宜修的〈菩薩蠻·春閨迴文〉有 3 首，〈菩薩蠻·送仲韶北上迴
　　　　　文〉有 4 首，見〔明〕葉紹袁原編、冀勤輯校：《午夢堂集》上冊，
　　　　　頁 157〜159。

〔註 146〕　沈大榮〈葉夫人遺集序〉，〔明〕葉紹袁原編、冀勤輯校：《午夢堂
　　　　　集》上冊，頁 22。

〔註 147〕　王國維在《人間詞話·刪稿》中對詞體的特殊性曾有過相當經典的
　　　　　論述，其言曰：「詞之爲體，要眇宜修。能言詩之所不能言，而不
　　　　　能盡言詩之所能言。詩之境闊，詞之言長。」唐圭璋編：《詞話叢

現傳統女性以睿敏的思緒身處閨閣之中,常能細加體察週遭景物的些微變化,從而借具體可感的輕約意象,來映照或寄寓內心難以名狀的抽象情緒的寫作特質。〔註148〕

詞人以她對週遭景物纖敏的感受力,並輔以自己的生活經驗,敘寫黃昏初升的新月。擬人化的「纖影」與動詞「扶住」的運用,已使銀鉤閃耀柳梢雲影間的動人畫面映入眼簾。接著場景一轉,轉到正開妝鏡,月眉初畫的閨中少女,使得天上人間兩相輝映,優美的韻致已在不言之中。小紈詞作的情景相稱與注重修辭,在此又得到充分的證明。

四、葉小紈詞作的風格:細膩幽婉

小紈在人生的末期,於病中檢閱自己的創作,並將所存交付孤女,有詩可以為證,其〈病中檢雜稿付素嘉女〉言:

> 傷離哭死貧兼病,寫盡淒涼二十年。付汝將歸供灑淚,莫
> 留閨秀姓名傳。〔註149〕

從「傷離哭死貧兼病,寫盡淒涼二十年」可以想見其創作的總體內容與風格。細究小紈詞作,雖因身世遭遇而使詞情較為黯淡,但從整體言之,因其擅長融情於景並注重修辭,故呈現細膩婉約的特質。且以其〈踏莎行·暮春感舊〉為例說明之:

> 萱草緣階,桐花垂戶。陰陰綠映清涼宇。輕風搖曳繡簾斜,
> 畫屏難掩愁來路。　　世事浮雲,人情飛絮,慣慣愁緒絲
> 千縷。無聊常自鎖窗紗,嬌鶯百囀知何處。(頁2256)

雖然所敘的是常見的佳人傷春情懷,但小紈卻在開篇與過片巧用整齊的對句,使寫景與抒情產生強烈的對比。上片寫的是「萱草緣階,桐花垂戶」的暮春佳景,下片所敘的卻是對世事變幻如浮雲,人情飄零

編》冊5,頁4258。

〔註148〕 關於女性詞在寫作取材上的特色,鄧紅梅有詳盡的論述。參見氏著:《女性詞史》,頁5~6。

〔註149〕 葉小紈《存餘草》,收入〔明〕葉紹袁原編、冀勤輯校:《午夢堂集》下冊,頁757。

如飛絮的深深感傷。在「陰陰綠映清涼宇，輕風搖曳繡簾斜」的怡人
景致中，感受到的卻是憮然無聊的愁緒。一個「絲」字，既是愁緒的
具體化，亦雙關「思」，即是對過往凋零人事的不盡哀思。任憑窗外
嬌鶯啼囀，詞人只得將自己深鎖在閨閣之中。一熱鬧，一孤寂，更反
襯出小紈憂傷心境與繁華春景的格格不入。一如秦觀之作，小紈亦將
身世之感融入詞作之中，自能以景現情，即使「情景交煉，得言外意」
〔註150〕含蓄蘊藉的詞境，於是生焉。

　　即使是應酬的寄贈之作，亦可看出小紈在遣詞用字的別出心裁，
且舉下列二詞爲例說明之：

　　　鬢薄金釵半彈輕。佯羞微笑隱湘屛。嫩紅染面太多情。

　　　　　長怨曲闌看鬥鴨，慣嗔南陌聽啼鶯。月明簾下理瑤箏。

　　〈〈浣溪沙・爲侍女隨春作〉，頁2256〉

　　　燈前半載消魂酒。明朝又欲重回首。月冷黛痕低。庭花向
　　　晚迷。　　薰風分入面。帶得春倦。歸夢落霞邊。湖光蕩
　　　漾天。〈〈菩薩蠻・別妹〉，頁2257〉

前詞以侍女隨春爲題，上片狀其容態，下片描其動作。雖然沒有深刻
的內涵，但一個盈盈粉面，嬌嗔多情的青春少女已躍然如現眼前。如
前所述，隨春是母親宜修的侍女，宜修與姊妹們均有以〈浣溪沙〉爲
調的詠人之作，但王昶《明詞綜》獨選母親與小紈之作，〔註151〕陳
廷焯《詞則》則爲此詞眉批曰：「嬌態可想」，〔註152〕的確，隨著小
紈的詞筆，隨春楚楚動人的模樣已在眼簾浮現。能爲《明詞綜》與《詞
則》所收，亦是小紈詞才爲詞評家所肯定的證明。

　　後詞除開篇兩句外，雖句句寫景，卻句句含情，除符合詞家以景
寓情的寫作規範外，〔註153〕小紈與妹妹分離時的深情與幽怨亦在此

〔註150〕〔宋〕張炎《詞源》評秦觀〈八六子〉（倚危亭）語，唐圭璋編：《詞
　　　　話叢編》冊1，頁264。
〔註151〕〔清〕王昶《明詞綜》卷11，頁4。
〔註152〕〔清〕陳廷焯《詞則・閒情集》卷2，下冊，頁947。
〔註153〕王國維《人間詞話・刪稿》言：「詞家多以景寓情。」唐圭璋編：《詞

展露無遺，尤其末句的「歸夢落霞邊。湖光蕩漾天。」將滿腔的不捨寄諸天地之間，雖不明言離愁，但姊妹情深已著實撼動人心。

　　張炎《詞源》論令曲曾言：「詞之難於令曲，如詩之難於絕句，不過十數句，一句一字閒不得。末句最當留意，有有餘不盡之意始佳。」〔註154〕細玩小紈令曲，存量雖不多，但幾乎皆有不盡之意耐人細細品味，此亦是小紈長於令曲之證明。

　　再有〈虞美人・秋宮怨〉一詞，亦是巧妙地將數字鑲嵌入詞作，且切合題意的詠史佳篇，試分析如下：

　　　　一簾秋色供憔悴。畫靜人無二。玉蚪清漏又三更。四望昭
　　陽何處五雲橫。　　六銖衣薄寒生早。七月砧先搗。眉顰
　　八字鏡中羞。最是九秋蕭瑟十分愁。（頁2257）

隨著數字的增加，情感的分量也隨之加劇，結以「最是九秋蕭瑟十分愁」，則哀怨的深宮怨婦形象已栩栩然呈現眼前。既善用典故，〔註155〕又講究用字遣詞，雖是詠史之作，但亦呈現小紈詞作一貫的黯淡幽婉風格。

　　因自小所受的文藝薰陶與淵源家學，使小紈在文學上本即有其相當程度的素養，善於將所思所感，透過各種寫作技巧加以表述，從而展現其不凡的駕馭文字能力。雖然現存詞作僅12首，且能包含較多寫作技巧的長調僅有1首，卻是首首可觀，不論小令或長調皆符合詞體「文小、質輕、徑狹、境隱」的寫作範式。〔註156〕且因人生際遇的坎坷，

　　　　話叢編》冊5，頁4257。
〔註154〕〔宋〕張炎《詞源》，唐圭璋編：《詞話叢編》冊1，頁265。
〔註155〕如四望昭陽乃用東漢趙飛燕姊妹居「昭陽殿」之典故，王昌齡〈長信秋詞〉之三言：「奉帚平明金殿開，且將團扇暫裴回。玉顏不及寒鴉色，猶帶昭陽日影來。」；「六銖衣」則為佛家語，指極輕極薄的衣服。如韋莊〈送福州王先輩南歸〉言：「八韻賦吟梁苑雪，六銖衣惹杏園風。」分見〔清〕聖祖御製、王全點校：《全唐詩》卷143，冊4，頁1445；卷689，冊20，頁8030。
〔註156〕關於詞體之特質，繆鉞在〈詞之體性〉有詳盡的說明。詳參方智範、方笑一編選：《詞林展步》（南昌：江西教育出版社，1999年1月），頁382～388。

使其部分詞作在黯淡幽婉的基調上亦注入身世之感。先看其小令〈蝶戀花〉云：

> 楊柳迎風絲萬縷。霧鎖煙橫，遮斷春歸路。最是遣人魂黯佇。斜陽弄影紗窗暮。　　銷盡年華今又古。一餉無情，怪底愁難吐。簾捲簾垂憑燕度。偏他不把花朝誤。(頁2256)

一如小紈詞作的基調，本詞的色澤亦是黯淡的。上片寫景中的一「鎖」、一「斷」、一「黯」字，已深刻表現出她在暮春黃昏時刻舉目蒼茫，六神無主的心情。果然下片直接道出對年華消逝的無奈：能怪時光無情嗎？看簾外燕兒飛去又飛來，總不會誤了花期，而自己呢？竟日在深閨內空自長嘆，卻錯過了最美的賞花時節。

　　表面看來，這是一首以傷春為題材的閨怨詞，但若與小紈的身世聯繫在一起，會覺得詞人的傷春之嘆，莫非即是對姊妹們在青春年華即香消玉殞，家族在與世無爭，共享天倫的和樂中卻逐漸凋零的未亡人之嘆？

　　表面上看似寫傷春的閨怨，實際上卻注入了身世遭逢的人生感觸，這是小紈詞作的耐人尋味之處，亦使其作品展現出高於閨閣香奩的厚重情致。

　　其他注入身世之感更明顯的例子，如前引的〈踏莎行·過芳雪軒憶昭齊先姊〉、〈臨江仙·經東園故居〉等均是情韻兼勝的作品，且看「空梁燕子不歸來，梨花零落如殘雪」、「憑欄寂寂對東風，十年離恨和天說」、「年光一瞬最堪哀，浮雲隨流水，殘照上荒臺」，不皆是意在筆先，神餘言外的深沉之作？一草一木所寄寓的，不皆是小紈對其悲涼人生的追悼？

　　宋代詞論家張炎評同為「傷心人」的秦觀（字少游）詞作「體製淡雅，氣骨不衰。清麗中不斷意脈，咀嚼無滓，久而知味。」〔註157〕周濟亦言「少游意在含蓄，如花初胎，故少重筆。」〔註158〕雖然深

〔註157〕　〔宋〕張炎《詞源》，唐圭璋編：《詞話叢編》冊1，頁267。
〔註158〕　〔清〕周濟《宋四家詞選目錄序論》，唐圭璋編：《詞話叢編》冊2，

居閨中的小紈在人生經歷上不若秦觀豐富，但身世之慘卻是有過之而無不及，稱其小令「久而知味」、「意在含蓄」，雖不中亦不遠矣。

相當難得的是小紈將其小令淡遠知味的開放氣勢亦帶入長調慢詞中，雖然小紈長調僅有前述和母韻的〈水龍吟‧秋思〉一首，卻亦表現其有別於一般閨閣之作的寫作功力，詞之內容分析已如前述，今試就其風格特色來闡述。

本詞上片先從眼前小院景象，營造秋天蕭條淒清的氣氛，尤其歇拍處狀寫階前細草懨然低首無語，凝愁帶怨的可憐模樣，似乎即是女詞人的化身。下片則放眼前方，以大筆勾勒目力所能盡的遠景，並以野寺疏鐘、長江殘月與夕陽蟬奏等景語作結，大開大合，有聲有色，頓覺盈滿天地之間的，盡是小紈對遠方父親不盡的思念。如此的詞作，自有別於一般香奩之作的賞花弄月，或是為賦新詞強說愁的年少輕狂之作。

《康熙詞譜》言「此調（按即〈水龍吟〉）句讀最參差。」〔註159〕細觀小紈此詞以雙調 102 字，前段 11 句 4 仄韻，後段 10 句 4 仄韻為之。且在多為 4 字句相連，易流於零散的情況下，寫成氣韻流動，不散不斷的佳作，〔註160〕一氣呵成，將女兒對父親的款款思念盡付秋景的描繪之中。

清人毛先舒（字稚黃）在論長調寫法時，曾有過如此的一段論述：

> 填詞長調，不下於詩之歌行。長篇歌行，猶可使氣，長調使氣，便非本色。高手以情致見佳。蓋歌行如駿馬驀坡，可以一往稱快。長調如嬌女步春，旁去扶持，獨行芳徑，徙倚而前，一步一態，一態一變，雖有強健之力，無所用之。〔註161〕

強調長調慢詞應以「情致」見勝。細玩小紈詞作中的長調〈水龍吟‧

頁 1643。

〔註159〕　〔清〕陳廷敬、王奕清編：《康熙詞譜》下冊，頁 903。

〔註160〕　張仲謀：《明詞史》，頁 258。

〔註161〕　〔清〕王又華《古今詞論》引，唐圭璋編：《詞話叢編》冊 1，頁609。

秋思，和母韻），確如嬌女之獨行秋園芳徑，隨著眼界漸開，用筆與氣勢亦愈見強盛，不論鋪敍與勾勒均有其獨到之處。除符合長調對綿密章法的講求外，更有「意在筆先，神餘言外」的開闊氣韻在其中。

葉小紈後其姊葉紈紈、三妹葉小鸞與母親沈宜修二十餘年而卒，不僅飽嘗了家人一一逝去的悲哀，且經歷了朱明覆滅，父親攜弟棄家入杭州為僧的家國之變，故終身鬱鬱寡歡，誠真傷心人也。如此的身世際遇，加上其本身所具有的睿敏思緒與文藝素養，發而為詞，自能成就其詞作的高度與深度。

相當可惜的是小紈晚年汰其創作，致使其婿在小紈亡後所輯的《存餘草》竟無任何詞作，幸賴近人從各家選本中輯得佚詞 12 首。數量雖不多，但卻首首可觀，從內容而言，除一般閨秀詞常見的對節令風物歌詠的題材之外，午夢堂家族繁盛的文藝風氣與不幸的人生遭遇，亦在小紈詞作中可尋得蛛絲馬跡。而在養成教育與身世遭遇的相互影響下，小紈詞作在形式技巧上亦達善用修辭，以收情景相稱之效，其詞作淡雅有致，整體而言，展現了黯淡幽婉的基調；更有部分詞作，深深注入身世之感，尤其在國破家亡後的作品，更見其超越姊妹的恢宏視域與綿長情韻。故《吳江縣志》稱小紈詞作詞情黯淡，有過其姊妹者之言，實是中肯之論。若因小紈存詞量少而不論，實在是不應該的。

第四節　葉小鸞

一、葉小鸞的生平與詞集

葉小鸞（1616～1632），字瓊章，又字瑤期，吳江（今屬江蘇）人，是葉紹袁與沈宜修的第三女。小鸞生六月時，即因家貧，由舅父沈自徵（君庸）、舅母張倩倩撫養。小鸞自幼慧心美貌，光彩耀目，見者稱羨；至三、四歲時即能誦《唐人萬首絕句》、《離騷》、及《花間》、《草堂》諸詞。十歲時，因舅母張氏病故，始歸家，與父母學吟詠；秋夜，宜修命以句云：「桂寒清露濕。」小鸞即應之曰：「楓冷亂

紅凋。」父母彼時喜其敏捷，以為有「柳絮因風」之思，爾後方知此為不壽之兆。

小鸞十二歲初學詩詞，即卓然成家，〔註162〕與母姐相唱酬，能描摹山水，寫落花飛蝶，皆有韻致，又善弈、琴、書、畫。性格高曠，厭棄繁華，喜愛煙霞，通曉禪理，日與琴書為伴；且資質穎秀，又有傾國之姿，故在眾多手足之中，自來即最為父母所寵愛。但小鸞並不恃寵而驕，若有所得，必與兩姐共之。十七歲聘於福建左布政使崑山張維魯之長子張立平，立平長小鸞一歲，亦韶秀英才，早有文譽。本是天造地設的佳偶，不料小鸞卻在嫁前五日病歿，亡後七日入斂，雖芳容消瘦，但仍面光猶雪，唇紅如故，舉體輕軟；母親含淚朱書「瓊章」二字於右臂，盼來生能再續母女情緣，而小鸞臂如削藕，冰雕雪成，家人皆以為仙去未死也。〔註163〕

紹袁夫婦遽失愛女，哀痛逾恆，收集其生平詩 120 首（含〈擬連珠〉9 首），詞 36 調 90 首，曲 1 首，文 3 篇，編成《返生香》，集名乃取自《十洲記》，沈自炳序云：「西海中洲有大樹，芳華香數百里，名為返魂，亦名返生香。筆墨精靈，庶幾不朽，亦死後之生也，故取以名集。」〔註164〕後來收入《午夢堂集》第三種，〔註165〕1998 年冀勤輯校《午夢堂集》本，「補遺」則從《眾香詞》樂集中補入〈浣溪沙‧侍女隨春扇〉（滿階梧影正黃昏）一詞。〔註166〕20 世紀 30 年代趙尊嶽

〔註162〕 葉小鸞〈春日曉妝〉詩云：「攬鏡曉風清，雙蛾豈畫成。簪花初欲罷，柳外正鶯聲。」其父注云：「時年十二，初學遂有此等句，真是夙慧，豈在垂拱四傑之下。」葉小鸞《返生香‧五言絕句》，〔明〕葉紹袁原編、冀勤輯校：《午夢堂集》上冊，頁311。

〔註163〕 以上關於葉小鸞的生平，乃參閱沈宜修〈季女瓊章傳〉、葉紹袁〈祭亡女小鸞文〉、沈自徵〈祭甥女瓊章文〉，三文皆見〔明〕葉紹袁原編、冀勤輯校：《午夢堂集》上冊，頁 201～204、366～373、363～366。〔清〕錢謙益《列朝詩集小傳》下冊，頁 755～756。

〔註164〕 沈自炳《返生香‧序》，〔明〕葉紹袁原編、冀勤輯校：《午夢堂集》上冊，頁 300。

〔註165〕 〔明〕葉紹袁原編、冀勤輯校：《午夢堂集》上冊，頁 291～381。

〔註166〕 〔明〕葉紹袁原編、冀勤輯校：《午夢堂集》下冊，頁 775。

從集中析出其詞，題曰《返生香》詞，收入《明詞彙刊》。〔註167〕2004
年所編的《全明詞》則是在《返生香》的基礎上另從《歷代詩餘》卷
36 補入〈踏莎行・過芳雪軒憶昭齊姐〉3 首、從《歷代閨秀詩餘》下
冊補入〈訴衷情〉（剪刀初放夜將闌）1 首。〔註168〕但葉小鸞較長姐昭
齊早三個月而卒，不可能為姐寫悼念之作，則《全明詞》所收之〈踏
莎行・過芳雪軒憶昭齊姐〉3 首必有誤。另外檢視《全明詞》本所收之
〈訴衷情〉（剪刀初放夜將闌）與《午夢堂集》中《返生香》本之〈訴
衷情・秋夜〉僅文字上有些許的差異，〔註169〕應是同一首詞的前後稿。
隨春是小鸞之母沈宜修的侍女，善作嬌態，〔註170〕則小鸞有詠其扇之
作，當是可信的。據此可知葉小鸞現存的詞作共有 36 調 91 首。

　　葉小鸞奇慧而早夭，在明代眾多女詞人中歷來即備受讚譽，如王
端淑編《名媛詩緯初編詩餘集》選其〈搗練子・春暮〉一首，評之曰：
「詞家口頭語，正寫不出在筆尖頭。寫得出便輕鬆流麗，淡處見濃，
閒處耐想，足以供人咀味，何必蘇、劉、秦、柳始稱上品？」〔註171〕
周銘編《林下詞選》則選小鸞詞達 66 首，並評之曰：「昔黃山谷稱晏
小山詞為〈高堂〉、〈洛神〉之流，其下者亦〈桃葉〉、〈團扇〉。今讀
《返生香》諸詞，全是〈高堂〉、〈洛神〉，非復〈桃葉〉、〈團扇〉可
彷彿也。」〔註172〕均給予小鸞詞以相當高的評價。雖說晚明因世風

〔註167〕　趙尊嶽輯：《明詞彙刊》上冊，頁 439～449。
〔註168〕　饒宗頤初纂、張璋總纂：《全明詞》冊 5，頁 2389。
〔註169〕　《全明詞》本為「剪刀初放夜將闌。花落一燈殘。多情明月相映，
　　　　　一似伴人間。　　珠箔掩，翠衾單。透輕寒。蕭蕭瑟瑟，惻惻稻稻，
　　　　　落葉聲乾。」《返生香》則作：「蛩聲泣罷夜初闌，香潤彩籠殘。多
　　　　　情明月相軟，一似伴人間。　　燈蕊細，漏聲單，透輕寒。蕭蕭瑟
　　　　　瑟，惻惻悽悽，落葉聲乾。」
〔註170〕　此從大姐葉紈紈曾有〈浣溪沙・同兩妹戲贈母婢隨春〉，母親亦有
　　　　　〈浣溪沙・侍女隨春谷作嬌態，諸女詠之，除亦戲作二首〉可知。
　　　　　〔明〕葉紹袁原編、冀勤輯校：《午夢堂集》上冊，頁 262、152。
〔註171〕　〔清〕王端淑編《名媛詩緯初編詩餘集》，趙尊嶽輯：《明詞彙刊》
　　　　　下冊，頁 1914。
〔註172〕　〔清〕周銘編《林下詞選》，趙尊嶽輯：《明詞彙刊》下冊，頁 1612。

變化，反映在思想意識上，則表現爲對個性的張揚，出現了驚世駭俗的言論與桀驁不馴的文人，〔註173〕故在選作評價上不免易予人浮誇之疑。但清代王昶編《明詞綜》，擇詞甚嚴，選小鸞詞則多達 8 首，在所收 2 卷 84 家女詞人中名列第一，並稱其「所存詩詞，皆似不食人間煙火者。」〔註174〕則可證小鸞詞藝爲歷來詞評家所肯定。

姑且不論以上諸人的稱譽，如果考慮到小鸞虛齡十七即夭折，這對大多數詞家而言，尚是少年習作的階段，則小鸞的才華就更令人驚嘆了。對小鸞詞作之成就詞評家雖早已注意，但仍欠缺全面性的研究。本節擬從內容、形式技巧與風格等方面來探討葉小鸞的《返生香》詞，希望能給予這位聰慧早夭的才女詞作客觀公允的評述。

二、《返生香》詞的內容

誠如一般的閨秀詞，小鸞《返生香》詞的內容仍以閨怨情愁的敘寫與節令風物的歌詠爲主。而自幼身受文藝薰陶，生活清靜無塵的小鸞，因一心追求心靈上的清靜與閑適，故在詞作中表現對遁世仙境的追尋，甚至因過份地多愁善感與嚮往仙境，竟讓人感覺到是對自我年輕生命的詛咒，終成香消玉殞的奇讖。

（一）閨怨情愁的敘寫

小鸞的一生，本僅是閨中的少女，沒有成人的生活遭遇，生活環境又清幽無塵，每日靜臨王子敬〈洛神賦〉，或懷素草書，不分寒暑，靜坐北窗下，一爐香相對終日，靜默與琴書爲伴而已。〔註175〕這樣的生活，欠缺眞正的生活體驗，本應不可能寫出詞情哀怨的作品。但因其所接觸家庭文化的薰陶，如自小熟讀《離騷》，其所採用的香草美人比興意象，與一唱三嘆的抒情語調，都是傷怨、香美與軟性的，

〔註173〕 王凱旋、李洪權編著：《明清生活掠影》（瀋陽：瀋陽出版社，2002年1月），頁 52～53。

〔註174〕 〔清〕王昶輯：《明詞綜》，卷 11，頁 5～6。

〔註175〕 沈宜修〈季女瓊章傳〉，〔明〕葉紹袁原編、冀勤輯校：《午夢堂集》上冊，頁 203。

這些都帶有閨怨文化的明顯印記，〔註 176〕再加上長大後多讀了傳統的閨怨詩詞，對於應以何種材料和方式來表現閨怨情感，已能知其概要。而小鸞本身的性格又是特別敏感與深思好靜，對春花秋月等外在景物的變遷特別容易感傷，故她所敘寫的情感，竟大多是難以排遣的閨怨情愁，如其〈踏莎行・閨情〉云：

> 昨夜疏風，今朝細雨，做成滿地和煙絮。花開若使不須春，年年何必春來住。　　樓外鶯飛，簾前燕乳。東君漫把韶光與。未知春去已多時，向人猶作愁春語。（頁 343）

小鸞冒著細雨步出香閨，想看看連夜的狂風究竟將春天摧殘成什麼樣子，只可惜映入她眼簾的竟無半點落紅，只有滿地的和煙柳絮。這樣的失落感，使詞人頓生滿腹的愁怨：春若不是爲催放鮮花而來，又何必年復一年來回地奔忙？失意的閨女落寞地看著窗外，卻看到黃鶯輕快地飛舞，乳燕羽毛漸豐的美好畫面，方才驚覺：原來東君是太過慷慨了，才漫不經心地將春光付予人間，而今春早已遠去，奴家卻渾然不知，還說爲春憂愁的話語。最後兩句「未知春去已多時，向人猶作愁春語」是自我解嘲，嘲笑自己的過分癡情。

細玩全詞，從取材到命意，在在都令人覺得與李清照的〈如夢令〉：「昨夜雨疏風驟。濃睡不消殘酒。試問捲簾人，卻道海棠依舊。知否。知否。應是綠肥紅瘦。」〔註 177〕有幾分神似。只不過李清照尚未步出閨門，已將傷春之意表達得淋漓盡致，而小鸞則是親自步出香閨，因無捲簾人對話，所以只好自我解嘲，卻同樣令人感受到殘春的狼藉，且多了一分少女的嬌嗔。可見小鸞亦受到其母沈宜修的影響，善於融合書卷經驗與親身感受，從而創造出自我獨特的風味。

再看其長調〈玉蝴蝶・春愁〉言道：

> 夢破曉風庭院，粉牆花影，睡起懨懨。幾日雙蛾愁慣，鏡裏春尖。看盡他鶯梭柳線，都織就霧錦雲縑。最難忺催花

〔註 176〕 鄧紅梅：《女性詞史》，頁 197。
〔註 177〕 李清照〈如夢令〉，唐圭璋編：《全宋詞》冊 2，頁 927。

小雨，依舊簾纖。　　堪憐，韶光淑景芊芊，芳草寂寂鉤
簾。燕子歸來，花香都向綠琴添。散閒愁流紅泛去，消酒
困濕翠飛粘。怯春衫，香烘裊裊，袖護摻摻。（頁346～347）

本來自然界的榮枯交替，寒暑更迭，就會引發創作主體不同的體驗與
情感反應，從而激活各種思考與想像。〔註178〕詞中所見的啼鶯、纖
柳、薄霧、細雨、芳草、歸燕、落紅等均是常見的春天意象，小鸞巧
妙地以其工筆營構出一個「鶯梭柳線」、「霧錦雲縑」、「春雨催花」、「芳
草芊芊」的美麗芳菲世界，與簾內愁眉深鎖，濃睡不消殘酒的閨女恰
成鮮明的對比。結以「怯春衫，香烘裊裊，袖護摻摻。」則閨女感嘆
紅顏難駐，青春易逝的主題已是昭然若揭，與前闋小令〈踏莎行・閨
情〉有著同樣的傷春之情。

　　清末詞評家陳廷焯在其《白雨齋詞話》卷5稱道：「閨秀工爲詞
者，前則李易安，後則徐湘萍。明末葉小鸞，較勝於朱淑眞，可爲李、
徐之亞。」〔註179〕注意到了葉小鸞與李清照之間的繼承關係，也說
明了小鸞在女性詞史上不容忽視的地位。

　　小鸞這種借助前代文學，來間接體驗閨怨情愁的表現方式，在其
詞集中常可看到，如其〈點絳唇・戲爲一閨人代作春怨〉更是明顯：

新柳垂條，困人天氣簾慵捲。瘦寬金釧，珠淚流妝面。
　　凝佇憑欄，忽睹雙飛燕。閒愁倦，黛眉淺淡，誰畫青
山遠。（頁326）

在暮春慵懶的天候裏，消瘦、閒愁、困倦、流淚的憑欄遠望身姿，一
對惹人念遠的雙飛燕，與象徵情愛的畫眉，都是傳統閨怨詩詞的題材，
而小鸞卻能巧妙地將它們整合在一起，而改寫出自己心中的閨怨情境。

　　小鸞的偏嗜閨怨題材，除了所受家庭文化的薰陶之外，其實與其
多愁善感的性格有相當大的關係，其父葉紹袁在〈祭亡女小鸞文〉中
即如此描述其慧心與巧思：

〔註178〕嚴雲受：《詩詞意象的魅力》，頁53。
〔註179〕〔清〕陳廷焯《白雨齋詞話》，唐圭璋編：《詞話叢編》冊4，頁3895。

> 靈心獨至，慧巧繁生，異穎雲飛，奇資蕚發。偶窺弈旨，
> 即有鶴翔之勢；乍引絲桐，遂似龍吟之弄。爐香銷盡，還
> 對甄書，妝鏡收時，早臨衛帖。至於草木蒙茸，山川紛蔚，
> 任意染抹，具成體致。〔註180〕

因對週遭景物有睿敏的感受力，再加上卓越的文字駕御能力，發而爲詞，便能在傳統閨怨題材下，令人別有耳目一新的清新感受。試看其〈鷓鴣天・春懷〉如此描述她在春天的感懷：

> 日上花梢睡未醒，繡衾香暖夢留人。依依柳眼天邊碧，淡
> 淡山眉鏡裏青。　　無意緒，惜娉婷，緣階芳草伴愁生。
> 東風吹夢知何處，空聽流鶯檻外聲。（頁338）

「日上花梢睡未醒，繡衾香暖夢留人」寫的正是她清幽無塵的閨中生活，而「無意緒，惜娉婷」與「東風吹夢知何處，空聽流鶯檻外聲」既是這位智慧早熟少女的性情寫照，也是她排遣無塵生活的主要方式。小鸞慧性本已異於常人，再加上其所受的閨怨文化養分，則其筆下常見的「獨坐思悠揚，簫管慵拈弄。帳冷西窗一夜香，寂寞添幽夢。」（〈卜算子・秋思〉，頁332）、「紅袖香濃日上初，幾番無力倩風扶，綠窗時掩悶妝梳。」（〈浣溪沙・春思〉，頁 327）與「風飄萬點紅，零落胭脂色。柳絮入簾櫳，似問人愁寂。」（〈生查子・送春〉，頁 235）等充滿哀怨與抑鬱的閨怨情愁，也就成爲其詞作的主要內容了。

（二）節令風物的歌詠

在《返生香》詞中，還有不少詞作是對節令風物的描寫。因小鸞是如此地纖弱易感，故其對節令風物的歌詠也別有滋味，或是寓情於景，或是藉景抒情，總有她獨特的審美風格在其中。她所特寫的景物，如柳絮、梨花、紫薇、蘭花與秋海棠等，雖沒有很醒目的性格，但亦各有其優美與豔麗的丰韻；而對節候景色的描摹，則是將點滴細膩的感受深注其中，從而予人相當特別的美感經驗，試看其所描繪的秋夜

〔註180〕葉紹袁〈祭亡女小鸞文〉，〔明〕葉紹袁原編、冀勤輯校：《午夢堂集》上冊，頁369。

景色〈南柯子‧秋夜〉如此言道：

> 門掩瑤琴靜，窗消畫卷閒。半庭香霧遶闌干。一帶淡煙紅
> 樹、隔樓看。　　雲散青天瘦，風來翠袖寒。嫦娥眉又小
> 檀彎。照得滿階花影、只難攀。（頁336）

上片寫秋夜的淒清朦朧：戶內是門窗輕掩，琴音漸消，畫卷閒置；而
隔著窗閣所看到的庭院則是夜霧瀰漫，水氣纏繞著闌干與紅樹。夜霧
瀰漫本是江南秋夜常見的景象，在此耐人尋味的是不言「滿庭」而言
「半庭」香霧，乃因在月光或燈燭照耀下，庭院中有部分地方不易看
到煙霧。可見小鸞年紀雖小，但觀察及感受力卻異常敏睿，且能形諸
筆端，是相當不容易的。

　　下片著意寫秋夜蒼穹的高遠，與彎月悄臨大地的景色：雲霧散開
後，碧藍的天空頓顯清瘦，微風吹進伊人衣袖，讓人驚覺秋寒。一鉤
彎月如美人秀眉高掛天際，照得滿階的花影讓人想去攀摘，卻是無法
摘採。首句「雲散青天瘦」是全詞的警句，構思精巧別緻，不落俗套，
與王勃〈秋日登洪府滕王閣餞別序〉中的「潦水盡而寒潭清」〔註181〕
有異曲同工之妙。而「風來翠袖寒」則令人聯想到杜甫〈佳人〉所言
「天寒翠袖薄，日暮倚修竹」〔註182〕與馮延巳〈鵲踏枝〉（誰道閒情
拋棄久）中「獨立小橋風滿袖」的淒苦，〔註183〕最後二句「照得滿
階花影、只難攀」更流露出無奈的惆悵與紛亂的心緒。

　　秋夜在詩詞中是常見的主題，本詞雖無深意，但卻鮮明地表現出
作者耳聞目睹的秋夜靜默之聲、蕭瑟之氣與潛藏在內心深處的抑鬱迷
亂之情，除了予人既朦朧又真實的藝術享受外，這位十餘歲涉世未深
的少女所展現的才氣，更令人有巾幗不讓鬚眉之嘆。

　　再看小鸞另一首詠秋夜的長調：

> 窗紗欲暮。漸暝色朦朧，暗迷平楚。斷雁淒哀點點，遠山

〔註181〕　〔清〕聖祖御製、王全點校：《全唐詩》卷55，冊3，頁673。
〔註182〕　〔清〕聖祖御製、王全點校：《全唐詩》卷218，冊7，頁2287。
〔註183〕　馮延巳〈鵲踏枝〉（誰道閒情拋棄久），收入曾昭岷、曹濟平主編：
　　　　　《全唐五代詞》上冊，頁650。

無數。蒼煙染遍西風路。剪江楓、飄紅荻浦。畫欄東角，
疏簾底畔，徘徊閒佇。　　漫贏得、良宵如許。又錦屏香
冷，繡幃寒據。滿耳秋聲長，向樹梢來去。蕭蕭竹響還疑
雨。悄窺人、嫦娥寒兔，壁搖燈影，空階露結，怨蟲相語。
　　（〈疏簾淡月·秋夜〉，頁347）

本詞充分發揮長調委婉鋪敘的優勢，開篇的「朦朧暝色」、「暗迷平楚」
與「淒哀斷雁」已鋪展出秋夜蕭瑟的景象，而接續以「蒼煙染遍西風
路。剪江楓、飄紅荻浦。」等含蓄優美的景語，引領出在疏簾畫欄畔
悠閒徘徊的可人兒。過片乃化自秦觀名作〈滿庭芳〉（山抹微雲）中
的「謾贏得青樓、薄倖名存」，〔註184〕以開啟抒情之門，卻隨即將情
感轉入「冷屏」、「寒幃」、「秋聲」、「竹響」等景物中來傳達，用月照
孤燈，空階露結，蟲聲四應的景象來襯托閨中人的淒清孤況。如此融
情於景的巧妙寫法，使這首慢詞增添雋永的風韻。

　　再看以下二首詠柳詞：

無數灞陵橋畔，離人淚染。一生空自管消魂，只贏得腰枝
軟。　　陌上樓頭，長見翠絲分線。和煙幾度蕩斜暉，誤
紫燕歸來晚。（〈上陽春·詠柳〉，頁334）

點魂如雨，輕狂隨處。天涯不識舊章臺，更阻斷遊人路。
　　驀地送將春去，燕慵鶯憮。飄飄閃閃去還來，拾取問
渾無語。（〈上陽春·柳絮〉，頁334）

前詞開篇即言「無數灞陵橋畔，離人淚染」，再輔以過片所言「陌上
樓頭，長見翠絲分線」，則離情別緒與佳人念遠的詞意已不言可喻。
〔註185〕後詞則明顯掌握柳絮（按即楊花）「似花似非花」的特質與書
卷經驗，〔註186〕既詠物象，又寫人言情，尤其結以「飄飄閃閃去還
來，拾取問渾無語」既精準描述柳絮色淡無香，形態碎小，隱身枝頭，

〔註184〕　秦觀〈滿庭芳〉（山抹微雲），唐圭璋編：《全宋詞》冊1，頁458。
〔註185〕　關於「折柳」的意象，可參閱嚴雲受：《詩詞意象的魅力》，頁　90
　　　　　～97。
〔註186〕　蘇軾〈水龍吟·次韻章質夫楊花詞〉開篇即言：「似花還似非花，
　　　　　也無人惜從教墜。」唐圭璋編：《全宋詞》冊1，頁277。

隨風起落的特色，又將少女的天眞爛漫表現得淋漓盡致。二首詠柳詞均巧妙地結合書卷與生活經驗，從而表現出小鸞別具慧心的詠物技巧。

因小鸞具有如此不同凡響的才情，故其對週遭景物的觀照，自有其獨特品味，亦能將看似無法開拓意境的對象，吟詠得頗有神味。試以其〈虞美人·殘燈〉爲例來說明：

> 深深一點紅光小，薄縷微微裊。錦屏斜背漢宮中，曾照阿嬌金屋淚痕濃。　　朦朧穗落輕煙散，顧影渾無伴。悄然一夜漫凝思，恰似去年秋夜雨窗時。（頁 342）

敷寫燈影，細膩而工巧，傳遞情感，亦流轉而曲折。讓人對夜晚照明的燈火，在杜牧所賦予的「蠟燭有心還惜別，替人垂淚到天明。」（〈贈別·其二〉）的傳統意象外，〔註187〕又多了一分纏綿不捨的新感受。當然，這樣的詠物詞也展現了小鸞哀怨凄豔的一貫風格。

再看看這位才情兼具的少女對庭院中所見花草的歌詠：

> 淚雨瓊姿嬌半吐，又一夜風搖鬢霧。繡陌啼鶯，畫梁歸燕，莫便催春去。　　脈脈柔情憁未足，歎寂寞玉容難賦。今夜黃昏，明朝庭院，空鎖重門暮。（〈雨中花·梨花〉，頁 338）
>
> 碧玉栽成瓊作蕊，馥郁清香，長向風前倚。楚畹當年思帝子，紫莖綠葉娟娟美。　　自道全無脂粉氣，笑殺春風紅白勻桃李。幽谷芳菲誰得比，猗猗獨寄琴聲裏。（〈蝶戀花·蘭花〉，頁 345）

這樣的歌詠，雖然未脫「玉容寂寞淚闌干，一枝梨花春帶雨」與「幽植眾能知，貞芳只暗持」的典型意象，〔註188〕卻也深深注入小鸞善感多愁與芳潔自持的性情，爲這帶雨的梨花與空谷幽蘭，平添幾分我見猶憐的婉約與嬌媚。

〔註187〕　杜牧〈贈別·其二〉，〔清〕聖祖御製、王全點校：《全唐詩》卷 523，冊 16，頁 5988。

〔註188〕　「玉容寂寞淚闌干，一枝梨花春帶雨」與「幽植眾能知，貞芳只暗持」分爲白居易〈長恨歌〉與崔塗〈幽蘭〉句，分見〔清〕聖祖御製、王全點校：《全唐詩》卷 435，冊 13，頁 4820；卷 23，冊 1，頁 295。

　　總之，小鸞對節令風物的歌詠有其個人獨特的審美風味在其中，其詞藝水準與表達功力，是值得重視的。

（三）遁世仙境的追尋

　　身為吳江文化家族的大家閨秀，小鸞的生活既不必為求取功名利祿而汲汲營營，也不必為了瑣事而煩心，平日的生活即是練就詩（詞）書琴畫等文藝，如此悠閒的生活表述，在其詞中常可覓得：

> 紅袖香濃日上初，幾番無力倩風扶，綠窗時掩悶妝奩。
> 　　一向慵懶嫌刺繡，近來聊喜學臨書，鳥啼春困落花疏。
> （〈浣溪沙‧春思〉，頁327）

> 竹徑煙迷薜荔墻，好風搖曳弄垂楊，無情啼鳥向人忙。
> 　　一曲瑤琴消午夢，半爐沉水爇春香，倚欄無語又斜陽。
> （〈浣溪沙‧小窗即事〉，頁328）

從表面看來，「一向慵懶嫌刺繡，近來聊喜學臨書」與「一曲瑤琴消午夢，半爐沉水爇春香」，生活實在不能說不悠閒。但對稟性夙慧的小鸞來說，她所嚮往的不是時間上的從容，而是精神上的閒適，再加上她又是這麼地多愁善感，所以竟然覺得這樣的閒適，在生活常境中是找不到的，所以在其詞作中也常可看到她對精神自由的追尋：

> 春色三分付水流，風風雨雨送花休，韶光原自不能留。
> 　　夢裏有山堪遁世，醒來無酒可澆愁，獨憐閒處最難求。
> （〈浣溪紗‧送春近作〉，頁329）

> 青女降枝頭，已解添愁。暮蟬聲咽冷筜篌。試看夜來多少露，草際珠流。　　身事一浮鷗，歲月悠悠。問天肯借片雲游。娟娟乘風歸去也，直上瀛洲。（〈浪淘沙‧秋懷，近作〉，頁337～338）

她覺得真正的清閒在人世間是無法尋得的，所以她向天來借雲游，希望乘風歸去，直上瀛洲。但聰慧的小鸞亦清楚地知道這終究只是無法實現的空想，事實上只要存在人世間，就會存在著風雨落花，好景難留之恨，又有時光侵蝕，芳顏不保之愁。即所謂：

> 曲榭鶯啼翠影重，紅妝春惱淡芳容，疏香滿院閉簾櫳。

　　　　流水畫橋愁落日，飛花飄絮怨東風，不禁憔悴一春中。
（〈浣溪沙‧春閨〉，頁 328）

風飄黃葉愴辭枝，樓前處處飛。閒來無悶亦凄其，方知秋
氣悲。　　堪憐處，可憐時，倚欄空自知。徘徊魂夢欲何
依，沉吟黯黯思。（〈阮郎歸‧秋思〉，頁 335）

這是奇慧如小鸞者對自然與人生的體悟，所以才會在荳蔻芳華，寫下了
如此感傷韶光易逝與悲悼人生的作品。其父葉紹袁即在〈浣溪紗‧送春
近作〉後批註道：「凡壬申（按即崇禎 5 年，1632，時小鸞年 17）年作，
俱此等語，真不解何故。問天天遠，如何如何。」（頁 329）一個正值
青春年華的荳蔻佳人，本應展現對生命的熱情，但小鸞卻是「性高曠，
厭繁華，愛煙霞，通禪理，自恃穎秀，嘗言『欲博盡今古』。」〔註 189〕
故其日常生活竟是終日在北窗下，點一爐香，或讀書、或彈琴、或臨書、
或為文，若非母親喚至中庭，否則即靜默與琴書為伴而已。〔註 190〕

　　因為天生高曠厭華的性情，與長期閨閣生活的幽閉，再加上她又
親眼目睹大姐葉紈紈婚姻的不幸，〔註 191〕竟讓她對現實生活中女性
所扮演的角色不僅感到厭倦，甚而有幾分畏懼。隨著年齡的成長與婚
期的逼近，她在詞中期盼、嚮往無羈自在仙境的呼喚也愈益明顯，她
甚至夢游仙境，繪聲繪影地描述與仙人接觸的情形，其在〈鷓鴣天‧
壬申春夜，夢中作五首〉即如此言道：

〔註 189〕　沈宜修〈季女瓊章傳〉，〔明〕葉紹袁原編、冀勤輯校：《午夢堂集》
　　　　　　上冊，頁 202。
〔註 190〕　以上關於葉小鸞日常生活的說明，亦參閱其母沈宜修〈季女瓊章傳〉
　　　　　　所言。〔明〕葉紹袁原編、冀勤輯校：《午夢堂集》上冊，頁 203。
〔註 191〕　關於葉紈紈不幸的婚姻，或囿於傳統禮教，葉氏家族成員在各類文
　　　　　　集中均未曾明言，但從其父葉紹袁的〈祭長女昭齊文〉仍可窺知一
　　　　　　二，其言曰：「天啓子丑，吾與汝翁又復連鑣馳轂，接袵彈冠，閭
　　　　　　里鄉黨，莫不耳目相詫，嘖嘖歎賞，誇汝榮盛，羨汝多福，以為兩
　　　　　　家慶祚。自此永永綿綿，萬葉瓜瓞，光前昌後矣。豈意榮盛變為衰
　　　　　　落，多福更為薄命，眉案空嗟，熊虺夢香，致汝終年悶悶，悒鬱而
　　　　　　死。悠悠蒼天，曷其有極。」〔明〕葉紹袁原編、冀勤輯校：《午
　　　　　　夢堂集》上冊，頁 278。

一卷《楞嚴》一炷香，蒲團爲伴世相忘。三山碧水魂非遠，
半枕清風夢引長。　　依曲徑，傍迴廊，竹籬茅舍儘風光。
空憐燕子歸來去，何事營巢日日忙。(其一，頁 339)

春雨山中翠色來，蘿門歙向夕陽開。朝來攜伴尋芝去，到
晚提壺沽酒回。　　身倚石，手持杯，醉時何惜玉山頹。
今朝未識明朝事，不醉空教日月催。(其二，頁 339)

野徑春來草放齊，碧雲天曉亂鶯啼。紫笙吹徹緱山上，清
磬敲殘驚嶺西。　　紅馥馥，綠萋萋，桃花楊柳共山蹊。
遙看一抹煙雲處，帶雨春帆近日低。(其三，頁 339)

雨後青山色更佳，飛流瀑布欲侵階。無邊藥草誰人識，有
意山花待我開。　　閒登眺，莫安排，嘯吟歌詠自忘懷。
飄飄似欲乘風去，去住瑤池白玉臺。(其四，頁 339)

西去曾遊王母池，瓊蘇酒泛九霞巵。滿天星斗如堪摘，遍
體雲煙似作衣。　　騎白鹿，駕青螭，群仙齊和〈步虛詞〉，
臨行更有雙成贈，贈我金莖五色芝。(其五，頁 339～340)

這是一組相當典型的游仙詞，小鸞夢遊仙境，在此她是一個無性別困
擾的完整之人，可以恣意地醉酒與遨遊於山水佳境，她以頹放的身體
語言來表達對世俗女性規範的不滿；她不僅接觸仙人，並且爲他們所
接納，最後終於獲得仙人贈與的五彩靈芝，而解除了青春女子最擔心
的凋零之憂，生活得瀟灑自在。這樣的境界，沒有束縛，一切隨心所
欲，這對在現實精神生活極度壓抑的小鸞來說，眞是無比的幸福，充
滿永恆之美的光輝。

　　一個正值青春花樣年華的少女會做如此的遁世之想，眞的不是常
人所能理解，故其父母在痛失愛女後悲不可抑，不禁求助於吳門泖菴
大師，而大師告知小鸞乃月府侍書女，下凡至葉氏清節之家游戲耳。
〔註 192〕再看看小鸞這些充滿遺世之思的作品，其父母亦以爲小鸞眞
是仙女下凡，故在人間只停留短暫的十七載時光來聊以自慰，葉紹袁

〔註192〕有關葉紹袁夫婦爲其兒女招魂之事詳見葉紹袁《續窈聞》，〔明〕
　　　　葉紹袁原編、冀勤輯校：《午夢堂集》上冊，頁 518～526。

在上組游仙詞後便如此批注：「自壬申啓歲，便有遺世之思。此詞得之夢中尤奇，疑其前身一山中修練羽流，然何以此生忽爲美麗女子？若云塵根未斷故爾，又何以將結縭而逝，更不了情緣，事殊不可解。」（頁 340）

在小鸞生命的末期，心中所想的幾乎都是仙境之事，不但自言生性煙霞，且一心所嚮慕的竟是駕白鶴歸返仙家，且看其〈浣溪沙・書懷〉云：

> 幾欲呼天天更賒。自知山水此生遐。誰教生性是煙霞。
>
> 　屈指數來驚歲月，流光閒去厭繁華。何時驂鶴到仙家。
>
> （頁 330）

在此小鸞所流露的是對仙境的無限嚮往，讓人以爲這樣的厭棄繁華與仙風道骨，眞不是凡塵可留。故其父紹袁在小鸞往生後爲其整理遺作，讀到此詞時直言：「此亦近日所作。嗟乎，其仙風道骨，豈塵凡可以久留耶！空自悲酸。」（頁 330）一個正值青春年華的美麗少女，竟有如此的遁世歸仙之思，莫非就是撒手人寰、告別紅塵的預示？

（四）香消玉殞的奇讖

其實不僅是上述那些嚮往遁世仙境的詞令人感到早夭即是小鸞的宿命，在她大量的傷春作品中，即可看到小鸞所透露出的傷感之情，與難以排遣的無端惆悵，其實都是她的自傷之嘆。本應是亮麗多彩的青春生命，卻流露出無限的悲哀，彷彿是自我詛咒，怎不令人唏噓嗟悼？且看其三首以〈虞美人〉爲調的「看花」詞云：

> 闌干曲護閒庭小，猶恐春寒峭。隔墻影送一枝紅，卻是杏花消瘦舊東風。　海棠睡去梨花褪，欲語渾難問。只知婀娜共爭妍，不道有人爲伊惜流年。（其一，頁 341）
>
> 看花日日尋春早，檢點春光好。輕羅香潤步青春，可惜對花無酒坐花茵。　昨宵細雨催春驟，枕上繁花瘦。東君爲甚最無情，祗見花開不久便凋零。（其二，頁 341～342）
>
> 一甌淡茗聊相賞，莫怪人惆悵。近來多病損紅妝，不耐蕭

　　　　條清晝臥琴床。　　　侍兒漫把臙脂掃，委地漫餘俏。春風
著意半蹉跎，燕子不知花事已無多。（其三，頁342）

別人看花，所看到的是窈窕爭豔的春花，小鸞看到的卻是易落的春
花；她擔心寂靜無聲的春寒，會令早謝的杏花無法承受。這樣的春花
與春景，所營造出來的是春日裏的秋意與蕭瑟，予人一種無窮的憂
鬱。在春寒之中，海棠尚未開放，梨花卻已凋零，女詞人感受到這些
凋殘的花兒想對自己說些什麼，自己也想向花兒問些什麼，可是卻終
於沒問。這樣的惆悵，是從想問想說卻未說開始的，所以較馮延巳〈鵲
踏枝〉（庭院深深深幾許）言「淚眼問花花不語」更深入一層。〔註193〕
最後兩句「只知婀娜共爭妍，不道有人爲伊惜流年。」是惜花之情，
也是作者的自傷之嘆。這樣的嘆息，也見於這組詞其餘二首的末句：
「東君爲甚最無情，祇見花開不久便凋零。」（其二）、「春風著意半
蹉跎，燕子不知花事已無多。」（其三）細玩之，這盛開不久便遭東
風蹉跎而凋零的春花，莫非即是女詞人對其青春生命的詛咒？故其父
在愛女亡後爲其編《返生香》遺集，在此組詞的第二首後痛惜地批道：
「句句自作摧戕之讖」（頁342）。

　　　的確，這組〈虞美人·看花〉讀來淒楚動人，但對照小鸞短暫的
生命，她所耽憂的「春寒悄」、「細雨催春驟」等春花之事竟落入自己
的生命之中，而她就是詞中所詠易凋的杏花與梨花，因太過多愁善
感，故不耐蕭條，只換得多病損紅妝與清晝臥琴床，青春的生命，就
如此一點一滴地耗損。臨終，她倒在慈母的懷裏，〔註194〕不正如早
凋的花兒，「欲語渾難問」，徒留予後人無限的惋惜。

　　　小鸞正值花樣年華，卻總是嘆春惜春，多愁善感，動輒爲花流淚，

〔註193〕　馮延巳〈鵲踏枝〉（庭院深深深幾許），曾昭岷、曹濟平等編著：《全
　　　　　唐五代詞》上冊，頁656。
〔註194〕　據沈宜修〈季女瓊章傳〉所言：「聞病者體重則危，兒雖憊，舉體
　　　　　便輕，神氣清爽，臨終略無惛迷之色。曾欲起坐，余恐久病無力，
　　　　　不禁勞動，扶枕余臂間，星眸炯炯，念佛之聲明朗清徹，須臾而逝。」
　　　　　〔明〕葉紹袁原編、冀勤輯校：《午夢堂集》上冊，頁203。

這樣的情懷，雖是哀豔，但總是欠缺對生命的熱情，而予人不祥的預感，深恐這樣的憂愁，會印驗到女詞人自己的身上，試看其〈踏莎行・早春即事〉云：

> 檐畔梅殘，隄邊柳細。暖風先送遊人意。流鶯猶未弄歌聲，海棠欲點臙脂醉。　　鳥踏風低，煙橫雲倚。湘簾常把春寒閉。無端昨夜夢春闌，絲絲小雨花爲淚。（頁 343）

本詞開篇乃化自歐陽修〈踏莎行〉「候館梅殘，溪橋柳細」〔註195〕之詞意，在柳細風暖，流鶯未唱，海棠初紅的早春裏，萬物正蓄勢待發，欣欣向榮，這位荳蔻佳人卻總是關注春寒，以爲絲絲細雨乃爲花而流淚，亦爲生命的無奈而感傷。殊不知生命的芳華就在這樣的哀嘆中點滴地消逝，連其父亦不忍在此詞之後痛心地批注：「十六歲女子，正如花之方苞、春之初豔，無端而夢春闌小雨，而爲花淚，是不祥。」（頁 343）。是否就是這樣多愁善感的性格，而造成了小鸞的悲劇人生？實在值得吾人仔細思量。

　　小鸞早熟多感的性格，也表現在她對古老傳說與眾不同的體會上。就以七夕來說，這在傳統上認爲是浪漫凄美的節日，眾人所欣羨的是織女與牛郎一年一度的相會，並且以爲「兩情若是長久時，又豈在朝朝暮暮。」（秦觀〈鵲橋仙〉（纖雲弄巧）；〔註196〕只要彼此能夠眞心相愛，即使終年天各一方，亦較朝夕相伴的庸俗愛情來得可貴，這才是愛情的眞諦。多愁的小鸞卻獨排眾議，她所看到的七夕不是相聚的歡欣，而是離別的黯淡，她甚至選用聲韻悲切的〈河傳〉來歌詠這個情人相會的節日：

> 橋畔。鸞扇。星鈿霞釧。暫撇殘機。步移。思量去年今夕時。凄其。未期先慘離。　　借得嫦娥初月鏡。窺瘦影。拂拭翠眉整。駕雲蜺。河漢西。凄迷。只愁難暗啼。（〈河傳・七夕〉，頁 340～341）

〔註195〕 唐圭璋編：《全宋詞》冊 1，頁 123。
〔註196〕 秦觀〈鵲橋仙〉（纖雲弄巧），唐圭璋編：《全宋詞》冊 1，頁 459。

這位盛裝的織女，好不容易盼到了與情郎相會的日子，暫別機杼，步向
鵲橋，卻沒有相會的歡欣，縈繞心頭的竟是去年此刻慘別的傷痛。然後
再借月鏡修整愁容，駕起雲蜺飄向河漢，卻又擔心雞鳴聲啼時的離別。

　　小鸞筆下的織女，完全沒有與情郎相會的喜悅，有的只是滿心的
愁怨，彷彿是她自己的化身，讓人憐惜萬分。其父在小鸞亡後為其整
理遺作，讀到此詞時悲慟萬分，直以為「未期先慘離」竟成小鸞香消
玉殞的奇讖。（頁 341）小鸞這類兆隕珠之慘的作品在《返生香》詞
中幾乎是唾手可得，如下列諸作云：

> 小院閒無事，步花陰，嫩苔雨漬。弄明光幾疊琴絃膩。曲欄
> 畔、清河似。　　靜對聖賢書史，一爐香盡消夢思。翠幙外、
> 東風起，不覺又欲暝矣。（〈鳳來朝·春書書懷，近作〉，頁 335）
> 風雨簾前初動，早又黃昏催送。明日總然來，一歲空憐如夢。
> 如夢，如夢，惟有一宵相共。（〈如夢令·辛未除夕〉其一，頁 325）
> 雁唳西風天際，檻外梅花香細。今夜與明朝，試共相看不睡。
> 且睡，且睡，守歲何如別歲。（〈如夢令·辛未除夕〉其二，頁 325）

〈鳳來朝·春書書懷，近作〉所敘本是小鸞對其閒適閨中生活的表述，
在月明如水的夜晚彈琴倦了，至庭院花徑間散步，後又回到閨房內焚
香閱讀，在不知不覺間，東風乍起，天色卻已不再清明。為何小鸞會
特別感受到「東風起，不覺又欲暝矣。」的奇景呢？其中是否已經蘊
含了她對人生的體悟呢？連其父在檢閱小鸞此作時亦難過地言道：
「東風方起，日色已暝，春日書懷，已兆隕珠之慘，傷如之何！」（頁
335）而後兩首作於辭世前的除夕夜，讀來更令人有不知今夕過了是
否還有明天的恐懼。且看其父的批註：

> 「惟有一宵相共」，謂辛未只此一夕耳。「別歲」，亦別辛未
> 之歲也。詎知壬申除夕已無其人乎！豈非讖。檢閱至此，
> 雙淚流血，不能已已矣。（頁 325）

這些帶有濃厚哀怨色彩的美麗語言，莫非即是小鸞香消玉殞的奇讖？
這樣的宿命，實在令人分外悲嘆與不捨。

三、《返生香》詞的形式技巧

一如其母沈宜修，葉小鸞對詞調亦沒有太大的探索興趣，又囿於生活經驗的有限，所以讀其《返生香》詞，會發現她喜以同調來歌詠同類的題材。且因其所敘寫的大多是由春花秋月所構成的閨怨情懷，故在語言風格上顯得相當纖美精緻，再加上華豔的筆墨，故予人哀豔相濟的感受。當然，終日與琴書為伴的小鸞，在修辭技巧上亦有其可觀之處。

（一）喜以同調詠同類題材

在《返生香》36 調 91 首（含佚詞 1 首）詞作中，以同調作 2 首以上的詞作共 17 調 70 首，占所用詞調的 44.44%與全部詞作的 75.82%，比例不可謂不高，茲整理如下表：

詞調名稱	題 名 或 題 材 內 容	合計
〈如夢令〉	辛未除夕	2
〈點絳唇〉	戲為一閨人代作春怨、暮景、詠採蓮女、夏日雨景	4
〈浣溪沙〉	早春、春思、春閨、春暮、春夜、小窗即事、送春近作、初夏、秋夕、贈隨春、隨春扇、書懷	14
〈菩薩蠻〉	元宵無月2、春日、梅花為風雨狼藉、初秋、秋夜	6
〈減字木蘭花〉	秋思2	2
〈謁金門〉	秋晚憶兩姊、秋雨	2
〈上陽春〉	詠柳、柳絮	2
〈阮郎歸〉	秋思、秋夜	2
〈南柯子〉	秋夜、九日	3
〈浪淘沙〉	春閨、春景、秋懷近作	4
〈鷓鴣天〉	春懷、夏日、壬申春夜夢中作	7
〈河傳〉	秋景、七夕	3
〈虞美人〉	看花、殘燈	4
〈踏莎行〉	早春即事、閒情、紫薇花、秋景、憶沈六父	6
〈蝶戀花〉	春閨、春愁、立秋、七夕、蘭花、秋海棠	6
〈水龍吟〉	次父作、次母憶舊作	3

從表中可以清楚地看出同調所詠的幾乎是同類的題材，如 2 首〈如夢令〉均爲辛未除夕所作，2 首〈減字木蘭花〉均題爲「秋思」，各 2 首的〈上陽春〉與〈阮郎歸〉，前者詠柳、後者言秋，而以〈鷓鴣天〉爲調的「壬申春夜夢中作」即有 5 首。另外長調在《返生香》詞中僅有 6 首，〔註197〕即有 3 首是以〈水龍吟〉爲調的次父母之作，均足以說明小鸞喜以同調歌詠同類題材的創作事實。

　　值得提出的是小鸞雖好以同調歌詠同類題材，但卻能以其慧心與巧思，爲同調同題材勾勒出不同的風貌，且以下列兩首〈浣溪沙・春暮〉爲例說明之：

　　　曲曲欄杆遠樹遮，半庭花影帶簾斜，又看暝色入窗紗。

　　　　樓外遠山橫寶髻，天邊明月伴菱花，空教芳草怨年華。

（頁 327）

　　　一瞬春光最可嗟，東風老去夕陽斜，斷腸芳草遍天涯。

　　　　粉蝶眠春隨夢去，遊絲繫樹帶花賒，可知春思在誰家。

（頁 328）

同樣是以春天向晚時分的萋萋芳草，作爲引發感受的媒介，前詞所敘寫的是韶華易逝的閨女之嘆，後詞則以眠春粉蝶與繫樹遊絲，委婉道出盼春長留的心願。一樣的春暮，前者傷春，後者惜春，雖均是小鸞纖敏的閨怨情懷表述，卻呈現不同層次的情調。

　　再看其兩首同以〈水龍吟〉爲調，題爲「秋思」的次母韻憶舊之作：

　　　井梧幾樹涼飄，滿庭景色仍如舊。啼鴉數點，斜陽一縷，掛殘疏柳。有恨林花，無情衰草，風吹重又。看輕陰帶雨，天涯萬里，樓高漫頻搔首。　　記泊石城煙緒，落紅孤鶩常如繡。輕舟畫舫，布帆蘭枻，暮雲天皺。水靜初澄，蓼紅將醉，早秋時候。對庭前蕭索西風，惟有寒蟬高奏。（其

─────────────────

〔註197〕此 6 首爲〈碧芙蓉・秋思〉、〈玉蝴蝶・春愁〉、〈疏簾淡月・秋夜〉、〈水龍吟・次父六月二十四日作〉與〈水龍吟・秋思次母憶舊之作二首〉。見〔明〕葉紹袁原編、冀勤輯校：《午夢堂集》上冊，頁 346～348。

一，頁 347～348）

> 芭蕉細雨瀟瀟，雨聲斷續砧聲逗。憑欄極目，平林如畫，
> 雲低晚岫。初起金風，乍零玉露，薄寒輕透。想江頭木葉，
> 紛紛落盡，只餘得青山瘦。　　且問沈寥秋氣，當年宋玉
> 應知否？半簾香霧，一庭煙月，幾聲殘漏。四壁吟蛩，數
> 行征雁，漫消杯酒。待東籬綻滿黃花，摘取暗香盈袖。（其
> 二，頁 348）

從詞題所言「時父在都門」（頁 347）與母親沈宜修原作詞題言「後仲
韶遷北，獨赴燕中。余幽居忽忽，悅焉三載，賦此志慨。」（頁 187）
可知此乃小鸞和母韻之作，意在蕭瑟秋日裏思念遠在河北爲官的父親。
同樣的主題，前詞所鋪敘的是閨女在細雨紛飛，夕陽殘照的秋暮裏登樓
遠眺，憶起當年曾與父親和家人共遊石城，共賞輕舟畫舫，落紅孤鶩如
繡的美景。如今依然又逢水靜初澄、蓼紅將醉的早秋時節，文藝之家歡
聚聯吟的場景卻已不復可得，〔註 198〕結以「對庭前蕭索西風，惟有寒
蟬高奏」的淒清秋景，更令人徒生「秋風淒切傷離，行客未歸時。……
搖落使人悲，斷腸誰得知？」〔註 199〕的悲秋傷離之慨。後詞則先以芭
蕉細雨、金風玉露與紛紛落葉渲染出蕭瑟的秋天氣息，接著以宋玉悲秋
與採菊東籬的典故，〔註 200〕融合眼前月籠寒煙與征雁歸航的景象，則

〔註198〕　據葉紹袁《葉天寥自撰年譜・天啓七年丁卯》所言：「四月，改除
　　　　　南京武學教授。五月六日，南帆。六月，抵家。七月，太宜人、內
　　　　　人，同諸子女偕往。」與葉紹袁〈祭長女昭齊文〉曰：「是年，余
　　　　　絳帳武席，約秋間待汝顧秣陵蓿館，攬長干桃葉之勝，弔莫愁子夜
　　　　　之遺，與汝兩妹當必有錦箋錦句，芬芳閨閣，而汝竟不果。」與沈
　　　　　宜修〈季女瓊章傳〉言：「十二歲，髮已覆額，娟好如玉人。隨父
　　　　　金陵，覽長干、桃葉，教之學詠，遂從此能詩。」可知小鸞與家人
　　　　　共赴南京同遊共賞與學吟詠的往事。〔明〕葉紹袁原編、冀勤輯
　　　　　校：《午夢堂集》下冊，頁 837～838；上冊，頁 279；上冊，頁 202。
〔註199〕　溫庭筠〈玉胡蝶〉，曾昭岷、曹濟平等編：《全唐五代詞》上冊，頁
　　　　　120。
〔註200〕　「宋玉悲秋」見《楚辭・九辯》，〔宋〕洪興祖：《楚辭補注》，頁
　　　　　161～174；「採菊東籬」見陶淵明〈飲酒〉之五，〔晉〕陶淵明撰、
　　　　　〔宋〕李公煥箋注：《陶淵明集》（臺北：國立中央圖書館善本叢刊，

在朦朧秋月下手持杯酒，懷人念遠，靜待東籬菊花綻放以取盈袖馨香的亭亭女子形象，已栩栩然如現眼前。閨女採花欲遺誰？當然是在遠方的慈父。在此小鸞不但融合〈古詩十九首〉（庭中有奇樹）中「馨香盈懷袖，路遠莫致之」〔註201〕的書卷經驗，且更進一步以「待」字來改寫之，暗示如此的期待是美好而且可以想望的，不但與和母韻之原詞題意相合，且亦含蓄地傳達期待父親早日歸來的心願。

　　一樣的秋思念遠，前者瀰漫著「秋風秋雨愁殺人」的寂寥氣息，後者卻巧妙地轉化成美好而熱切的想望，父親看到女兒如此的柳絮丰采與真摯情意，必會感動地期待能早日與家人團聚。其他如〈南柯子·秋夜〉（頁 336）、〈菩薩蠻·元宵無月〉（頁 330）、〈踏莎行·閨情〉（頁 343）……等亦是同調同題而情感層次不同之作。小鸞喜以同調同題吟詠同類題材，卻能以其敏睿的感受力與卓越的文字駕御能力，從而賦予同類題材不同的風貌，其不凡的填詞功力亦由此可見一斑。

　　沈宜修〈季女瓊章傳〉曾如此形容小鸞與父親的相處情形：「故為父所鍾愛，然於姊妹中，略無恃愛之色。或有所與，必與兩姊共之，然貧士所與，不過紙筆書香而已。」〔註202〕從以上的論述更可證明小鸞之所以特別受到父親的寵愛，實與其出眾的文學天賦有著莫大的關連。

（二）纖美精緻的語言

　　雖然小鸞的詞在整體上表現出相當濃厚的哀怨情懷，但因這些意象大多是由春花秋月所構成的，因此在語言風格上便顯得相當纖美與精緻。且看下列兩首以〈浪淘沙〉為調的詠「春閨」之作如此言道：

> 終日掩重門，鶯燕紛紛。晝眠微醒覓殘魂。強起亭亭臨鏡看，重束雙雲。　　倦倚碧羅裙，又早黃昏。侵階草長舊愁痕。惟有垂楊千尺，綰住餘曛。（頁 337）

1991 年 2 月），頁 117。

〔註201〕〈古詩十九首〉（庭中有奇樹），〔梁〕蕭統編、〔唐〕李善注：《文選》卷 29，頁 411。

〔註202〕沈宜修〈季女瓊章傳〉，〔明〕葉紹袁原編、冀勤輯校：《午夢堂集》上冊，頁 202。

> 薄暮峭寒分，羅簟香焚。粉墻留影弄微曛。一縷茶煙和夢煮，卻又黃昏。　曲曲畫湘文，靜掩巫雲。花開花落負東君。賺取花開花又落，都是東風。（頁337）

前詞所敘的是閨女晝眠為熱鬧的鶯燕所驚醒，故勉強臨鏡整妝覓殘春。時光不知不覺就在倦倚碧羅裙中悄悄流逝，只見垂楊中縷縷夕陽的光暈。

後詞上片則用精緻的工筆，描摹令人感傷的抒情環境：在料峭春寒的薄暮時分，稍有倦意的女詞人鋪開竹簟，燃起檀香，想沏壺茶伴隨好夢慢慢品嘗，卻猛然驚覺牆上落日的餘暉，原來現在是不能作夢的黃昏時刻。下片寫自己靜臥在彩繪雲朵的屏山後，不能欣賞花開花落的景色，而辜負東君之神的美意。但筆鋒一轉，卻又以跌宕的抒情來怨指東君，說正是他賺取花開，又催得花落，才讓自己徒生感傷。

雖然二詞在總體意境及情感表現上，並沒有什麼特出之處，不過是敘閨女傷春的閨怨情愁，但卻屢見命意工整精練的佳句，如「惟有垂楊千尺，綰住餘曛」與「粉墻留影弄微曛」的描摹夕陽餘暉之美，與「一縷茶煙和夢煮」的輕約之美，在語言和表意上，都相當講究。若沒有睿敏的感受力與出色的文字表述力，是很難寫出這樣的佳句的。

再如其表現秋夜孤寂的〈卜算子・秋思〉云：

> 天淡水雲平，風嫋花枝動。羅幕涼生翠袖輕，柳外飛煙共。　獨坐思悠揚，簫管慵拈弄。帳冷西窗一夜香，寂寞添幽夢。（頁332～333）

全詞不過表達對寂寞無聊的身臨其境之感，並沒有特別的生活經驗紀錄，但「羅幕涼生翠袖輕，柳外飛煙共」與「帳冷西窗一夜香，寂寞添幽夢」等語言卻見纖美精緻。

而這樣工巧精緻的語言，在《返生香》詞中俯拾皆是，就連重鋪敘的長調，亦迭見工整精練的語句，且以其在辛未年所填的次父之作說明之：

> 晝長人靜沉沉，綠楊正嫋深深院。畫簾低映，薄羅無暑，汗消珠釧。蘭畹香清，湘雲影瘦，翠陰遮遍。聽蓮歌處處，

悠揚逸韻，半入水風煙片。　　一霎雨餘明淨，晚雲如黛
花如鈿。舟移萍亂，芳香袖惹，媚風輕茁。一色紅妝，千
重翠蓋，參差江面。更堪憐歸路，平波杳杳，夕陽斜見。(〈水
龍吟・次父六月二十四日作，辛未〉，頁 347)

一如父親的原作，〔註 203〕小鸞此詞亦寫其在夏末之時所看到的景
致。開篇的「晝長人靜」與「綠楊正嫋」已爲這漫漫長晝帶來悠閒與
清涼，果然接以「蘭畹香清，湘筠影瘦，翠陰遮遍。」的特寫畫面，
讓讀者也感受到夏日裏的綠意與清香。下片小鸞以美人爲喻，一句「晚
雲如黛花如鈿」已生動摹寫雨後的美景，接著詞人將視角移向江上，
參差江面的「一色紅妝」、「千重翠蓋」恰與上片的「蓮歌處處」、「悠
揚逸韻」相呼應。而「平波杳杳，夕陽斜見」則是以工筆描繪所見的
江上晚景。全詞雖無多大的深意，但覺盈滿紙面的盡是清詞麗藻，值
得提出的是如此多的麗詞妙語，並沒有淹沒敘述的主軸，反而是在盡
情的鋪寫中，讓主題「夏日清閒怡人情景」有著更引人入勝的呈現。

再看下列兩首寫景詞：

薄捲紅綃，斷霞西角斜陽遠。晝長無伴，閒去題花扇。　　獨
何欄杆，看盡歸鴉遍。輕雲亂，涼風吹散，新月中天見。(〈點
絳脣・暮景〉，頁 326)

竹徑深深，流雲曉度羅幃靜。雨絲幾陣，滿地桐花冷。　　涇
翠侵眉，纖暈蒼苔影。看無盡，綺屏人映，一片瀟湘景。(〈點
絳脣・夏日雨景〉，頁 326)

前詞開篇的「薄捲紅綃，斷霞西角斜陽遠」已生動表現落霞餘暉的美
景，而「輕雲亂，涼風吹散，新月中天見」看似平淡，卻也讓新月破

〔註 203〕 葉紹袁原作乃〈水龍吟・寫懷〉，爲冀勤從《笠澤詞徵》收入《午
夢堂集・補遺》。詞曰：「寂寥蘋渚衡皋，道書讀罷香銷篆。松聲入
坐，藥欄紅亞，美人蕉釧。極目平蕪，天高水遠，蓮歌遊遍。且藤
壺汲煮，青衣小袖，點取鳳團香片。　　自把秋棠手洗，粉牆西・
翠梳新鈿。開簾風動，畫屏琴石，輕陰滿扇。酒盈尊，摘乃侵暝，
夜涼迎面。更堪娛、又有淑篇絮句，麗詞常見。」〔明〕葉紹袁原
編、冀勤輯校：《午夢堂集》下冊，頁 768。

雲而出的暮景如現眼前。後詞的「竹徑深深，流雲曉度羅幃靜」則巧妙點出閨房內與庭院中的竹林同是一片幽靜，而「雨絲幾陣，滿地桐花冷」則是特寫雨中的落地桐花，從而點出「夏日雨景」的主題。下片的「淫翠」、「纖暈」、「綺屏」與「瀟湘景」等類詞語，雖不新異，卻也緊湊而文雅，如實地呈現自我的生活體驗。

　　小鸞終其一生只是一個成長於文藝之家，稟性夙慧早熟的少女，欠缺眞正的生活體驗，故平實而論，其詞作內容誠有狹隘之限。但她以慧心與巧思，將生活中所見所感以精鍊的語言表現出來，所展現的詞藝水準，實不遜於成熟的作家。小鸞的舅父沈自徵在〈祭甥女瓊章文〉中曾如此記述小鸞的文學天才：

> 余別去久，汝姊不祿，汝還歸汝母，遂博極琅函，廣探彤史，皆汝母自授，汝手爲較閱，謝庭詠絮，十韻立成。汝嘗以二詞相憶，以七言絕數首，寄余燕臺，時止十三歲也。其詞見者炙口，社友爭錄其句，家中丞季父袖示孫女。〔註204〕

十三歲時的小鸞在母親的教育養成下已是能十韻立成的才女，以詩詞遠寄北遊塞上的舅父，〔註205〕即讓沈自徵的同僚大爲驚豔，紛紛摘錄其中佳句，甚至家中長輩還將小鸞的文句示以孫女，以爲臨摹學習的範本。看看在《返生香》詞中隨處可見的纖美精緻語言，更可以作爲沈自徵此段記錄的註解。

（三）哀豔相濟的詞筆

　　清陳廷焯在《白雨齋詞話》中曾如此評論評葉小鸞的詞：「詞筆哀豔，不減朱淑眞，求諸明代作者，尤不易覯也。」〔註206〕的確，

〔註204〕　沈自徵〈祭甥女瓊章文〉，〔明〕葉紹袁原編、冀勤輯校：《午夢堂集》上冊，頁364。

〔註205〕　沈自徵〈祭甥女瓊章文〉亦言：「比甲子冬，汝年九歲，余以鋪糜不給，仗劍北走塞上，汝姊不解別苦，獨汝遠膝牽衣，問余幾時歸，余黯不能應。故余作客遼左，馳逐黃沙白草、金戈鐵馬之中。略不憶家，獨及汝，未嘗不泫然淚下，與胡笳聲俱墮也。」〔明〕葉紹袁原編、冀勤輯校：《午夢堂集》上冊，頁363。

〔註206〕　〔清〕陳廷焯《白雨齋詞話・卷三》，唐圭璋編：《詞話叢編》冊4，

小鸞的詞雖有著氤氳不散的憂鬱氣息，但筆墨卻極其華豔，總能使情景和諧交融，致使俯拾皆見情景相生的佳句。試以其〈蝶戀花‧春愁〉為例來分析：

> 驀地東風池上路，綠怨紅消，竟是誰分付。不斷行雲迷楚樹，閉門寒食梨花雨。　　雨後斜陽芳草處，閒把情懷付與東君主。便向西園飄柳絮，不能飄散愁千縷。（頁344～345）

這是一首春詞，春天予人歡喜，亦予人傷感，只因明媚盎然的春色竟是如此短暫。昨日池邊小路尚是柳暗花明，今日卻已是綠怨紅消，究竟是誰如此忍心？看天上行雲與遠近迷濛的樹木，屈指數來，方憶起已是清明寒食時節。難怪梨花帶雨，似露似淚，這樣惱人的天氣，還是閉門不出吧。雨後復斜陽，芳草更加鮮綠，閒步庭院，深知自己難以掌握諸多情懷，還是交由春神──東君來作主吧。但春風雖然飄盡柳絮，卻不能飄散我的愁緒。

　　這樣的詞筆，既是纖細哀怨情感的傳達，又是視覺上的色彩的豐富饗宴，如上例的「綠怨紅消」、「斜陽芳草處」與「不能飄散愁千縷」等佳句，在在都顯示年輕小鸞在詞藝上的日臻成熟。

　　再看其筆下的秋夜與秋雨：

> 蛩聲泣罷夜初闌，香潤彩籠殘。多情明月相映，一似伴人閒。　　燈蕊細，漏聲單，透輕寒。蕭蕭瑟瑟，惻惻悽悽，落葉聲乾。（〈訴衷情‧秋夜〉，頁332）

> 秋雨急，釀就曉寒相逼。竹擁淒迷芳徑窄，一庭閒翠積。　　雁字無人寄得，落葉紛紛如摘。懶捻金針推指澀，繡床連夜溼。（〈謁金門‧秋雨〉，頁333）

前詞以 44 字的小令，凝鑄成色彩華麗鮮明，情感卻淒楚迷離的閨女悲秋圖；後詞則是女詞人從日常生活中選出一個側影，把一個流連秋景，懶學女紅的文藝少女形象表現得淋漓盡致。詞中的主人翁，當然都是小鸞自己。以己之彩筆，抒己之情懷，小鸞哀豔相濟的詞筆，恰

頁 3825。

與其「生而靈異，慧性夙成；長而容采端麗，明秀絕倫。翠羽朝霞，同于圖畫；輕雲迴雪，有似神人。」的外在形象不謀而合。〔註207〕

雖然小鸞在填詞的創作上是以小令為主，〔註208〕但其長調亦有可觀之處。基本上其慢詞亦承襲小令的格調，以哀豔相濟的詞筆來表現一個有修養、有靈性的少女，細膩入微的精神感受，如其〈碧芙蓉・秋思〉云：

> 曲徑繞蒼苔，秋意平鋪，蕭散無數。淡日移階，幾度尋花誤。西風怨露草寒螢，夜天淒霜林煙樹。隔橋楊柳，翠減長條，猶自依依故。　　青山雲去杳，紅樓日又催暮。羅簟生寒，漫引新桐句。池塘映芙蓉一葉，簾幙驚海棠疏雨。闌干憑遍，妝臺漸冷，黯黯無語空凝佇。（頁346）

在這裏，有「曲徑繞蒼苔」、「紅樓日又催暮」的庭院幽景，有「猶自依依故」的煙雨楊柳特寫，有「淡日移階」的貼切形容，也有「西風怨露草寒螢，夜天淒霜林煙樹」的細緻感受，而其他用語，如「蕭散」、「翠減」、「漫引」等詞語，雖不見新意，卻亦饒富韻致。而這麼多的麗詞妙語，並沒有淹沒情感發展的線索，反而是在盡情的鋪寫中，委曲盡致地道出一個多愁善感的少女，在秋意漸濃時節的心中感受。

詞體深具綺豔和婉之美的兩大特點，是化直致為宛轉與託諸風月花卉以寫閨閣之情，〔註209〕亦即張炎《詞源》卷下所言「簸弄風月，陶寫性情，詞婉於詩。蓋聲出鶯吭燕舌間，稍近乎情可也。」〔註210〕小鸞詞就表現方式而言，確實是以佻言妍貌來細細刻畫閨情與風月，故能充分體現詞體曲盡人情的婉麗之美。

〔註207〕沈自炳〈返生香序〉，〔明〕葉紹袁原編、冀勤輯校：《午夢堂集》上冊，頁299。

〔註208〕據筆者統計葉小鸞《返生香》（含輯佚）191闋詞，長調只有〈碧芙蓉・秋思〉、〈蝶戀花・春愁〉、〈疏簾淡月・秋夜〉、〈水龍吟・次父六月二十四日作〉與〈水龍吟・秋思次母憶舊之作二首〉等共六首，故知其是以小令的創作為主。

〔註209〕張惠民：《宋代詞學審美理想》，頁104。

〔註210〕〔宋〕張炎《詞源》，唐圭璋編：《詞話叢編》冊1，頁263。

　　翻讀葉小鸞的《返生香》詞，映入眼簾的盡是如「乍看今日試微晴，東風已解向人迎」（〈浣溪沙·早春〉，頁 327）、「自是幽情慵捲幌，不關春色惱人腸，誤他雙燕未歸梁。」（〈點絳唇·初夏〉，頁 329）與「流水殘霞，斷送西風入鬢華。」（〈減字木蘭花·秋思〉，頁 332）……等情景交煉，且哀豔相濟的佳句。

　　劉勰《文心雕龍·鎔裁》論文章鎔意裁辭之總要時曾言：「辭如川流，溢則泛濫，權衡損益，斟酌濃淡，芟繁剪穢，弛於負擔。」〔註211〕移之以論遍布《返生香》詞中的清詞麗句，在濃豔斑斕的色彩中氤氳著不散的哀愁，讓人咀嚼再三，可謂深得婉約詞的鎔裁之要。可見小鸞年齡雖小，生活經驗亦稱淺薄，但感受與領悟力卻是相當不平凡，故能以哀豔相濟的詞筆掌握填詞訣竅，從而成為晚明閨秀詞壇的奇葩。

（四）善用修辭技巧

　　雖然小鸞最終只是一位少女，但因其所受家庭文化的薰陶與本身的稟賦，讓她的詞備受好評，除了上述所言的特質外，《返生香》詞在修辭技巧上亦有值得注意之處。

　　小鸞善感多情，所以在很多詠物或寫景的詞句中，她運用的是擬人化的寫法，使客觀的景物蒙上主觀生動的色彩，且看小鸞筆下的秋海棠所呈現的風情：

> 淺綠嫣紅開幾許，誰料西風，也解傾城嫵。酒暈盈盈嬌欲佇，檀心半吐輕含雨。　　剪向屏山深處貯，似笑如愁，旖旎憐還憮。低嚲對人渾不語，斷腸應恐人無緒。（〈蝶戀花·秋海棠〉，頁 345～346）

詞人先以淺綠嫣紅描摹海棠的外型，接著以「酒暈盈盈嬌欲佇，檀心半吐輕含雨」表現海棠的嬌媚，而一句「似笑如愁旖旎憐還憮」讓人頓覺這在西風中亭亭玉立，低頭不語，似喜還憂的海棠，莫非即是詞人的化身？在主觀情感的挹注下，小鸞將秋海棠的外形美、氣質美和

〔註211〕　〔梁〕劉勰撰、〔清〕黃叔琳注：《文心雕龍校注》，頁222。

自我的感情美、心靈美，以擬人的筆法組成如詩似畫的藝術之美。

再看下列情景交融的佳句：

深深見，綠楊風晚，空載閒愁返。（〈點絳唇・詠採蓮女〉，頁 326）

垂柳有情留夕照，飛花無計卻春愁。（〈浣溪沙・春閨〉，頁 327）

杜鵑枝上東風悄，碧玉欄前人杳。一夜綠嬌紅老，只怨春歸早。（〈虞美人・春日〉，頁 335）

〈點絳唇・詠採蓮女〉中的晚風載閒愁，一個「載」字，讓人頓感瀰漫空中的，盡是閨女莫名的愁緒。〈浣溪沙・春閨〉以「有情」和「無計」狀垂柳與飛花，則柳映斜陽，落紅紛飛的春暮景色已躍然呈現眼前。而〈虞美人・春日〉以「花」與「人」相類比，花開人杳，一夜之間，竟是綠嬌紅老，這漸老的紅花，莫非即是詞人哀歎的青春年華？上列諸詞句或是融情於景，或是借景抒情，均令人感受到詞人深刻的情意，如此「一切景語皆情語」的表述，[註 212] 即「有我之境，以我觀物，故物皆著我之色彩。」[註 213] 不但使景物更加鮮明且具生命力，也使情感更為含蓄而深邃。

為了使抽象的情感或意象具體化，小鸞也常用譬喻的寫法，如：

記泊石城煙渚，落紅孤鶩常如繡。（〈水龍吟・秋思之一〉，頁 347）

平林如畫，雲低晚岫。（〈水龍吟・秋思之二〉，頁 348）

睡花蝴蝶，枕上夢魂輕似葉。（〈減字木蘭花・秋思之二〉，頁 332）

清光美，好把鏡奩比。（〈河傳・秋景〉，頁 340）

以上都是明喻，很容易明瞭作者的用心，〈水龍吟・秋思〉中，小鸞以如繡與如畫來形容賞心悅目的景色。〈減字木蘭花〉中的「夢魂輕似葉」，讓人明顯感受到詞中人的輾轉難眠，而〈河傳〉中的「清光美，好把鏡奩比」，已將月色如水的美麗秋景表露無遺。

〔註212〕　王國維《人間詞話・刪稿》，唐圭璋編：《詞話叢編》冊 5，頁 4257。
〔註213〕　王國維《人間詞話》，唐圭璋編：《詞話叢編》冊 5，頁 4239。

另外《返生香》詞中常見的對句，更可爲小鸞御筆功力深厚的證明，如：

楊柳垂腰消酒困，海棠點靨藏春暈。（〈蝶戀花・春閨〉，頁 344）

流鶯猶未弄歌聲，海棠欲點臙脂醉。（〈踏莎行・早春即事〉，頁 343）

有恨林花，無情衰草。（〈水龍吟・秋思之一〉，頁 347）

樓外遠山橫寶髻，天邊明月伴菱花。（〈浣溪沙・春暮〉，頁 327）

依依柳眼天邊碧，淡淡山眉鏡裏青。（〈鷓鴣天・春懷〉，頁 338）

前二首小鸞不但以楊柳垂腰、流鶯弄歌與海棠點靨微醺的擬人手法來表現春日風情，且更以工整的對仗句爲之，除了整齊的視覺美感之外，更有咀嚼不盡的情意在其中。〈水龍吟・秋思〉則以「有恨林花」與「無情衰草」的重出意象，來形容盈滿天地之間的蕭瑟秋意，讀來令人不寒而慄。後兩首則是閨女巧妙地將自我的形象與外在春景融合爲一，細細讀來，這橫寶髻的遠山與伴明月的菱花，莫非即是詞人自謂？而依依天際的柳眼與鏡裏的青山，豈非詞人對自我清麗容顏的形容？小鸞哀艷相濟的詞筆，在這些對仗工整的句子中也可以明顯地感受出來。

從小生長在文藝氣息濃厚的文化家族，自書卷中吸取經驗以豐富創作內涵，亦是才女葉小鸞重要的創作技巧之一。在《返生香》詞中常可看到小鸞將書卷意象典故與實際生活經驗相結合，將之融入創作實踐中，故常使作品交迭著熟悉與陌生，從而賦予讀者別樣的新穎感受，且以〈踏莎行・憶沈六舅父〉爲例說明之：

枝上香殘，樹頭花褪，紛紛共作春歸恨。十年客夢未曾醒，子規莫訴長離悶。　　回首天涯，愁腸縈寸。東風空遞雙魚信。幾番歸約竟無憑，可憐只有情難盡。（頁 344）

上片的「十年客夢未曾醒」明顯化用杜牧〈贈別〉中的「十年一覺揚州夢」，〔註214〕「子規莫訴長離悶」則是改寫自晁補之〈滿江紅・寄內〉

───────────────

〔註214〕杜牧〈遣懷〉，〔清〕聖祖御製、王全點校：《全唐詩》卷 524，冊 16，頁 5998。

詞中的「正是少年佳意氣，漸當故里春時節。歸去來、莫教子規啼，芳菲歇。」〔註215〕說明舅父離家遠游塞上的事實。〔註216〕下片則將〈飲馬長城窟行〉中「客從遠方來，遺我雙鯉魚，呼兒烹鯉魚，中有尺素書。」〔註217〕的典故融入實際生活經驗中並加以改寫，從而深化了久別相思，期待舅父能早日歸家，以慰家中妻子與外甥女苦苦守候的主旨。如此熟練的典故運用，確實賦予這闋小令以更寬廣深邃的抒情內涵，只覺盈滿紙面的，盡是小鸞對遠游舅父的深情摯意。另外值得提出的是小鸞寫作此詞時年僅13歲，〔註218〕這對一般人而言尚是年少習作的階段，小鸞卻能有如此的功力表現，更是她不凡文學天賦的有力證明。

　　其他如〈蝶戀花·蘭花〉的「楚畹當年思帝子，紫莖綠葉娟娟美」（頁345）即是王逸在《離騷經·序》中所言「善鳥香草，以配忠貞」的典故，〔註219〕而從運用自如的筆法中也可應驗《離騷》善用比興的寫作技巧對小鸞的影響。〔註220〕又〈水龍吟·秋思之二〉的「且問沈寥秋氣，當年宋玉應知否？」（頁348）更可看出是「宋玉悲秋」典故的運用，〔註221〕凡此皆可看出小鸞詞中濃厚的書卷氣息與御筆功力的不凡。

〔註215〕 晁補之〈滿江紅·寄內〉，唐圭璋編：《全宋詞》冊1，頁578。

〔註216〕 沈六舅父當即是自小鸞出生六月即撫育之的宜修弟沈自徵（字君庸，娶宜修表妹張倩倩）。據沈宜修〈表妹張倩倩傳〉言：「甲子（天啟4年，1624），君庸為貧鬼揶揄，送窮無策，蒯緱一劍，北遊塞上。」〔明〕葉紹袁原編、冀勤輯校：《午夢堂集》上冊，頁206。

〔註217〕 〔宋〕郭茂倩編：《樂府詩集·卷38》（上海：上海古籍出版社，1998年11月），頁437。

〔註218〕 沈自徵在〈祭甥女瓊章文〉中曾言：「余別去久，汝妗不祿，汝歸還汝母。……汝嘗以二詞相憶，及七絕數首，寄余燕臺，時止十三歲也。」雖然下言：「今皆散失，惜哉！」但從詞意可知本詞應是其中之一，當是小鸞亡後其父母從所留作品中輯得者。〔明〕葉紹袁原編、冀勤輯校：《午夢堂集》上冊，頁364。

〔註219〕 〔宋〕洪興祖補注：《楚辭補注》，頁2。

〔註220〕 沈宜修〈季女瓊章傳〉言「四歲，能誦《離騷》，不數遍即能了了。」〔明〕葉紹袁原編、冀勤輯校：《午夢堂集》上冊，頁201。

〔註221〕 宋玉〈九辯〉，〔宋〕洪興祖補注：《楚辭補注》，頁161～174。

四、《返生香》詞的風格：幽雋婉麗

小鸞的奇慧早熟與好靜深思，讓她有著「擷藻兩京，掞華六代，自有煙霞之致，絕無脂粉之靡」的性格。〔註222〕她的詞筆雖是華麗，有花有色也有香，卻是不作豔語，故無香奩之氣。她以纖美精緻的語言和哀豔相濟的詞筆，構成清雋幽婉的詞境。這樣的詞境，多為靜境，格調雅潔，音色清輕，沒有少女的熱情，卻有睿敏多感的哀怨，從而形成幽雋婉麗的主導風格。試以〈蝶戀花・立秋〉為例來說明：

> 屈指西風秋已到，薄簟單衾，頓覺涼生早。疏雨數聲敲葉小，小亭殘暑渾如掃。　　流水年華容易老，秋月春花總是知多少。準備夜深新夢好，露蟲又欲啼衰草。（頁345）

秋日凋殘的物候，以及它在四季中的位置，不僅使人感到一年將盡，時光如水，而且易於喚醒人心中沉睡多年的種種磨難記憶，因而特別強烈地體驗到生命流逝，年華易老的悲傷，〔註223〕這是中華民族對秋的悲劇性心理感受的審美反映。〔註224〕從詞中可知自小身受父母濃厚文藝薰陶的小鸞，〔註225〕對秋天的到來自有著悲秋的原型意象，她感慨時光流逝，歲月催人衰老，在初秋疏雨催葉落的淒清氛圍中，閨女睿敏的心緒，亦得到了動人的抒發。

上片款款道出「天涼好個秋」的景象：西風秋雨取代盤踞數月的暑氣，而夏天用的涼席薄被，已令人感到不勝涼意。其中尤以「小」字下得最為靈動：可以是疏雨打葉聲之小，也可以是秋天不易長出的新生葉之小。總之，「小」正是秋天的本質，且又與下句小亭之「小」相連接，恰似民歌中常用的頂針格，別有一股清新的風味。

〔註222〕葉紹袁〈祭亡女小鸞文〉，〔明〕葉紹袁原編、冀勤輯校：《午夢堂集》上冊，頁369。

〔註223〕嚴雲受：《詩詞意象的魅力》，頁69。

〔註224〕嚴雲受：《詩詞意象的魅力》，頁61。

〔註225〕從葉氏長子葉世佺（1614～1658）在〈祭亡姊昭齊文〉中言：「佺少時，父母命誦《毛詩》十五國風以及二雅諸頌，為與相姊對几席，朝夕吁吟。」可知葉紹袁與沈宜修對子女文學教養的重視。〔明〕葉紹袁原編、冀勤輯校：《午夢堂集》上冊283。

　　秋天的來臨，不禁讓多愁的女詞人聯想到韶光的易逝，人生究竟能夠經歷幾度的春花與秋月？期盼在這天涼的秋夜裏，至少能有好夢相隨。沒想到秋露裏的鳴蟲又在衰草中蠢蠢欲動，讓少女輾轉反側，驚覺冬天是否已經不遠？而讓這敏感的心靈增添了幾分感傷。

　　此首詞題爲「立秋」，寫的也是初秋的景色與感受，題材不算特別，但在淡淡的哀愁中卻別有幽婉的深情，從而達到高度的美學境界，同時也傳達了女詞人貞靜自持又敏感多思的心性。

　　再看以下兩首寫「春夜」與「曉起」的詞作：

　　　柳絮飛殘不見春，近來閒殺惜花心，無聊獨自步庭陰。

　　　　　紫燕未歸餘畫棟，黃昏先到怯囊琴，燈花月影兩深深。

　　（〈浣溪沙・春夜〉，頁 328）

　　　春夢朦朧睡起濃。綠鬟浮膩滑，落香紅。妝臺人倦思難窮。斜簪玉，低照鏡鸞中。　　徐步出房櫳。閒將羅袖倚，立東風。日高煙靜碧綃空。春如畫，一片杏花叢。（〈小重山・曉起〉，頁 342）

這類的詞作，著意與人相遠，置春花月影於清空幽寒之境，故在秀麗之外別有一分春閨寂靜之感。其中「近來閒殺惜花心，無聊獨自步庭陰。」與「徐步出房櫳。閒將羅袖倚，立東風。」已道盡女主人翁清雅好靜的稟性氣質。前詞結以「燈花月影兩深深」以喻傷春之情，後詞結以「一片杏花叢」聊寄惜春之意，均表現詞體將抒情意境化的藝術特質，形成含蓄蘊藉的審美效果。

　　詞體之美感特質就在於婉轉含蓄，能引人深思，並使人尋味，能表現抒情主體深細幽微且不易言傳的情思意趣。〔註 226〕爲了追求這種言近旨遠的審美效果，宋代詞論家特重詞的結尾，如李之儀即言：「其妙見於卒章，語盡而意不盡，意盡而情不盡，豈平平可得彷彿哉！」〔註 227〕張炎亦有類似的言論：「一段意思，全在結句，其爲絕

〔註226〕　張惠民：《宋詞的審美理想》，頁 106。
〔註227〕　李之儀〈跋吳思道小詞〉，金啓華、張惠民等編：《唐宋詞集序跋匯編》，頁 36。

妙。」、「令曲，末句最當留意，有有餘不盡之意始佳。」〔註228〕均具體說明結句對表現詞體婉約之美的重要意義。細觀小鸞《返生香》詞中如「隔墻何處按歌聲」（〈浣溪沙·早春〉，頁 327）、「又看河漢半傾斜」、（〈浣溪沙·秋夕〉，頁329）「塞雁幾曾還，一江煙水寒。」（〈菩薩蠻·初秋〉，頁331）……等結句都是融情入景，增加了詞體內蘊的深廣度，讓篇幅短小的小令，有著令人咀嚼不盡的餘韻在其中，充分體現詞體婉約之美的特質。而在《返生香》為數不多的長調中，同樣可以感受到小鸞詞作幽雋婉麗的風格，6 首長調皆已見前述。

　　總之，小鸞以華豔的筆墨與精緻的語言，融合各種修辭技巧來寫生活中的所見所感，雖然因年紀尚小，欠缺真正的生活體驗，致使寫作題材總是脫離不了春花秋月與傷春悲秋等閨怨情懷，但在讀這些尋常題材時，卻可明顯感受到女詞人敏感細膩的情緒，從而表現出在「要眇宜修」〔註229〕的詞體世界中高度的審美情趣。

　　昔張炎論詞的審美理想時曾如此言道：「詞要清空，不要質實。清空則古雅峭拔，質實則凝澀晦昧。」〔註230〕明白點出詞體之美就在於「清空」的藝術境界。沈祥龍《論詞隨筆》更提及如何才能達致清空之境：「詞宜清空，然須才華富，藻采縟，而能清空一氣者為貴。清者不染塵埃之謂；空者，不著色相之謂。清則麗，空則靈，如月之曙，如氣之秋，表聖品詩，可移之詞。」〔註231〕以此標準來檢視小鸞其人與其詞，雖然囿於人生經驗的淺薄，致使其詞作不能達於清空之境；但柳絮之才與稟性之高潔本已不在話下，華豔之筆墨亦驗之如前述，品其詞中之風花雪月，確有古雅出塵之味。則《返生香》詞中的幽雋與婉麗，當是不言可喻。

〔註228〕〔宋〕張炎《詞源》，唐圭璋編：《詞話叢編》冊 1，頁 261、265。
〔註229〕王國維《人間詞話·刪稿》中對詞之特質曾有過如此膾炙人口的論述：
　　　　「詞之為體，要眇宜修。能言詩之所不能言，而不能盡言詩之所言。詩之境闊，詞之言長。」唐圭璋編：《詞話叢編》冊 5，頁 4258。
〔註230〕〔宋〕張炎《詞源》，唐圭璋編：《詞話叢編》冊 1，頁 259。
〔註231〕〔清〕沈祥龍《論詞隨筆》，唐圭璋編：《詞話叢編》冊 5，頁 4054。

　　小鸞的一生，只是生活環境清悠無塵的閨中少女，對人生遭遇沒有真正深刻的體會，但因其所受家庭文化的薰陶與早熟睿敏的天賦，竟然成就了她在晚明閨秀詞壇上不可撼動的地位。在對明詞態度嚴苛的清代詞論家陳廷焯眼中，小鸞的成就不僅在其母沈宜修之上，竟亦超越了宋代的朱淑真，以為可上接李清照。〔註 232〕持平而論，小鸞詞之所以感人，就在於她撇開了塵世的紛華與喧擾，或寄託於傷春傷別，或寄託在遁世仙境的追尋，以輕淡縹緲的表現形態，深刻細膩地刻畫出人類心靈深處常存永在的一份悲哀——閑愁，這是中國文學中亙古常存的基本命題，故能引發讀者熱切的迴響與共鳴。

　　小鸞的詞在總體美感特徵上是承襲了「午夢堂」家族雅致纖細的特質，且在詞筆的運用上尤稱嬌豔，雖然囿於實際上的生活體驗，她的詞在情感的渲染力上，實不能與其母沈宜修和大姐葉紈紈等來自親身經歷的感受相提並論，但她的穎秀多感之處，則連其母與其姐都要略遜一籌。

第五節　張倩倩與其他家族女詞人

　　除沈宜修、葉紈紈、葉小紈與葉小鸞母女外，沈宜修弟媳張倩倩與李玉照、子媳沈憲英與外孫女沈樹榮等家族女詞人的作品亦有可觀之處。

一、張倩倩詞作量少質精

　　張倩倩（1594～1627），沈宜修姑母之次女，自小與宜修感情甚篤，宜修八歲喪母，父又以宦游離家，特迎倩倩之母歸視宜修，「姑賢明仁淑，視余與己子無異。倩倩小余四歲，凡簸錢鬥草，弄雪吹花，

〔註232〕〔清〕陳廷焯《白雨齋詞話》卷 3 言：「葉小鸞詞筆哀豔，不減朱淑真。求諸明代作者，尤不易覯也。」《白雨齋詞話》卷 5 又言：「閨秀工為詞者，前則李易安，後則徐湘萍。明末葉小鸞，較勝於朱淑真，可為李、徐之亞。」唐圭璋編：《詞話叢編》冊 4，頁 3285；頁 3895。

嬉游燕笑，無不同之。」〔註233〕倩倩年 17 嫁宜修弟沈自徵（字君庸，
1591～1641）爲妻。姿性穎慧、風度瀟灑的倩倩與負才任俠的沈自徵
亦是神仙美眷，曾育有三女一子，惜皆早亡。紹袁與宜修三女小鸞出
生方四月，即因家貧乏乳，故過育舅父沈自徵，由妗母張倩倩撫養之。
小鸞幼時即教之讀〈離騷〉與古今詩詞，小鸞清慧的文學天賦即得之
於張倩倩的啓悟與開導。〔註234〕

　　沈自徵雖有滿腹才學，卻累困於場屋，抑鬱不得志，甲子冬（天
啓 4 年，1624）因家貧無以爲繼，不得不北游塞上尋找謀生機會，獨
留小鸞與倩倩相依爲伴。〔註235〕倩倩索居岑寂，忽忽多愁，竟至纏
綿病榻，不數年即以 34 歲的韶華之齡告別人世，同是蕙質蘭心的表
姊沈宜修在不捨之餘，爲其寫下〈表妹張倩倩傳〉，以紀念她紅顏薄
命的人生。〔註236〕

　　秀外慧中的倩倩亦工詩詞，但作即棄去，今所傳世詞作僅有 3 闋，
乃宜修據小鸞所記誦，於〈表妹張倩倩傳〉中所記錄者。〔註237〕數量
雖少，卻是首首可讀。如其〈憶秦娥〉言：

〔註233〕　沈宜修〈表妹張倩倩傳〉，收入〔明〕葉紹袁原編、冀勤輯校：《午
　　　　　夢堂集》上冊，頁 205。
〔註234〕　葉紹袁《葉天寥自年譜》即言：「（四十四年丙辰，二十八歲）三
　　　　　月初八日，小女小鸞生。家貧乏乳，方四月，過育舅沈君庸家，
　　　　　妗母張倩倩撫養之。女固天才，亦章慢之教多也。」沈宜修〈表
　　　　　妹張倩倩傳〉亦言：「生三女一子，俱早亡。以余季女瓊章爲女。
　　　　　瓊章小時，即教之讀《離騷》、古今詩詞，故清才曠致，殊有妗
　　　　　母風焉。」以上二引文分見〔明〕葉紹袁原編、冀勤輯校：《午
　　　　　夢堂集》下冊，頁 831；上冊，頁 206。
〔註235〕　此從沈自徵〈祭甥生瓊章文〉言：「比甲子冬，汝年九歲，以鋪糜
　　　　　不給，仗劍北走塞上，汝妗解苦，獨汝遠膝牽衣，問余幾時歸，余
　　　　　黯不能應。」可知。收入〔明〕葉紹袁原編、冀勤輯校：《午夢堂
　　　　　集》上冊，頁 363。
〔註236〕　以上關於張倩倩的生平，乃參閱沈宜修〈表妹張倩倩傳〉，收入
　　　　　〔明〕葉紹袁原編、冀勤輯校：《午夢堂集》上冊，頁 205～207。
〔註237〕　本小節所討論之張倩倩詞作均引自沈宜修〈表妹張倩倩傳〉，爲免
　　　　　繁瑣，僅在詞後標明頁數，不另外註明出處。

> 風雨咽。鷓鴣啼碎清明節。清明節。杏花零落，悶懷千疊。
> 情悰依舊和誰說。眉山鬥鎖空愁絕。空愁絕。雨聲和淚，問誰淒切。（頁207）

上片寫景，在風雨聲交雜著鷓鴣啼聲的清明時節，眼中所見的是零落的杏花，與悼亡念遠的節日特質聯想在一起，詞人不禁愁緒滿懷。果然下片通過外在形象加以抒發內心的感懷：昔日善感的情緒依舊，卻不知要向誰訴說？只有愁眉緊鎖，伴著雨聲，獨自飲泣。從滿腔悶懷到雨聲和淚，情感不斷深化，由淒清轉為淒切，在冷絕的基調上，令人感受到的是一派愁雲慘霧。

再看其〈浣溪沙〉言：

> 幾日輕陰冷翠綃。起來慵把柳眉描，春情無奈困人嬌。
> 簾外錦鴣啼恨絮，天邊征雁寄書勞。小窗閒撥篆芸燒。
> （頁207）

所描述的雖然是典型的閨女傷春之情，遣詞用字卻極為講究，尤其過片以「簾外錦鴣啼恨絮，天邊征雁寄書勞」的工整對句，深刻傳達出思婦念遠的主題，並以瀰漫閨房的煙景作結，更令人感受到倩倩對遠行夫婿纏綿的情意。

詞出於詩而異於詩，就在於它最適於表現人的情感世界，能夠深入表現人的不能自制、不能自己的鍾情。﹝註238﹞而令詞之美的關鍵即在於末句，對此歷來詞論家曾有深刻的論述，如李之儀言：「其見於卒章，語盡而意不盡，意盡而情不盡，豈平平可得彷彿哉！」﹝註239﹞沈義父亦言：「結句須要開放，含有餘不盡之意。」﹝註240﹞以此標準檢視倩倩此二令詞，〈憶秦娥〉（風雨咽）以雨聲和淚，無語問天作結；〈浣溪沙〉（幾日輕陰冷翠綃）則結以繡窗內的裊裊篆煙，均含有餘不盡之意，巧妙地增加有限詞句的抒情空間與層次，從而強化審美效果的悠

﹝註238﹞ 張惠民：《宋詞的審美理想》，頁105。
﹝註239﹞ 李之儀〈跋吳思道小詞〉，金啓華、張惠民等編：《唐宋詞集序跋匯編》，頁36。
﹝註240﹞ 〔宋〕沈義父《樂府指迷》，唐圭璋編：《詞話叢編》冊1，頁279。

長無盡，並顯出情思內涵的豐富性，不但符合令詞言婉思深的寫作範式，亦可從中窺得倩倩填詞的功力。

　　倩倩的溫婉多情與高度才華，更可在〈蝶戀花〉中得到充分的說明：

> 漠漠輕陰籠竹院。細雨無情，淚濕霜花面。試問寸腸何樣斷。殘紅碎綠西風片。　　千遍相思繞夜半。又聽樓前，叫過傷心雁。不恨天涯人去遠。三生緣薄吹蕭伴。（頁 207）

倩倩與夫婿志趣一致，感情彌篤，惜沈自徵時運不繼，為生活而奔走四方，致使夫妻不得不分離。本詞據沈宜修所記即倩倩「丙寅寒夜與余談及君庸，相對泣作也。」（頁 207）上片從周遭景物著墨，通過氣氛的渲染，烘托出抒情主體的滿懷愁緒，尤其「殘紅碎綠西風片」將抽象情感化作具體形象，景明意深，耐人尋味。下片女詞人直抒胸臆，細寫內心活動，層層轉折，愈轉愈深，極盡輾轉騰挪之功。歇拍二句不怨天尤人，只恨自己「三生緣薄」，故不能如蕭史與弄玉般恩愛相隨，永不離分。欲吐還吞，更顯倩倩的溫柔敦厚。女詞人以渾化的詞筆，寄情於有意無意之間。神到興來，作者情感得到自然流露，藝術形象亦飽滿展開。二者之間的聯繫既密切，又和諧，幾達融合無間，無跡可尋之境。〔註241〕

　　細究張倩倩的一生，秀外慧中，卻是命乖運舛，正是紅顏薄命的典型。女詞人將身世感懷寄寓小詞，表現出個體生命在繁華塵世中的無奈，正是傷心人「得之於內，不可以傳」的詞心。〔註242〕沈宜修論倩倩言：「其才情如此，豈出李清照下？惜乎斷香零玉，不能成帙，使世知有徐淑、蔡琰也。傷哉！」（頁 207）印諸倩倩僅存的三首詞作，可知沈宜修所言實是其來有自的。可惜倩倩對己之佳作未能善加珍惜，讓後人只能從僅存的吉光片羽中想像其柳絮之才。

〔註241〕　關於「渾化」之說法，乃參閱張惠民：《宋詞的審美理想》，頁 189。
〔註242〕　〔清〕馮煦論秦觀詞言：「他人之詞，詞才也，少游，詞心也。得之於內，不可以傳。」見氏著：《蒿庵論詞》，唐圭璋編：《詞話叢編》冊 4，頁 3587。

　　小鸞十歲以前皆成長於倩倩之手，〔註243〕後雖香消玉殞於青春
華年，但其詞學成就爲詞論家推爲有明女輩第一人，〔註244〕則倩倩
對小鸞養成教育之功及其本身的文學造詣，當是不言可喻。衷心期盼
本文的討論，能爲倩倩的斷香零玉彰顯些微光采，以稍彌補宜修與小
鸞之遺憾。〔註245〕

二、李玉照詞作表現傳統閨怨情懷

　　李玉照，字潔塵，據《全明詞》作者小傳所言生卒年不詳，約明
崇禎年間在世。〔註246〕沈自徵元配張倩倩以韶華之年辭世後，沈自
徵即娶李玉照爲繼室。據《笠澤詞徵》引《江蘇詩徵》言，在玉照年
方 25 之青春年華時夫婿即過世，玉照撫孤守節，年 38 而卒。〔註247〕
按沈自徵於崇禎 14 年（1641）辭世，則由此推斷，李玉照的生卒年
當爲明萬曆 45 年至清同治 11 年（1617～1654）。

　　在家族風氣的影響下，玉照亦有詞作傳世，冀勤所續輯的《午夢

〔註243〕 此從沈宜修〈季女瓊章傳〉言：「女名小鸞，字瓊章，又字瑤期，
　　　　　余第三女也。生纔六月，即撫於君庸舅家。……妗母即余表妹張
　　　　　氏，端麗明智人也，數向余言：是兒靈慧，後日當齊班、蔡，姿
　　　　　容亦非比尋常者。四歲，能誦《離騷》，不數遍即能了了。又令
　　　　　識字，他日故以謬戲之，兒云：『非也，母誤耶？』舅與妗甚憐
　　　　　愛之。十歲歸家。」可知。葉紹袁原編、冀勤輯校：《午夢堂集》
　　　　　上冊，頁 201。
〔註244〕 如清代王昶編《明詞綜》，擇詞甚嚴，選小鸞詞則多達 8 首，在所
　　　　　收 2 卷 84 家女詞人中名列第一，並稱其「所存詩詞，皆似不食人
　　　　　間煙火者。」則可證小鸞詞藝爲歷來詞評家所肯定。見〔清〕王昶
　　　　　輯：《明詞綜》，卷 11，頁 5～6
〔註245〕 據沈宜修〈表妹張倩倩傳〉言：「瓊章嘗云：『異日當爲妗母作一佳
　　　　　傳。』嗟乎！昊天鞠凶，瑤枝又萎，芳言如在，已歎人亡，露濡霜
　　　　　降，即瓊章已杳不可追矣。又況倩倩，更在若存若亡間，日月如流，
　　　　　魴無湮佚之歎乎！」可知宜修與小鸞對倩倩文才未能爲世所知均有
　　　　　極大的遺憾在其中。〔明〕葉紹袁原編、冀勤輯校：《午夢堂集》
　　　　　上冊，頁 207。
〔註246〕 饒宗頤初纂、張璋總纂：《全明詞·李玉照小傳》冊 3，頁 1575。
〔註247〕 〔清〕陳去病《笠澤詞徵》，〔明〕葉紹袁原編、冀勤輯校：《午夢
　　　　　堂集》下冊，頁 1137。

堂集》本與《全明詞》本均自《眾香詞》射集中輯得 4 首，〔註248〕皆是敘寫傳統閨怨情懷的小令，不論在質或量上均不能與沈宜修母女相提並論，但仍具備午夢堂詞人雅致纖細的特質，茲以下列兩詞作說明之：

> 秋思縈懷懶賦詩。黃昏深院月來遲。人靜處，漏殘時。一片幽情只自知。（〈漁歌子〉，頁 812～813）

> 幽閨深閉日如年。臨鏡無心整翠鈿。贏得愁腸兩處牽。思淹淹。裙帶閒拈花柳邊。（〈憶王孫〉，頁 813）

前詞寫閨女的秋思愁緒，後詞則是抒發對遠行夫婿的綿綿思念，就題材而言均不見新意。但前詞以黃昏深院中的冉冉明月，與夜闌人靜時分的閨房殘漏，表現主人翁難以為人所道的閒愁，從而達到「一切景語皆情語」的意境之美。後詞則先直抒胸臆，直言「幽閨深閉日如年。臨鏡無心整翠鈿。」再以「裙帶」閒拈「花柳」等無情之景反襯離情，寓情於景，更顯低迴深奧與情意無限。

再看以下兩首小令：

> 夢入愁鄉初醒。猶有殘燈相映。鐵馬寂無聲。金鴨沉煙已爐。清冷。清冷。誰念繡衾孤另。（〈如夢令·夜坐〉，頁 813）

> 無意拈花片。有恨拋針線。細想夢中人。芳姿記未真。　默坐還相憶。珠淚和香滴。月色到窗紗。尋思暗抵牙。（〈醉公子·憶夢中美人〉，頁 813）

前詞以殘燈與沉煙表現閨房的清冷，基本上未脫傳統女性詞所營造的意象；後詞開篇先以「無意拈花片。有恨拋針線」的工整對句生動狀擬夢中美人的形象，下片「珠淚和香滴。月色到窗紗」則讓美人楚楚動人的形象更加鮮明，但結以「尋思暗抵牙」，一個「牙」字，就顯得生澀，並且破壞全篇所細細營造的美感，從此亦可看出玉照填詞功力的局限。

小令之重要特點即是以韻致取勝，自來皆以五代宋初之作為範式，詞論家已有明白之論述：

〔註248〕 分見〔明〕葉紹袁原編、冀勤輯校：《午夢堂集》下冊，頁 812～813；饒宗頤初纂、張璋總纂：《全明詞》冊 3，頁 1575～1576。

> 詞之小令，猶詩之絕句，字句雖少，音節雖短，而風情神
> 韻，正自悠長。作者須有一唱三嘆之致，淡而豔，淺而深，
> 近而遠，方是勝場。〔註249〕

> 小令須突然而來，悠然而去，數語曲折含蓄，有言外不盡
> 之致，著一直語、粗語、鋪排語、說盡語，便索然矣，此
> 當求諸五代宋初諸家。〔註250〕

以此標準檢視李玉照諸作，會覺雅致纖細有餘，風情神韻仍顯不足，
此或玉照之填詞乃閨閣生活之點綴，未如沈宜修母女之全力以赴所
致。

三、沈憲英詞多寄人事滄桑之慨

沈憲英，字惠思，一字蘭支，吳江人。是沈宜修弟沈自炳的長女，
未出生時祖父即要求其父若爲女兒，必許字給葉紹袁第三子葉世傛
（1619～1640，字咸期，法名靈護），此乃因葉世傛生而玉皎，軒朗
映人，見者無不喜愛：

> 昔余先君愛我伯姊，……姊時歸寧，攜抱于爾，娟然玉苗，
> 能笑能嬉。時余將婚，先君志喜，對姊命余曰：「汝婚而有
> 女，必將以配此子。」予不敢忘。(沈自炳〈哀咸期甥文並誄〉，
> 頁485)

> 外祖懋所公素性嚴重，不狎兒女，獨見汝深加鍾愛。時君
> 晦夫人有緩帶之喜，公曰：『若女必以字甥。』于是，太傅
> 閨庭，簾飄柳絮；中郎內則，慧解桐絃。爰締婚姻，無嫌
> 中表。(葉紹袁〈清明祭文〉，頁491)

來自文藝之家的沈憲英，「靈秀之氣，如春山翠微，菁蔥曉黛，能文，
工詩詞。」〔註251〕葉世傛與沈憲英二人於崇禎11年（1638）依照長

〔註249〕 〔清〕田同之《西圃詞說》引顧璟芳語，唐圭璋編：《詞話叢編》
　　　　　冊2，頁1467。

〔註250〕 〔清〕沈祥龍《論詞隨筆》，唐圭璋編：《詞話叢編》冊5，頁4050。

〔註251〕 葉紹袁《年譜續纂·崇禎11年戊寅，五十歲》，〔明〕葉紹袁原編、
　　　　　冀勤輯校：《午夢堂集》下冊，頁858。

輩的叮囑，帶著眾人的祝福完成終身大事，當時紹袁家已是親屬多人陸續凋零，能得此佳兒佳婦晨昏左右，亦是紹袁莫大的安慰。〔註252〕不料葉世傛竟於婚後第三年，即崇禎13年（1640），因咳疾日重與求名心盛，終至不起，以22歲的俊秀之年病逝於東村家庵圓通精舍，徒留傷心老父、哀哀新婦與未及彌月的稚女。〔註253〕

新婚燕爾之際遽遭喪夫之慟，憲英哀痛逾恆，賦〈哭威期婿〉2詩與〈絕句〉10首以悼先夫，〔註254〕豈料悲傷之情尚未平復，孤女寶珠竟又以四歲稚齡而病歿，〔註255〕短短4載之內連遭喪夫失女的沉重打擊，再無任何至親以伴餘生，憲英自是抑鬱以終老。

關於沈憲英的詞作，冀勤從《眾香詞》樂集中輯得〈點絳唇·早春〉、〈虞美人·留別蘭妹〉與〈滿庭芳·中秋坐月同素嘉甥女〉3首，輯入《午夢堂集·續輯》中，〔註256〕另外葉紹袁編《彤奩續些》曾

〔註252〕 葉紹袁《年譜續纂·崇禎11年戊寅，五十歲》言：「云十月為世傛娶婦，沈君晦女也。名憲英，字蘭朝。靈秀氣，如春山翠微，青蔥曉黛，能文，工詩詞，佳兒佳婦，豈料遂有傷心之痛哉！」〔明〕葉紹袁原編、冀勤輯校：《午夢堂集》下冊，頁858。

〔註253〕 據葉紹袁《年譜續纂·崇禎12年己卯》言：「七月望，佺、傛同君服往金陵，貧囊如洗，賣田四十畝，始能治裝。……八月，傛卷可以掄元，人盡許之。及榜發，二子俱報廢，傛傷病嗽，此始矣。」《年譜續纂·崇禎13年庚辰》言：「正月十二日，余往嘉善視傛疾，……傛疾日深，余因循不能歸矣。……余請為傛建延生道場，修金光明經懺，總費百金，皆賣田為之。……二十二日傛體益弱，亟與北還，而傛婦生一女，未及彌月，因修懺事，故過門不入。就近暫棲圓通精舍，俟懺完即回。豈意二十四日丙夜，傛遂長辭人世，痛哉！」〔明〕葉紹袁原編、冀勤輯校：《午夢堂集》下冊，頁859～860。

〔註254〕 沈憲英悼夫之作收入葉世傛《靈護集》內，見〔明〕葉紹袁原編、冀勤輯校：《午夢堂集》上冊，頁471～472。

〔註255〕 葉紹袁《年譜續纂·崇禎16年癸未，五十五歲》言：「四月十九日，孫女寶珠病，越三日即殤，時年四歲。傛亡止存此女，忽罹此病，憂心如惔。」〔明〕葉紹袁原編、冀勤輯校：《午夢堂集》下冊，頁866。

〔註256〕 冀勤編《午夢堂集·續輯》，〔明〕葉紹袁原編、冀勤輯校：《午夢堂集》下冊，頁800～802。。

收入〈點絳唇・憶瓊章表姊〉1 詞，〔註 257〕《天寥年譜別記》中則記
有〈水龍吟〉（水晶深處瓊樓）1 闋，〔註 258〕陳去病〈五石脂〉引有
〈水龍吟〉（薰風池館新篁）1 闋，〔註 259〕則冀勤輯校本《午夢堂集》
共收有沈憲英詞作 6 首，《全明詞》本所收詞作與之相同，但出處則
標為《眾香詞》樂集，二首〈水龍吟〉亦依內容分別題上「胥江競渡」
與「哭少君姑母以沉水死」。〔註 260〕大體言之，憲英詞存詞雖少且多
為傷時感世之作，但仍可從其中窺得女詞人不凡的寫作功力。

先看其〈點絳唇・早春〉云：

> 翠幕輕寒，斷腸漸入東風片。遊絲千線。難挽離愁半。　　小
> 立迴廊，劃損雕欄面。春誰見。梅花開遍。煙鎖深深院。（頁
> 800～801）

本詞所抒發的是閨女在早春時節的纖敏情懷，亦是憲英現存詞作中，唯
一可與傳統閨怨題材相連繫的作品，在取景上則聚焦於滿庭初放的綠柳
與錦簇的梅花，並以籠罩深院的寒煙作結。語言看似平淡，縈繞其中的
卻是濃濃的離愁別緒，頗有唐絕句語近情遙、言近旨遠的韻致。〔註 261〕

再看下列二首小令：

> 簾外輕寒，謝娘風絮無人見。桃花如面，腸斷春歸燕。
> 　　人去瑤臺，祇覺東風賤。花成霰。夕陽千線，煙鎖深
> 深院。〔註 262〕（〈點絳唇・憶瓊章表姊〉，頁 690～691）

〔註 257〕　葉紹袁編《彤奩續些》，〔明〕葉紹袁原編、冀勤輯校：《午夢堂集》
　　　　　　下冊，頁 690～691。

〔註 258〕　葉紹袁《天寥年譜別記》，〔明〕葉紹袁原編、冀勤輯校：《午夢堂
　　　　　　集》下冊，頁 902。

〔註 259〕　冀勤編《午夢堂集・附錄一》，〔明〕葉紹袁原編、冀勤輯校：《午
　　　　　　夢堂集》下冊，頁 912。

〔註 260〕　饒宗頤初纂、張璋總纂：《全明詞》冊 5，頁 2393～2394。

〔註 261〕　關於唐絕敘事表情特點的論述，可參閱孫維城在論韋莊詞時中對其
　　　　　　小令特點之討論。詳參氏著：《宋韻——宋詞人文精神與審美形態
　　　　　　探論》（合肥：安徽大學出版社，2002 年 5 月），頁 40～45。

〔註 262〕　「夕陽千線，煙鎖深深院」《全明詞》本作「夕陽垂岸，雲掩重門
　　　　　　院」，今從《午夢堂集》輯校本。

> 白雲掩映青山老。鬢入霜華早。今朝且醉畫屏前。明日還
> 移小艇綠楊煙。　　黃昏細雨重門鎖。挑盡孤燈火。斷腸
> 無處問天公。(〈虞美人・留別蘭妹〉，頁801)

前詞爲悼念小鸞之作，上片以「謝娘」及「桃花」點出小鸞的風韻與
才情，下片一個「賤」字，令人覺得過於露骨，但若考慮憲英當時年
僅14，[註263] 尚在習作階段，或即能多點寬容。後詞所言之蘭妹，
或即爲憲英之妹沈華鬘（字端容，一字蘭餘，沈自炳次女，小憲英1
歲），[註264] 從上片「鬢入霜華早」可知此應爲中年以後之作。與前
詞相較，本詞確實多了人世的滄桑，尤其下片的「黃昏細雨重門鎖。
挑盡孤燈火」以形象化的語言，生動點出詞中主人翁的孤寂，對照憲
英自青春年華即遭喪夫失女的坎坷人生，則終日在重重深院中與孤燈
相伴的哀哀嫠婦身影已栩栩然如現眼前，結以「斷腸無處問天公」，
雖是直抒胸臆，但因情感的真摯深厚，反有民間樂府「似直而紆，似
達而鬱」的抒情效果。[註265]

　　憲英詞作中所包含的寫作技巧與所寄寓的人世滄桑之慨，在她的
3首長調中有更明顯的呈現，茲以〈水龍吟・哭少君姑母以沉水死〉
爲例說明之：

> 水晶深處瓊樓，湘簾半捲鮫綃軟。桂旗翠陌，平沙碧草，瑤
> 天煙暖。寶柱哀絃，曲終人杳，晚江清淺。奈芳菲、極目雲
> 霞未賞，都倩靈妃游伴。　　寂寞楚山高遠，聽啼猿、一聲
> 腸斷。鏡消菱月，釵沉蘭霧，雲時分散。恨逐波香，愁隨浪
> 影，一天幽蕙。歎消魂、正是白蘋黃葉，暮鴻飛亂。(頁902)

少君姑母即宜修之妹沈智瑤。葉紹袁《天寥年譜別記》曾詳盡地說明
憲英作此詞的緣由：

〔註263〕據葉紹袁《彤奩續些》所收集之「名媛挽什」所言，〔明〕葉紹袁
　　　　　原編、冀勤輯校：《午夢堂集》下冊，頁690。
〔註264〕關於沈華鬘之生平，乃參閱葉紹袁《彤奩續些》所收之小傳，〔明〕
　　　　　葉紹袁原編、冀勤輯校：《午夢堂集》下冊，頁691。
〔註265〕關於民間樂府的特色，乃參閱孫維城《宋韻──宋詞人文精神與審
　　　　　美形態探論》(合肥：安徽大學出版社，2005年1月)，頁45之論述。

> 沈智瑤字少君,內人季妹也。娟秀妍麗,好工詩詞,《鸝吹‧
> 五君詠》「珠暉映月流,玉彩迎花度」,可以想見其風格矣。
> 有詩刻《彤奩續些》。畫眉人貌陋而性更悍劣,素不學,日
> 以賭爲業,無立錐矣。少君怨甚,忽于今年(按即甲申年,
> 1644)四月中自沉于水而死,時年三十餘耳。傷哉!余作
> 二小詞弔之,忽忽聞變,意未盡也。俗婦蘭支,其內姪女
> 也,有詞哭之,寄調《水龍吟》云。〔註266〕

以內外兼備的娟秀佳人,竟配貌醜性劣的賭徒,終至貧無立錐。沈智
瑤在悲傷無奈之餘,只好以自沉的方式來了卻餘生,這樣的遭遇與結
局,相對於姊姊沈宜修與姊夫葉紹袁終生的伉儷情深,無疑是天壤之
別,紹袁與姪女憲英對沈智瑤的自沉同感震驚與不捨,故均塡詞以弔
之。憲英此詞上片以龍宮內瓊樓玉宇的華麗與江畔翠陌橫天、碧草如
茵的佳景,反襯佳人難再的遺憾,尤其連續以「寶柱哀絃,曲終人杳」、
「靈妃遊伴」等句委婉敘明姑母魂歸離恨天的事實,更令人有紅顏薄
命的感傷,也加深詞作的悲淒氛圍。下片則化景物爲情思,將天人永
隔的生命之悲盡情發洩,最後又以「白蘋黃葉」、「暮鴻亂飛」的向晚
秋江之景,有力地表現怨恨不盡之意,瀰漫全詞的盡是淒婉纏綿、感
慨良深的惆悵與落寞。

再看另一首調寄〈水龍吟〉的「胥江競渡」:

> 薰風池館新篁,荼蘼香盡驚梅雨。紈扇初裁,羅衣乍試,
> 又逢重午。萬戶千門,遊人如蟻,爭懸艾虎。看碧蒲縈恨,
> 紅榴沾醉,似續《離騷》舊譜。　　惆悵韶華易換,最關
> 心、畫船簫鼓。當年沉水,今朝寒食,〔註267〕依然荊楚。
> 抉目城邊,捧心臺畔,恨垂千古。霎時間,惟有清江一曲,
> 綠蓑漁父。(頁912)

表面看來,全詞所鋪寫的是於端午節弔念屈原,細玩之,乃「意實痛

悼先公，而用筆特婉曲多致。」〔註268〕憲英之父沈自炳，字君晦，「以詞翰聞江左，倚聲尤擅場。」〔註269〕在憲英心目中，父親文才直可比擬屈原，故寫屈原以弔念先父。本詞看似弔古，但寄寓其中的深層感慨，又不僅於此。清末黃氏《蓼園詞評》評秦觀〈八六子〉時曾言道：「寄托耶，懷人耶，詞旨纏綿，音調淒婉如此。」〔註270〕移之以論憲英本闋借懷念屈原以痛悼先公之作，雖不中亦不遠矣。

　　另有〈滿庭芳‧中秋坐月，同素嘉甥女〉一詞，亦是寄寓無限淒涼的人世滄桑之慨：

> 螢火流空，蛩吟向夕，冰輪碾皺瑤天。香飄雲外，桂子靜娟娟。對月幾人無恙，多半隔、遠樹蒼煙。難逢是，一庭聯袂，〔註271〕把盞看重圓。　　無限。淒涼況，含毫欲寫、累紙盈箋。任金風拂面，玉露侵肩。還惜良宵景促，無繩繫、皓魄長懸。應飛去，廣寒宮裏，清影共愁眠。（頁801）

素嘉即葉小紈之女沈樹榮，適葉紹袁長孫葉穎舒，才慧如其母。〔註272〕雖然從詞中看不出寫作的時間，但從詞題稱素嘉為甥女，可以知道此時憲英已嫁入葉家。中秋佳節，月圓人亦應團圓，但在家人陸續凋零的此時，一句「對月幾人無恙」已含有不盡的感傷在其中，續以「多半隔、遠樹蒼煙」更委婉透露天人永隔的事實。午夢堂家族在經歷家變與國難之後，仍保有閒雅之風，〔註273〕故在中秋之夜，「一庭聯袂，

〔註268〕陳去病《五石脂》語，收入〔明〕葉紹袁原編、冀勤輯校：《午夢堂集》下冊，頁912。

〔註269〕朱彝尊《靜志居詩話》卷21，周駿富輯：《明代傳記叢刊》冊10，頁227。

〔註270〕〔清〕黃氏《蓼園詞評》，唐圭璋編：《詞話叢編》冊4，頁3065。

〔註271〕「難逢是，一庭聯袂」輯校本《午夢堂集》作「是一庭聯袂」，今據《全明詞》本，饒宗頤初纂、張璋總纂：《全明詞》冊5，頁2393。

〔註272〕〔清〕陳去病《五石脂》，〔明〕葉紹袁原編、冀勤輯校：《午夢堂集》下冊，頁912。

〔註273〕如〔清〕陳去病《歌泣集》言：「厥後瓊章仙去，昭齊、宛君相繼淪謝，而中原陸沉，蹄跡交錯，國亡家破，披緇入山，身世之悲，殆無倫已。然天性閒雅，雖經離亂，猶託歌詞，以寄悲憤。……兒女甥婿繼賡疊韻，各鬥其捷。」〔明〕葉紹袁原編、冀勤輯校：《午

把盞看重圓」。下片女詞人直抒胸臆,以「無限。淒涼況」爲抒情中心:
這天上與人間,無繩可繫,滿腹懸念,以筆墨又何能訴盡?只期待能
在廣寒宮裏,互訴衷曲。結以「廣寒宮裏,清影共愁眠」,實寓有午夢
堂家族共同的傳說在其中:「吳江諸葉,葉葉交光。中秀雙姝,尤餘清
麗。驚才凌乎謝雪,逸藻媲於班風。……妹初奔月,姊亦凌波。嗟乎
傷哉!」〔註274〕傳說中三姊小鸞乃月府侍書女,大姊紈紈與母親宜修
亦均爲月宮中「無葉堂」之仙女,〔註275〕則憲英在中秋月圓時的深切
期盼,實含有弔念家族滄桑的無限淒涼慨嘆在其中。甥女沈樹榮看了
憲英之作,亦有感而發寫了和韻之作,當在後論其詞時述之。

　　雖然沈憲英現存詞作只有 3 首小令與 3 首長調,但從以上的論
述,仍可證明時人每言及憲英,即稱美其「頗工塡詞」、〔註276〕「靈
秀之氣,如春山翠微,菁蔥曉黛,能文,工詩詞。」〔註277〕之言論,
實是信而有徵的中肯之論。

四、沈樹榮詞清麗中見悲涼

　　沈樹榮,字素嘉,是葉小紈與沈永楨的女兒,後適四舅葉世侗次
子葉舒穎(字學山)。舒穎生性灑脫,終日吟哦,中年後家道漸落,
淡如也。夫妻二人爲中表,琴瑟和鳴,樹榮中年即逝,舒穎不復再娶,

　　　　　　夢堂集》下冊,頁 910。
〔註274〕　《眾香詞·樂集》引天台無葉泖子序《午夢堂集》,〔明〕葉紹袁
　　　　　　原編、冀勤輯校:《午夢堂集》下冊,頁 1086～1087。
〔註275〕　據葉紹袁《續竊聞》自注:「無葉堂者,師(按即吳門泖菴大師)
　　　　　　于冥中建設,取法華無枝葉而純眞實之義。凡女人生具靈慧,夙有
　　　　　　根因,即度脫其魂于此,教修四儀密諦。注生西方,所云天台一路,
　　　　　　光明灼然,非幽途比也。俱稱弟子,有三十餘人,別有女侍,名紈
　　　　　　香、梵葉、嫵娘、閒惜、提袂、娥兒甚多,自在慈月。」〔明〕葉
　　　　　　紹袁原編、冀勤輯校:《午夢堂集》上冊,頁 519。
〔註276〕　見〔清〕陳去病《五石脂》,葉紹袁原編、冀勤輯校:《午夢堂集》
　　　　　　下冊,頁 911。
〔註277〕　葉紹袁《年譜續纂·崇禎 11 年戊寅,五十歲》,〔明〕葉紹袁原編、
　　　　　　冀勤輯校:《午夢堂集》下冊,頁 858。

曾有〈夜歸〉句云：「那得歸來不斷魂，蕭然四壁一燈昏。牽衣稚子叨叨說，今日侵晨便候門。」從其中可以看出葉舒穎對亡妻的一片深情。〔註 278〕

　　沈樹榮才慧如其母，亦工詩詞，著有《月波集》，〔註 279〕至於其詞作，輯校本《午夢堂集》僅從陳去病《五石脂》中錄得〈水龍吟〉（誰知到處徘徊）一首，〔註 280〕《全明詞》本則從《眾香詞》樂集輯得小令 3 首與長調 2 首，可見輯校本《午夢堂集》所收詞作仍有不足。大體言之，沈樹榮的詞作仍保有午夢堂家族一貫的清新婉麗風格，但因身為午夢堂第三代的沈樹榮，自幼即在母親葉小紈「頻年哭母、哭諸弟，無日不鬱鬱悲傷」〔註 281〕的情緒下成長，且又身處明清易代、戰亂頻仍之際，如此的國破家亡遭遇，對其創作必有相當程度的影響，茲以其小令〈臨江仙・病起〉為例說明之：

> 草草粧臺梳裹了，曲欄干外凝眸。年光荏苒又深秋，一番風似剪，兩度月如鉤。　　病裏高堂頻囑道，而今莫更多愁。當時檢點也應休。重新來眼底，依舊上眉頭。（《全明詞》冊 5，頁 2394～2395）

從「兩度月如鉤」的敘述可知女詞人此病至少兩個月，好不容易病情稍有起色，草草梳粧後在曲欄外凝眸，方覺時光荏苒。憶起老母在病中頻頻囑咐，切莫再多愁。而一句「當時檢點也應休」令人聯想到樹榮是否亦如其母，有自汰作品之習慣，〔註 282〕致使今存詞作僅寥寥 5

〔註 278〕　以上關於葉舒穎與沈樹榮伉儷情深的敘述，乃據陳去病《笠澤詞徵》卷七〈葉舒穎小傳〉，〔明〕葉紹袁原編、冀勤輯校：《午夢堂集》下冊，頁 1135。
〔註 279〕　冀勤《輯校本午夢堂・前言》，〔明〕葉紹袁原編、冀勤輯校：《午夢堂集》上冊，頁 1。
〔註 280〕　〔清〕陳去病《五石脂》，〔明〕葉紹袁原編、冀勤輯校：《午夢堂集》下冊，頁 913。
〔註 281〕　葉燮〈存餘草述略〉，〔明〕葉紹袁原編、冀勤輯校：《午夢堂集》下冊，頁 743。
〔註 282〕　據葉燮〈存餘草述略〉言：「其婿學山，余之從姪也。適余重訂《午夢堂集》，因簡其遺稿，有詩若干首，自題曰「存餘草」，蓋其生平

首？而結以「重新來眼底，依舊上眉頭」則清楚敘明自己著作的梗概
——與其母「傷離哭死貧兼病，寫盡淒涼二十年」的總體風格必是相
去不遠。〔註283〕

再看其調寄〈水龍吟〉，並題爲「初夏避兵，惠思三姊樓鳳館有
感，追和外祖母憶舊原韻」的長調言：

> 誰知到處徘徊，謝庭風景都非舊。畫堂塵掩，蓬生三徑，
> 門垂疏柳。白晝初長，清風自至，流年空又。看多情燕子，
> 飛來飛去，眞箇不堪回首。　　昔日嬌女隨阿母，學拈針
> 臨窗挑繡。斜陽樓外，熨殘銅斗，線紋渾皺。蠶欲三眠，
> 鶯猶百囀，落花時候。問重來應否，消魂試聽，江城笛奏。

（《全明詞》冊5，頁2395）

詞題所言的惠思三姊母即沈憲英，初夏避兵當指乙酉（1645）之變，
清兵南下至蘇州，午夢堂大家長葉紹袁「幸先知之，同子婦俱昏夜
徙匿」〔註284〕以避兵禍。而「分湖之僻，逾於武陵，……我湖茫茫
闊水耳，弘光之亂，遂爲避世佳地，輕帆問津，楫相摩而聲相錯矣。」
〔註285〕樹榮與姊母憲英亦隨之避難於鳳樓，此鳳樓或即爲紹袁家在
分湖畔所築之別墅，在戰火蹂躪下已非昔日風貌。〔註286〕看到畫堂
掩塵，庭園荒蕪，往昔外祖父母率領眾姨母、舅父「屛跡汾湖，長

所存僅二十分之一。」〔明〕葉紹袁原編、冀勤輯校：《午夢堂集》
　　下冊，頁743。

〔註283〕　葉小紈〈病中檢雜稿付素嘉女〉，〔明〕葉紹袁原編、冀
　　　　　勤輯校：《午夢堂集》下冊，頁757。

〔註284〕　葉紹袁《天寮年譜別記・宏光元年乙酉》，〔明〕葉紹袁原編、冀
　　　　　勤輯校：《午夢堂集》下冊，頁872。

〔註285〕　葉紹袁《湖隱外史・僑聚》，〔明〕葉紹袁原編、冀勤輯校：《午夢堂
　　　　　集》下冊，頁1064。

〔註286〕　據葉紹袁《湖隱外史・風景》言：「分湖在余家東南，柴門檻箔，波
　　　　　光曉夕相映。北屬于吳，南屬于越，中分爲二，故名分湖。……先大
　　　　　夫弛簪歸隱，築堤湖滸，植以芙蓉楊柳，扶疏晻靄，……彭澤之園未
　　　　　成，林宗之算已促。繼遭巨浸，阡花陌草，無復一二存焉。數年以來，
　　　　　稍稍蒔植，然亦豈能如瑯琊種柳，即有十圍，武陵落花，繽紛數百步
　　　　　乎？」〔明〕葉紹袁原編、冀勤輯校：《午夢堂集》下冊，頁1034。

幼內外，悉以歌詠酬唱為家庭樂。」〔註287〕的盛況已不復再有，同
工詩詞的甥甥二人咸感悲傷，於是樹榮追和外祖母沈宜修憶舊的〈水
龍吟〉原韻而作此詞。上闋以「謝庭風景都非舊」委婉敘明家族凋
零的事實，〔註288〕接著以陶潛〈歸去來兮辭〉中「三徑就荒，松菊
猶存」〔註289〕與劉禹錫「舊時王謝堂前燕」〔註290〕的典故，強化
所見景物的非舊與人事的滄桑。而下闋以今昔之景相對照，昔日是
嬌女隨母臨窗挑繡，今日卻是熨殘銅斗，線紋渾皺。結以「問重來
應否，消魂試聽，江城笛奏。」雖是追和沈宜修「便追尋錦字春綃，
多付與寒笛奏」〔註291〕的原韻，但卻有更悲涼的慨嘆在其中。外祖
母尚有遠游人可憶，但如今已是家破國亡，外孫女睹物思人，除了
天人永隔的遺憾外，更有風雨飄搖的無助之感在其中。值得提出的
是沈樹榮稱宜修為外祖母，則此詞必作於其未歸葉舒穎之前的少女
時代，以涉世未深的少女而有此淒然家國之慨，則其聰慧可見一斑。
時人曾評之曰：「蓋兵燹之餘，人事非故，不特君子盡焉傷之，雖女
子亦何獨不然。」〔註292〕亦是「國家不幸詩家幸，賦到滄桑句便工」
〔註293〕的另一證明。

〔註287〕 葉恒春〈午夢堂序〉，〔明〕葉紹袁原編、冀勤輯校：《午夢堂集》
下冊，頁1095。

〔註288〕 〔清〕錢謙益曾言：「中庭之詠，不遜謝家。」見氏著：《列朝詩集
小傳・沈宛君》，頁753

〔註289〕 陶潛〈歸去來兮辭〉言：「三徑就荒，松菊猶存。攜幼入室，有酒
盈樽。引壺觴以自酌，眄庭柯以怡顏。」收入〔梁〕蕭統編、〔唐〕
李善注《文選》，頁636

〔註290〕 劉禹錫〈烏衣巷〉言：「舊時王謝堂前燕，飛入尋常百姓家。」〔清〕
聖祖御製、王全點校：《全唐詩》卷365，冊11，頁4117。

〔註291〕 沈宜修原作收入《鸝吹集》中，〔明〕葉紹袁原編、冀勤輯校：《午
夢堂集》上冊，頁187。

〔註292〕 〔清〕陳去病《五石脂》，〔明〕葉紹袁原編、冀勤輯校：《午夢堂
集》下冊，頁913。

〔註293〕 趙翼〈題元遺山集〉言：「身閱興亡浩劫空，兩朝文獻一衰翁。無
官無害餐周粟，有史深淵失楚弓。行殿幽蘭悲夜火，故都喬木泣秋
風。國家不幸詩家幸，賦到滄桑句便工。」收入徐世昌：《清詩匯》

　　如前所述,沈樹榮的詞作基本上仍有著午夢堂家族一貫的清新婉麗之風,且以下列二首小令說明之:

> 小院西風初透。一霎涼生雙袖。幾日怕關情,猶道芳菲時候。是否。是否。添得鏡中消瘦。(〈如夢令‧秋日〉,《全明詞》冊 5,頁 2394)

> 隔箇墻頭,幾番同聽墻頭雨。別來情緒。向北看春樹。　　一院藤花,底是臨池處。還記取。綠窗朱戶。裊裊茶煙縷。(〈點絳唇‧懷吳夫人龐婉〉,《全明詞》冊 5,頁 2394)

前詞是典型的閨女悲秋詞,後詞即是與吳夫人龐蕙孃的寄贈作品之一。據《吳江縣志‧文學》所記:「(葉小紈)女樹榮,字素嘉,亦工詩詞,適葉舒穎,與吳鏘妻龐蕙孃善,所贈答稱盛於時。」〔註 294〕二詞在敍寫上均有閨秀詞取象輕約,抒感細膩的特質,〔註 295〕尤其後詞結以「綠窗朱戶,裊裊茶煙縷。」的閨房之景,以鮮明的色彩與靈動的意象,再現當時與知己在閨房內共同啜茶談心的場景,而思念的情緒恰如裊裊茶煙,繚繞不已,與三姨母葉小鸞的「一縷茶煙和夢煮,卻又黃昏」的優美詞境有著異曲同工之妙。〔註 296〕

　　再看其和妗母的長調言:

> 宿雨全收,晚涼乍爽,微雲黯淡長天。廣寒宮敞,素面露嬋娟。影浸閒庭如水,看浮動、梧竹和煙。相依處,團圝共語,人月恰雙圓。　　記欄干十二,桂花叢下,分劈紅箋。許詩成險韻,學少隨肩。一向秋光隔斷,清輝好、兩地空懸。今夜永,參橫斗轉,幽賞不成眠。(〈滿庭芳‧中秋同妗母坐月和韻〉,《全明詞》冊 5,頁 2395)

此詞的背景與妗母沈憲英原作已如前述,樹榮此和作上片先鋪敍月色如水的中秋美景,但收拍處道以「團圝共語,人月恰雙圓」已拈出中

　　　　　中冊,頁 1367。

〔註 294〕　〔明〕葉紹袁原編、冀勤輯校:《午夢堂集》下冊,頁 1086。

〔註 295〕　關於女性詞的特質,可參閱鄧紅梅:《女性詞史》,頁 2～8。

〔註 296〕　葉小鸞之句見其〈浪淘沙‧春閨其二〉,〔明〕葉紹袁原編、冀勤輯校:《午夢堂集》上冊,頁 337。

秋佳節，月圓人團圓的詞意。下片樹榮亦追憶昔日家外祖母帶領母親
與眾姨母們在月下賦詩成韻的美麗往事，如今月色依然美好，人事卻
已皆非，想到天上人間，兩地空懸，嬌女遂在懷舊的情緒中無法成眠。
如此的詞作，忠實地描繪眼前之景與心中所感，不必刻意經營，悲涼
的身世之感已是不言可喻。

　　清代詞論家陳廷焯評「李後主晏叔同詞情勝」時曾言：「情不深
而爲詞，雖雅不韻，何足感人。」〔註297〕況周頤亦言：「能以吾言寫
吾心，即吾詞也。……由吾心醞釀而出，即吾詞之眞也。非可彊爲，
亦無庸彊求。視吾心之醞釀如何耳。」〔註298〕均明確指出詞的文體
特質，即是對內部心靈進行細膩的描繪。細玩沈憲英與沈樹榮詞作，
因飽嘗家破人亡與朝代更迭的動亂，再加上其本身所受的文藝薰陶，
發而爲詞，自有耐人品嘗的深刻內蘊在其中。

〔註297〕〔清〕陳廷焯《白雨齋詞話》卷7，唐圭璋編：《詞話叢編》冊4，
　　　　頁3952。
〔註298〕〔清〕況周頤《蕙風詞話》卷1，唐圭璋編：《詞話叢編》冊5，頁
　　　　4411。